ПРОЗА ВИКТОРА
ПЕЛЕВИНА

ВИКТОР

GENERATION П

ПЕЛЕВИН

МОСКВА

2022

УДК 821.161.1-31
ББК 84(2Рос=Рус)6-44
П24

Оформление серии «Pocketbook»
Андрея Саукова

Оформление серии «Проза Виктора Пелевина»
Сергея Власова

Пелевин, Виктор Олегович.
П24   *Generation П* / Виктор Пелевин. — Москва : Эксмо, 2022. — 352 с.

ISBN 978-5-699-37905-7 (Pocketbook (обложка))
ISBN 978-5-699-83323-8 (Проза ВП)

Ставший культовым в молодежной среде роман «Generation П» посвящен явлению, проникшему во все поры нашей повседневной жизни, — рекламе. Многие склонны брезгливо отмахиваться от нее, как от назойливой мухи, считая чем-то несерьезным. Но разве рекламные слоганы не вошли плотно в нашу речь? Разве «рваная стилистика» рекламных клипов не влияет на наше сознание?

Герой романа Вавилен Татарский полагает, что ему известна подлинная цена рекламы — ведь именно он ее создает. Но ему и в страшном сне не может привидеться истинная сила джинна, выпущенного им из бутылки...

УДК 821.161.1-31
ББК 84(2Рос=Рус)6-44

ISBN 978-5-699-37905-7
ISBN 978-5-699-83323-8

ПАМЯТИ СРЕДНЕГО КЛАССА

> I'm sentimental, if you know what I mean;
> I love the country but I can't stand the scene.
> And I'm neither left or right.
> I'm just staying home tonight,
> getting lost in that hopeless little screen.
>
> *Leonard Cohen*

> Я сентиментален, если вы понимаете, что я имею в виду;
> Я люблю страну, но не переношу то, что в ней происходит.
> И я не левый и не правый.
> Просто я сижу сегодня дома,
> Пропадая в этом безнадежном экранчике (*англ.*).
>
> *Леонард Коен*

ПОКОЛЕНИЕ «П»

Когда-то в России и правда жило беспечальное юное поколение, которое улыбнулось лету, морю и солнцу — и выбрало «Пепси».

Сейчас уже трудно установить, почему это произошло. Наверно, дело было не только в замечательных вкусовых качествах этого напитка. И не в кофеине, который заставляет ребятишек постоянно требовать новой дозы, с детства надежно вводя их в кокаиновый фарватер. И даже не в банальной взятке — хочется верить, что партийный бюрократ, от которого зависело заключение контракта, просто взял и полюбил эту темную пузырящуюся жидкость всеми порами своей разуверившейся в коммунизме души.

Скорей всего, причина была в том, что идеологи СССР считали, что истина бывает только одна. Поэтому у поколения «П» на самом деле не было никакого выбора, и дети советских семидесятых выбирали «Пепси» точно так же, как их родители выбирали Брежнева.

Как бы там ни было, эти дети, лежа летом на морском берегу, подолгу глядели на безоблачный синий горизонт, пили теплую пепси-колу, разлитую в стеклянные бутылки в городе Новороссийске, и мечтали о том, что когда-нибудь далекий запрещенный мир с той стороны моря войдет в их жизнь.

Прошло десять лет, и этот мир стал входить — сначала осторожно и с вежливой улыбкой, а потом все уверенней и смелее. Одной из его визитных карточек оказался клип, рекламирующий «Пепси-колу», — клип, который, как отмечали многие исследователи, стал поворотной точкой в развитии всей мировой культуры. В нем сравнивались две обезьяны. Одна из них пила «обычную колу» и в результате оказалась способна выполнять некоторые простейшие логические действия с кубиками и палочками. Другая пила пепси-колу. Весело ухая, она отъезжала в направлении моря на джипе в обнимку с девицами, которые явно чихать хотели на женское равноправие (когда приходится тесно общаться с обезьянами, лучше просто не думать о подобных вещах, потому что равноправие и неравноправие будут одинаково тяжелы для души).

Если вдуматься, уже тогда можно было понять, что дело не в пепси-коле, а в деньгах, с которыми она прямо связывалась. К этому выводу приводили, во-первых, классическая фрейдистская ассоциация, обусловленная цветом продукта; во-вторых, логическое умозаключение — поглощение пепси-колы позволяет приобретать дорогие машины. Но мы не собираемся глубоко анализировать этот клип (хотя, может быть, именно здесь нашлось бы объяснение того, почему так называемые шестидесятники упорно называют поколение «П» говнососами). Для нас важно только то, что окончательным символом поколения «П» стала обезьяна на джипе.

Немного обидно было узнать, как именно ребята из рекламных агентств на Мэдисон-авеню представляют себе свою аудиторию, так называемую target group. Но трудно было не поразиться их глубокому знанию жизни. Именно этот клип дал понять большому количеству прозябавших в России обезьян, что настала пора пересаживаться в джипы и входить к дочерям человеческим.

Глупо искать здесь следы антирусского заговора. Антирусский заговор, безусловно, существует — проблема только в том, что в нем участвует все взрослое население России. Так что «Пепси-кола» здесь совершенно ни при чем. Случившееся было частью всемирного процесса, отраженного во множестве книг (достаточно вспомнить «Ожидание обезьян» Андрея Битова или «Браззавильский пляж» Вильяма Бойда). Не обошел этот процесс и Америку, хотя там все произошло совсем иначе — «Кока-кола» полностью, окончательно и необратимо вытеснила «Пепси-колу» с красного цветового поля, что для понимающего человека равнозначно победе при Ватерлоо. Это было связано с деятельностью религиозных правых, которые очень сильны в Соединенных Штатах. Они не признают эволюции; «Кока-кола» лучше вписывается в их картину мира, потому что пьющая ее обезьяна так и остается обезьяной. Впрочем, мы слишком долго говорим об обезьянах — а собирались ведь искать человека.

Вавилен Татарский родился задолго до этой исторической победы красного над красным. Поэтому он автоматически попал в поколение «П», хотя долгое время не имел об этом никакого понятия. Если бы в те далекие годы ему сказали, что он, когда вырастет, станет копирайтером, он бы, наверно, выронил от изумления бутылку «Пепси-колы» прямо на горячую гальку пионерского пляжа. В те далекие дни детям положено было стремиться к сияющему шлему пожарного или белому халату врача. Даже мирное слово «дизайнер» казалось сомнительным неологизмом, прижившимся в великом русском языке по лингвистическому лимиту, до первого серьезного обострения международной обстановки.

Но в те дни в языке и в жизни вообще было очень много сомнительного и странного. Взять хотя бы само имя «Вавилен», которым Татарского наградил отец, соединявший в своей душе веру в коммунизм и идеалы шестидесятничества. Оно было составлено из слов «Василий Аксенов» и «Владимир Ильич Ленин». Отец Татарского, видимо, легко мог представить себе верного ленинца, благодарно постигающего над вольной аксеновской страницей, что марксизм изначально стоял за свободную любовь, или помешанного на джазе эстета, которого особо протяжная рулада саксофона заставит вдруг понять, что коммунизм победит. Но таков был не только отец Татарского, — таким было все советское поколение пятидесятых и шестидесятых, подарившее миру самодеятельную песню и кончившее в черную пустоту космоса первым спутником — четыреххвостым сперматозоидом так и не наставшего будущего.

Татарский очень стеснялся своего имени, представляясь по возможности Вовой. Потом он стал врать друзьям, что отец назвал его так потому, что увлекался восточной мистикой и имел в виду древний город Вавилон, тайную доктрину которого ему, Вавилену, предстоит унаследовать. А сплав Аксенова с Лениным отец создал потому, что был последователем манихейства и натурфилософии и считал себя обязанным уравновесить светлое начало темным. Несмотря на эту блестящую разработку, в возрасте восемнадцати лет Татарский с удовольствием потерял свой первый паспорт, а второй получил уже на Владимира.

После этого его жизнь складывалась самым обычным образом. Он поступил в технический институт — не потому, понятное дело, что любил технику (его специальностью были какие-то электроплавильные печи), а потому что не хотел идти в армию. Но в двадцать один год с ним случилось нечто, решившее его дальнейшую судьбу.

Летом, в деревне, он прочитал маленький томик Бориса Пастернака. Стихи, к которым он раньше не питал никакой склонности, до такой степени потрясли его, что несколько недель он не мог думать ни о чем другом, а потом начал писать их сам. Он навсегда запомнил ржавый каркас автобуса, косо вросший в землю на опушке подмосковного леса. Возле этого каркаса ему в голову пришла первая в жизни строка — «Сардины облаков плывут на юг» (впоследствии он стал находить, что от этого стихотворения пахнет рыбой). Словом, случай был совершенно типичным и типично закончился — Татарский поступил в Литературный институт. Правда, на отделение поэзии он не прошел — пришлось довольствоваться переводами с языков народов СССР. Татарский представлял себе свое будущее примерно так: днем — пустая аудитория в Литинституте, подстрочник с узбекского или киргизского, который нужно зарифмовать к очередной дате, а по вечерам — труды для вечности.

Потом незаметно произошло одно существенное для его будущего событие. СССР, который начали обновлять и улучшать примерно тогда же, когда Татарский решил сменить профессию, улучшился настолько, что перестал существовать (если государство способно попасть в нирвану, это был как раз такой случай). Поэтому ни о каких переводах с языков народов СССР больше не могло быть и речи. Это был удар, но его Татарский перенес. Оставалась работа для вечности, и этого было довольно.

И тут случилось непредвиденное. С вечностью, которой Татарский решил посвятить свои труды и дни, тоже стало что-то происходить. Этого Татарский не мог понять совершенно. Ведь вечность — так, во всяком случае, он всегда думал — была чем-то неизменным, неразрушимым и никак не зависящим от скоротечных земных раскладов. Если, например, маленький томик Пастернака, который изменил его жизнь, уже попал в эту вечность, то не было никакой силы, способной его оттуда выкинуть.

Оказалось, что это не совсем так. Оказалось, что вечность существовала только до тех пор, пока Татарский искренне в нее верил, и нигде за пределами этой веры ее, в сущности, не было. Для того чтобы искренне верить в вечность, надо было, чтобы эту веру разделяли другие, — потому что вера, которую не разделяет никто, называется шизофренией. А с другими — в том числе и теми, кто учил Татарского держать равнение на вечность, — начало твориться что-то странное.

Не то чтобы они изменили свои прежние взгляды, нет. Само пространство, куда были направлены эти прежние взгляды (взгляд ведь всегда куда-то направлен), стало сворачиваться и исчезать, пока от него не осталось только микроскопическое пятнышко на ветровом стекле ума. Вокруг замелькали совсем другие ландшафты.

Татарский пробовал бороться, делая вид, что ничего на самом деле не происходит. Сначала это получалось. Тесно общаясь с другими людьми, которые тоже делали вид, что ничего не происходит, можно было на некоторое время в это поверить. Конец наступил неожиданно.

Однажды во время прогулки Татарский остановился у закрытого на обед обувного магазина. За его витриной оплывала в летнем зное толстая миловидная продавщица, которую Татарский почему-то сразу назвал про себя Манькой, а среди развала разноцветных турецких подделок стояла пара обуви несомненно отечественного производства.

Татарский испытал чувство мгновенного и пронзительного узнавания. Это были остроносые ботинки на высоких каблуках, сделанные из хорошей кожи. Желто-рыжего цвета, простроченные голубой ниткой и украшенные большими золотыми пряжками в виде арф, они не были просто безвкусными или пошлыми. Они явственно воплощали в себе то, что один пьяненький преподаватель советской литературы из Литинститута называл «наш гештальт», и это было так жалко, смешно и трогательно (особенно пряжки-арфы), что у Татарского на глаза навернулись слезы. На ботинках лежал густой слой пыли — они были явно не востребованы эпохой.

Татарский знал, что тоже не востребован эпохой, но успел сжиться с этим знанием и даже находил в нем какую-то горькую сладость. Оно расшифровывалось для него словами Марины Цветаевой: «Разбросанным в пыли по магазинам (Где их никто не брал и не берет!), Моим стихам, как драгоценным винам, Настанет свой черед». Если в этом чувстве и было что-то унизительное, то не для него — скорее для окружающего мира. Но, замерев перед витриной, он вдруг понял, что пылится под этим небом не как сосуд с драгоценным вином, а именно как ботинки с пряжками-арфами. Кроме того, он понял еще одно: вечность, в которую он раньше верил, могла существовать только на государственных дотациях — или, что то же самое, как нечто запрещенное государством. Больше того, существовать она могла только в качестве полуосознанного воспоминания какой-нибудь Маньки из обувного. А ей, точно так же, как ему самому, эту сомнительную вечность просто вставляли в голову в одном контейнере с природоведением и неорганической химией. Вечность была произвольной — если бы, скажем, не Сталин убил Троцкого, а наоборот, ее населяли бы совсем другие лица. Но даже это было неважно, потому что Татарский ясно понимал: при любом раскладе Маньке просто не до вечности, и, когда она окончательно перестанет в нее верить, никакой вечности больше не будет, потому что где ей тогда быть? Или, как он записал в свою книжечку, придя домой:

«Когда исчезает субъект вечности, то исчезают и все ее объекты, — а единственным субъектом вечности является тот, кто хоть изредка про нее вспоминает».

Больше он не писал стихов: с гибелью советской власти они потеряли смысл и ценность. Последние строки, созданные им сразу после этого события, были навеяны песней группы «ДДТ» («Что такое осень — это листья...») и аллюзиями из позднего Достоевского. Кончалось стихотворение так:

> Что такое вечность — это банька,
> Вечность — это банька с пауками.
> Если эту баньку
> Позабудет Манька,
> Что же будет с Родиной и с нами?

ДРАФТ ПОДИУМ

Как только вечность исчезла, Татарский оказался в настоящем. Выяснилось, что он совершенно ничего не знает про мир, который успел возникнуть вокруг за несколько последних лет.

Этот мир был очень странным. Внешне он изменился мало — разве что на улицах стало больше нищих, а всё вокруг — дома, деревья, скамейки на улицах — вдруг как-то сразу постарело и опустилось. Сказать, что мир стал иным по своей сущности, тоже было нельзя, потому что никакой сущности у него теперь не было. Во всем царила страшноватая неопределенность. Несмотря на это, по улицам неслись потоки «мерседесов» и «тойот», в которых сидели абсолютно уверенные в себе и происходящем крепыши, и даже была, если верить газетам, какая-то внешняя политика.

По телевизору между тем показывали те же самые хари, от которых всех тошнило последние двадцать лет. Теперь они говорили точь-в-точь то самое, за что раньше сажали других, только были гораздо смелее, тверже и радикальнее. Татарский часто представлял себе Германию сорок шестого года, где доктор Геббельс истерически орет по радио о пропасти, в которую фашизм увлек нацию, бывший комендант Освенцима возглавляет комиссию по отлову нацистских преступников, генералы СС просто и доходчиво говорят о либеральных ценностях, а возглавляет всю лавочку прозревший наконец гауляйтер Восточной Пруссии. Татарский, конечно, ненавидел советскую власть в большинстве ее проявлений, но все же ему было непонятно — стоило ли менять империю зла на банановую республику зла, которая импортирует бананы из Финляндии.

Впрочем, Татарский никогда не был большим моралистом, поэтому его занимала не столько оценка происходящего, сколько проблема выживания. Никаких связей, которые могли бы ему помочь, у него не было, поэтому он подошел к делу самым простым образом — устроился продавцом в коммерческий ларек недалеко от дома.

Работа была простой, но нервной. В ларьке было полутемно и прохладно, как в танке; с миром его соединяло крохотное окошко, сквозь которое еле можно было просунуть бутылку шампанского. От возможных неприятностей Татарского защищала решетка из толстых прутьев, грубо приваренная к стенам. По вечерам он сдавал выручку пожилому чечену с тяжелым золотым перстнем; иногда даже удавалось выкроить кое-что поверх зарплаты. Время от времени к ларьку подходили начинающие бандиты и ломающимися голосами требовали денег за свою крышу. Татарский устало отсылал их к Гусейну. Гусейн был худеньким невысоким парнем с постоянно маслянистыми от опиатов глазами; обычно он лежал на матраце в полупустом вагончике, которым кончалась шеренга ларьков, и слушал суфийскую музыку. Кроме матраца, в вагончике были стол и несгораемый шкаф, в котором лежало много денег и стояла замысловатая модель автомата Калашникова с подствольным гранатометом.

Работая в ларьке (продолжалось это чуть меньше года), Татарский приобрел два новых качества. Первым был цинизм, бескрайний, как вид с Останкинской телебашни. Второе качество было удивительным и труднообъяснимым. Татарскому достаточно было коротко глянуть на руки клиента, чтобы понять, можно ли его обсчитать и на сколько именно, можно ли ему нахамить или нет, вероятна ли возможность получить фальшивую банкноту и можно ли самому сунуть такую банкноту вместе со сдачей. Здесь не существовало никакой четкой системы. Иногда в окошке появлялся кулак, похожий на волосатую дыню, но было ясно, что его обладателя можно смело посылать во все шесть направлений. А иногда сердце Татарского тревожно замирало при виде узкой женской ладони с наманикюренными ногтями.

Однажды у Татарского спросили пачку «Давидофф». Рука, положившая смятую стотысячную купюру на прилавок, была малоинтересной. Татарский отметил тонкую, еле заметную дрожь пальцев, посмотрел на аккуратно опиленные ногти и понял, что клиент злоупотребляет стимуляторами. Это вполне мог быть, например, бандит средней руки или бизнесмен — или, как чаще всего бывало, нечто среднее.

— Какой «Давидофф»? Простой или облегченный? — спросил Татарский.

— Облегченный, — ответил клиент, наклонился и заглянул в окошко.

Татарский вздрогнул — перед ним стоял его однокурсник по Литинституту Сергей Морковин. Когда-то он был одной из самых ярких личностей на курсе и сильно косил под Маяковского — носил желтый свитер и писал эпатирующие стихи («Мой стих, членораздельный, как топор...» или «О, Лица Крика! О, Мата Хари!»). Он почти не изменился, только в волосах появился аккуратный пробор, а в проборе — несколько седых волос.

— Вова? — спросил Морковин удивленно. — Что ты тут делаешь?

Татарский не нашелся, что ответить.

— Понятно, — сказал Морковин. — А ну-ка пойдем отсюда к черту.

После недолгих уговоров Татарский закрыл палатку на ключ и, боязливо косясь на вагончик Гусейна, пошел вслед за Морковиным к его машине. Они поехали в дорогой китайский ресторан «Храм Луны», поужинали, сильно выпили, и Морковин рассказал, чем он в последнее время занимался. А занимался он рекламой.

— Вова, — говорил он, хватая Татарского за руку и сверкая глазами, — сейчас особое время. Такого никогда раньше не было и никогда потом не будет. Лихорадка, как на Клондайке. Через два года все уже будет схвачено. А сейчас есть реальная возможность вписаться в эту систему, придя прямо с улицы. Ты чего, в Нью-Йорке полжизни кладут, чтобы только с правильными людьми встретиться за обедом, а у нас...

Многого из того, что говорил Морковин, Татарский просто не понимал. Единственное, что он четко уяснил из разговора, — это схему функционирования бизнеса эпохи первоначального накопления и его взаимоотношения с рекламой.

— В целом, — говорил Морковин, — происходит это примерно так. Человек берет кредит. На этот кредит он снимает офис, покупает джип «Чероки» и восемь ящиков «Смирновской». Когда «Смирновская» кончается, выясняется, что джип разбит, офис заблеван, а кредит надо отдавать. Тогда берется второй кредит — в три раза больше первого. Из него гасится первый кредит, покупается джип «Гранд Чероки» и шестнадцать ящиков «Абсолюта». Когда «Абсолют»...

— Я понял, — перебил Татарский. — А что в конце?

— Два варианта. Если банк, которому человек должен, бандитский, то его в какой-то момент убивают. Поскольку других банков у нас нет, так обычно и происходит. Если человек, наоборот, сам бандит, то последний кредит перекидывается на Государственный банк, а человек объявляет себя банкротом. К нему в офис приходят судебные исполнители, описывают пустые бутылки и заблеванный факс, а он через некоторое время начинает все сначала. Правда, у Госбанка сейчас появились свои бандиты, так что ситуация чуть сложнее, но в целом картина не изменилась.

— Ага, — задумчиво сказал Татарский. — Но я не понял, какое отношение все это имеет к рекламе.

— Вот здесь и начинается самое главное. Когда примерно половина «Смирновской» или «Абсолюта» еще не выпита, джип еще ездит, а смерть кажется далекой и абстрактной, в голове у человека, который всё это заварил, происходит своеобразная химическая реакция. В нем просыпается чувство безграничного величия, и он заказывает себе рекламный клип. Причем он требует, чтобы этот клип был круче, чем у других идиотов. По деньгам на это уходит примерно треть каждого кредита. Психологически все понятно. Открыл человек какое-нибудь малое предприятие «Эверест», и так ему хочется увидеть свой логотипчик по первому каналу, где-нибудь между «БМВ» и «Кока-колой», что хоть в петлю. Так вот, в момент, когда в голове у клиента происходит эта реакция, из кустов появляемся мы.

Татарскому было очень приятно услышать это «мы».

— Ситуация выглядит так, — продолжал Морковин. — Есть несколько студий, которые делают ролики. Им позарез нужны толковые сценаристы, потому что от сценариста сейчас зависит все. Работа заключается в следующем — люди со студии находят клиента, который хочет показать себя по телевизору. Ты на него смотришь. Он что-то говорит. Ты его выслушиваешь. Потом ты пишешь сценарий. Он обычно размером в страницу, потому что клипы короткие. Это может занять у тебя две минуты, но ты приходишь к нему не раньше чем через неделю, — он должен считать, что все это время ты бегал по комнате, держась руками за голову, и думал, думал, думал. Он читает то, что ты написал, и в зависимости от того, нравится ему сценарий или нет, заказывает ролик твоим людям или обращается к другим. Поэтому для студии, с которой ты работаешь, ты самый важный персонаж. От тебя зависит заказ. И если тебе удается загипнотизировать клиента, ты берешь десять процентов от общей стоимости ролика.

— А сколько стоит ролик?

— Обычно от пятнадцати до тридцати. В среднем считаем, что двадцать.

— Чего? — недоверчиво спросил Татарский.

— Господи, ну не рублей же. Тысяч долларов.

Татарский за долю секунды сосчитал, сколько будет десять процентов от двадцати тысяч, сглотнул и по-собачьи посмотрел на Морковина.

— Это, конечно, ненадолго, — сказал Морковин. — Пройдет год или два, и все будет выглядеть иначе. Вместо всякой пузатой мелочи, которая кредитуется по пустякам, люди будут брать миллионы баксов. Вместо джипов, которые бьют о фонари, будут замки во Франции и острова в Тихом океане. Вместо вольных стрелков будут серьезные конторы. Но суть происходящего в этой стране всегда будет той же самой. Поэтому и принцип нашей работы не изменится никогда.

— Господи, — сказал Татарский, — такие деньги... Как-то даже боязно.

— Вечный вопрос, — засмеялся Морковин. — Тварь ли я дрожащая или право имею?

— Ты, похоже, на него ответил.

— Да, — сказал Морковин, — было дело.

— И как же?

— А очень просто. Тварь дрожащая, у которой есть неотъемлемые права. И лэвэ тоже. Кстати, может, тебе одолжить, а? У тебя вид какой-то запущенный. Отдашь, когда раскрутишься.

— Спасибо, у меня пока есть, — сказал Татарский. — А ты не знаешь случайно, откуда это слово взялось — «лэвэ»? Мои чечены говорят, что его и на Аравийском полуострове понимают. Даже в английском что-то похожее есть...

— Случайно знаю, — ответил Морковин. — Это от латинских букв «L» и «V». Аббревиатура liberal values[1].

На следующий день Морковин отвел Татарского в довольно странное место. Оно называлось «Драфт Подиум» (после нескольких минут напряженной умственной работы Татарский оставил попытки понять, что это означает). Помещался «Драфт Подиум» в подвале старого кирпичного дома недалеко от центра. Туда вела тяжелая стальная дверь, за которой оказалось небольшое помещение, плотно заставленное техникой. Там Татарского ждало несколько молодых людей. Главным был небритый парень по имени Сергей, похожий на Дракулу в юности. Он

---

[1] Либеральные ценности (*англ.*).

объяснил Татарскому, что небольшой кубический ящик из синей пластмассы, стоящий на пустой картонной коробке, — это компьютер «Силикон График», который стоит черт знает сколько, а программа «Софт Имаж», которая на нем установлена, стоит в два раза больше. «Силикон» был главным сокровищем этой подземной пещеры. Еще в комнате было несколько компьютеров попроще, сканеры и какой-то сложный видеомагнитофон со множеством индикаторов. На Татарского большое впечатление произвела одна деталь — на видеомагнитофоне было круглое колесико с рукояткой, вроде тех, что бывают на швейных машинках, и с его помощью можно было вручную прокручивать кадры.

На примете у «Драфт Подиума» был один очень перспективный клиент.

— Объекту примерно пятьдесят лет, — затягиваясь ментоловой сигаретой, говорил Сергей. — Раньше работал учителем физики. Когда бардак только начинался, организовал кооператив по выпечке тортиков «Птичье молоко» и за два года сделал такие деньги, что сейчас снял в аренду целый кондитерский комбинат в Лефортове. Недавно взял большой кредит. Позавчера у него начался запой, а запои у него примерно по две недели.

— Откуда такие сведения? — поинтересовался Татарский.

— Секретарша, — сказал Сергей. — Так вот, брать его надо сейчас и нести сценарий, пока он не успел отойти. Когда он трезвый, его всегда жаба душит. У нас встреча завтра в час в его конторе.

На следующий день Морковин приехал к Татарскому домой рано. Он привез с собой большой полиэтиленовый пакет ярко-желтого цвета. В пакете был бордовый пиджак из материала, похожего на шинельное сукно. На его нагрудном кармане посверкивал сложный герб, напоминающий эмблему с пачки «Мальборо». Морковин сказал, что этот пиджак — клубный. Татарский не понял, но послушно надел. Еще Морковин достал из пакета пижонский блокнот в кожаной обложке, невероятно толстую ручку с надписью «Zoom» и пейджер — тогда они только появились в Москве.

— Эту штуку наденешь на пояс, — сказал он. — Вы встречаетесь с клиентом в час, а в час двадцать я тебе на этот пейджер позвоню. Когда он запищит, снимешь его с пояса и со значением на него посмотришь. Все время, пока клиент будет говорить, делай пометки в блокноте.

— Зачем все это? — полюбопытствовал Татарский.

— Неужели не ясно? Клиент платит большие деньги за лист бумаги и несколько капель чернил из принтера. Он должен быть абсолютно уверен, что перед ним деньги за это же самое заплатило много других людей.

— По-моему, — сказал Татарский, — как раз из-за всех этих пиджаков и пейджеров у него могут возникнуть сомнения.

— Усложняешь, — махнул рукой Морковин. — Жизнь проще и глупее. И вот еще...

Он вынул из кармана узкий футляр, открыл его и протянул Татарскому. В футляре лежали тяжелые, красиво-уродливые часы из золота и стали.

— Это «Ролекс Уйстер». Осторожней, не сбей позолоту — они фальшивые. Я их только на дело беру. Когда будешь говорить с клиентом, ты ими так, знаешь, побрякивай. Помогает.

Татарский был очень воодушевлен поддержкой. В половине первого он вышел из метро. Ребята из «Драфт Подиума» уже ждали его недалеко от входа. Приехали они на длинном черном «мерседесе». Татарский уже достаточно разбирался в бизнесе, чтобы понять, что машина нанята часа на два. Сергей был все так же небрит, но теперь в его небритости было что-то мрачно-стильное — наверно, из-за темного пиджака с невероятно узкими лацканами и бабочки. Рядом с ним сидела Лена, которая занималась контрактами и бухгалтерией. На ней было простое черное платье (ни украшений, ни косметики), а в руке она держала папку с золотым замочком. Когда Татарский влез в машину, все трое переглянулись, и Сергей сказал шоферу:

— Вперед.

Лена нервничала. Всю дорогу, прихохатывая, она рассказывала про какого-то Азадовского — видимо, любовника своей подруги. Этот Азадовский вызывал у нее чувство, близкое к восхищению: приехав в Москву с Украины, он вселился к ее знакомой, прописался на ее площади, потом вызвал из Днепропетровска сестру с двумя детьми, прописал их там же и тут же, без всякой паузы, разменял квартиру через суд, отправив подругу в комнату в коммуналке.

— Этот человек далеко пойдет! — повторяла Лена.

Ее особенно впечатляло то, что сестра с детьми сразу же после этой операции была сослана назад в Днепропетровск; вообще, в рассказе присутствовали такие подробности, что под конец поездки Татарскому стало казаться, что он прожил половину жизни в квартире с Азадовским и его близкими. Впрочем, Татарский нервничал не меньше Лены.

Клиент (его имя так и осталось неизвестным) был удивительно похож на тот образ, который сложился в голове у Татарского после вчерашнего разговора. Это был короткий и плотный мужичок с хитрым лицом, на котором только начала рассасываться похмельная гримаса, — видимо, он выпил первый стакан незадолго до встречи.

После короткого обмена любезностями (говорила в основном Лена; Сергей сидел в углу, закинув ногу на ногу, и курил) Татарский был представлен в качестве сценариста. Сев за стол перед клиентом, он бухнул «Ролексом» о стол и раскрыл блокнот. Сразу же выяснилось, что клиенту сказать особо нечего. Без сильного галлюциногена было сложно вдохновиться деталями его бизнеса — он главным образом упирал на какие-то поддоны с фторовым покрытием, к которым ничего не прилипает. Слушая и чуть отворачивая лицо в сторону, Татарский кивал и ставил в блокноте бессмысленные закорючки. Краем глаза он осмотрел комнату — в ней тоже не было ничего интересного, если не считать голубой пыжиковой шапки, явно очень дорогой, которая лежала на верхней полке в пустом застекленном шкафу.

Как и было обещано, через несколько минут на поясе у него зазвонил пейджер. Татарский снял с ремня черный пластмассовый ящичек. В его окошке были слова: «Welcome to the route 666»[1].

---

[1] «Добро пожаловать на шоссе 666» (*англ.*).

«Шутник, а?» — подумал Татарский.

— Это не из «Видео Интернешнл»? — спросил из угла Сергей.

— Нет, — ответил Татарский, принимая подачу. — Мне эти лохи, слава Богу, больше не звонят. Это Слава Зайцев. На сегодня все отменяется.

— Почему? — спросил Сергей, поднимая бровь. — Если он думает, что нам это нужнее, чем ему...

— Потом поговорим, — сказал Татарский. Клиент тем временем задумчиво и насупленно глядел на свою пыжиковую шапку в застекленном шкафу. Татарский посмотрел на его руки. Они были сцеплены замком, а большие пальцы быстро вращались друг вокруг друга, словно наматывая на себя невидимую нить. Это и был момент истины.

— А вы не боитесь, что все может кончиться? — спросил Татарский. — Ведь время сами знаете какое. Вдруг все рухнет?

Клиент поморщился и с недоумением поглядел сначала на Татарского, а потом на его спутников. Его пальцы перестали крутиться.

— Боюсь, — ответил он, поднимая глаза. — А кто не боится-то? Странные какие-то у вас вопросы.

— Извините, — сказал Татарский. — Это я так.

Минут через пять беседа кончилась. Сергей взял у клиента бланк с его логотипом — это был стилизованный пирожок в овале, под которым стояли буквы «ЛКК». Договорились о встрече через неделю; Сергей обещал, что к этому времени будет готов сценарий ролика и какие-то «раскадровка» и «баланс».

— У тебя что, крыша поехала? — спросил Сергей Татарского, когда они вышли на улицу. — Кто ж такие вопросы задает?

— Ничего, — сказал Татарский. — Зато теперь я знаю, чего он хочет.

«Мерседес» довез всех троих до ближайшего метро.

Вернувшись домой, Татарский за несколько часов написал сценарий. Уже давно он не чувствовал такого вдохновения. В сценарии не было конкретного сюжета — он состоял из чередования исторических реминисценций и метафор. Росла и рушилась Вавилонская башня, разливался Нил, горел Рим, скакали куда-то по степи бешеные гунны — а на заднем плане вращалась стрелка огромных прозрачных часов.

«Род приходит, и род уходит, — говорил глухой и демонический (Татарский так и написал в сценарии) голос за кадром, — а земля пребывает вовеки».

Но даже земля с развалинами империй и цивилизаций погружалась в конце концов в свинцовый океан; над его ревущей поверхностью оставалась одинокая скала, как бы рифмующаяся своей формой с Вавилонской башней, с которой начинался сценарий. Камера наезжала на скалу, и становился виден выбитый в камне пирожок с буквами «ЛКК», под которым был девиз, найденный Татарским в сборнике «Крылатые латинизмы»:

MEDIIS TEMPUSTATIBUS PLACIDUS.
СПОКОЙНЫЙ СРЕДИ БУРЬ.
ЛЕФОРТОВСКИЙ КОНДИТЕРСКИЙ КОМБИНАТ

В «Драфт Подиуме» к произведению Татарского отнеслись с ужасом.

— Технически это сделать несложно, — сказал Сергей. — Надрать видеоряда из старых фильмов, подкрасить, растянуть. Но ведь это полная шиза. Даже как-то смешно.

— Шиза, — согласился Татарский. — И смешно. Только ты скажи, чего ты хочешь? Премию в Каннах получить или заказ?

Через пару дней Лена повезла клиенту несколько вариантов сценария, написанных другими людьми. В них были задействованы юный повар неясной сексуальной ориентации (предлагался классический сюжет с поручиком Ржевским и вишневой косточкой; слоган был «А повар ел пирожное с вишней»), черные «мерседесы», набитый долларами чемодан и прочие народные архетипы. Все это клиент отверг без объяснения причин. В отчаянии Лена показала сценарий, написанный Татарским.

В студию она вернулась с договором на тридцать пять тысяч, из которых двадцать выплачивалось авансом. Это был рекорд. По ее словам, прочитав сценарий, клиент повел себя как гаммельнская крыса, услышавшая целый духовой оркестр.

— Можно было сорок снять, — сказала она. — Я поздно поняла, дура.

Деньги пришли на счет через пять дней, и Татарский получил честно заработанные две тысячи. Сергей со своей командой уже собирался ехать в Ялту, чтобы снять подходящую скалу, на которой в последних кадрах должен был появиться высеченный в граните пирожок, когда клиента нашли мертвым в его офисе. Кто-то задушил его телефонным проводом. На теле нашли традиционные следы электроутюга, а во рту — вдавленное безжалостной рукой пирожное «Ноктюрн» (пропитанный ликером бисквит, минорно-горький шоколад, чуть присыпанный трагическим инеем тертого кокоса).

«Род приходит, и род уходит, — философски подумал Татарский, — а своя рубашка к телу ближе».

Так Татарский стал копирайтером. Ни с кем из своего прежнего начальства он объясняться не стал, а просто положил ключи от ларька на крыльцо вагончика, где сидел Гусейн. Ходили слухи, что за выход из бизнеса чечены требуют больших отступных.

Довольно быстро он оброс новыми знакомствами и стал работать сразу на несколько студий. Такие прорывы, как со спокойным среди бурь Лефортовским кондитерским комбинатом, происходили, к сожалению, не особенно часто. Скоро Татарский понял, что, если один из десяти проектов кончается успешно, это уже большая удача. Денег он зарабатывал не особенно много, но все равно выходило больше, чем на ниве розничной торговли. Про свою первую рекламную работу он вспоминал с неудовольствием, находя в ней какую-то постыдно-поспешную готовность недорого продать все самое высокое в душе. А когда заказы пошли один за другим, он понял, что в бизнесе никогда не следует проявлять поспешности, иначе сильно сбавляешь цену, а это глупо: продавать самое святое и высокое надо как можно дороже, потому что потом торговать будет уже нечем. Впрочем, Татарский знал, что это правило распространяется не на всех. По-настоящему виртуозные мастера жанра, которых он видел иногда по телевизору, ухитрялись продавать самое высокое ежедневно, но таким образом, что не было никаких формальных поводов сказать, будто они что-то продали, и на следующий день они могли смело начинать всё заново. Как это достигалось, Татарский не мог даже представить.

Постепенно стала прослеживаться одна очень неприятная тенденция: заказчик получал разработанный Татарским проект, вежливо объяснял, что это не совсем то, что требуется, а через месяц или два Татарский натыкался на клип, явно сделанный по его идее. Искать правды в таких случаях было бесполезно.

Посоветовавшись с новыми знакомыми, Татарский попытался запрыгнуть ступенькой выше в рекламной иерархии и стал разрабатывать рекламные концепции. Эта работа мало отличалась от прежней. Была одна волшебная книга, прочтя которую можно было уже никого не стесняться и ни в чем не сомневаться. Она называлась «Positioning: a battle for your mind»[1], а написали ее два продвинутых американских колдуна. По своей сути она была совершенно неприменима в России. Насколько Татарский мог судить, никакого сражения между товарами за ниши в развороченных отечественных мозгах не происходило; ситуация больше напоминала дымящийся пейзаж после атомного взрыва. Но все же книга была полезной. Там было много шикарных выражений вроде line extention, которые можно было вставлять в концепции и базары. Татарский понял, чем эра застаивания империализма отличается от эпохи первоначального накопления капитала. На Западе заказчик рекламы и копирайтер вместе пытались промыть мозги потребителю, а в России задачей ко-

---

[1] «Позиционирование: битва за ваш разум» (*англ.*).

пирайтера было законопатить мозги заказчику. Кроме того, Татарский понял, что Морковин был прав и эта ситуация не изменится никогда. Покурив однажды очень хорошей травы, он случайно открыл основной экономический закон постсоциалистической формации: первоначальное накопление капитала является в ней также и окончательным.

Перед сном Татарский иногда перечитывал книгу о позиционировании. Он считал ее своей маленькой Библией; сравнение было тем более уместным, что в ней встречались отзвуки религиозных взглядов, которые особенно сильно действовали на его непорочную душу: «Романтические копирайтеры пятидесятых, уже перешедшие в огромное рекламное агентство на небесах...»

ТИХАМАТ-2

Предсказание Морковина стало сбываться — в рекламе оставалось все меньше и меньше работы для одиночек, и постепенно в карьере Татарского настала штилевая полоса. Работа уходила в агентства, которые имели в штате своих собственных копирайтеров и так называемых криэйторов. Эти агентства множились неудержимо — как грибы после дождя или, как Татарский написал в одной концепции, гробы после вождя.

А вождь наконец-то покидал насиженную Россию. Его статуи увозили за город на военных грузовиках (говорили, что какой-то полковник придумал переплавлять их на цветной металл и много заработал, пока не грохнули), но на смену приходила только серая страшноватость, в которой душа советского типа быстро догнивала и проваливалась внутрь самой себя. Газеты уверяли, что в этой страшноватости давно живет весь мир и оттого в нем так много вещей и денег, а понять это мешает только «советская ментальность».

Что такое «советская ментальность», или сакраментальный «совок», Татарский понимал не до конца, хотя пользовался этим выражением часто и с удовольствием. Но с точки зрения его нового нанимателя, Дмитрия Пугина, он и не должен был ничего понимать. Он должен был такой ментальностью обладать. Именно в этом и заключался смысл его занятия — приспосабливать западные рекламные концепции под ментальность российского потребителя. Работа была free lance — Татарский переводил это выражение как «свободный копейщик», имея в виду прежде всего свою оплату.

Пугин, мужчина с черными усами и блестящими черными глазами, очень похожими на две пуговицы, нарисовался случайно, в гостях у общих знакомых. Узнав, что Татарский занимается рекламой, он проявил к нему умеренный интерес. А Татарский сразу преисполнился к Пугину иррациональным уважением — его поразило, что тот сидел за чаем прямо в длиннополом черном пальто.

Тогда-то и заговорили о советской ментальности. Пугин признался, что в былые дни обладал ею и сам, но начисто утратил ее, несколько лет проработав таксистом в Нью-Йорке. Соленые ветра Брайтон-Бич выдули из его головы затхлые советские конструкции и заразили неудержимой тягой к успеху.

— В Нью-Йорке особенно остро понимаешь, — сказал он Татарскому за водочкой, к которой перешли после чая, — что можно провести всю жизнь на какой-нибудь маленькой вонючей кухне, глядя в обосранный грязный двор и жуя дрянную котлету. Будешь вот так стоять у окна, глядеть на это говно и помойки, а жизнь незаметно пройдет.

— Интересно, — задумчиво отозвался Татарский, — а зачем для этого ехать в Нью-Йорк? Разве...

— А потому что в Нью-Йорке это понимаешь, а в Москве нет, — перебил Пугин. — Правильно, здесь этих вонючих кухонь и обосранных дворов гораздо больше. Но здесь ты ни за что не поймешь, что среди них пройдет вся твоя жизнь. До тех пор, пока она действительно не пройдет. И в этом, кстати, одна из главных особенностей советской ментальности.

Мнения Пугина были в чем-то спорными, но то, что он предлагал, было просто, понятно и логично. Насколько Татарский мог судить из глубин своей советской ментальности, проект являлся просто хрестоматийным образцом американской предприимчивости.

— Смотри, — говорил Пугин, прищуренно глядя в пространство над головой Татарского, — совок уже почти ничего не производит сам. А людям ведь надо что-то есть и носить? Значит, сюда скоро пойдут товары с Запада. А одновременно с этим хлынет волна рекламы. Но эту рекламу нельзя будет просто перевести с английского на русский, потому что здесь другие... как это... cultural references... Короче, рекламу надо будет срочно адаптировать для русского потребителя. Теперь смотри, что делаем мы с тобой. Мы с тобой берем и загодя — понимаешь? — загодя подготавливаем болванки для всех серьезных брэндов. А потом, как только наступает время, приходим с папочкой в представительство и делаем бизнес. Главное — вовремя обзавестись хорошими мозгами!

И Пугин хлопал ладонью по столу — он явно считал, что уже обзавелся ими. Но у Татарского возникло вялое чувство, что его опять дурят. Перспективы работы на Пугина прорисовывались смутно — хотя работа была вполне конкретной, было неясно, как и когда за нее будут платить.

В качестве пробного шара Пугин дал задание на разработку эскизной концепции для «Спрайта» — сначала он хотел дать еще и «Мальборо», но внезапно передумал, сказав, что Татарскому рано за это браться. Тут, как впоследствии понял Татарский, и проявилась советская ментальность, за которую он был востребован. Весь его скепсис в отношении Пугина мгновенно растаял от обиды, что тот не доверил ему «Мальборо». Но эта обида была смешана с радостью от того, что «Спрайт» ему все-таки остался, и, захваченный водоворотом этих чувств, он даже не задумался, почему это какой-то таксист с Брайтон-Бич, который не дал ему ни копейки денег, уже решает, можно ему думать о концепции для «Мальборо» или нет.

В проект для «Спрайта» Татарский вложил все свое понимание ушибленного исторического пути Родины. Перед тем как сесть за работу, он перечитал несколько избранных глав из книги «Positioning: a battle for your mind» и целую кучу газет разных направлений. Газет он не читал давно, и от прочитанного пришел в смятение. Это, конечно, сказалось на продукте.

Необходимо в первую очередь учитывать, — написал он в концепции, — что ситуация, которая сложилась к настоящему моменту в России, долго существовать не может.

В ближайшем будущем следует ожидать полной остановки большинства жизненно необходимых производств, финансового краха и серьезных социальных потрясений, что неизбежно закончится установлением военной диктатуры. Вне зависимости от своей политической и экономической программы будущая диктатура попытается обратиться к националистическим лозунгам; господствующей государственной эстетикой станет ложнославянский стиль. (Этот термин употребляется нами не в негативно-оценочном смысле. В отличие от славянского стиля, которого не существует в природе, ложнославянский стиль является разработанной и четкой парадигмой.) А в его знаково-символическом поле традиционная западная реклама немыслима. Поэтому она или будет запрещена полностью, или будет подвергаться жесткой цензуре. Это необходимо принимать во внимание при составлении сколько-нибудь долговременной стратегии.

Рассмотрим классический позиционный слоган «Sprite — the Uncola». Его использование в России представляется крайне целесообразным, но по несколько иным причинам, чем в Америке. Термин «Uncola» (то есть не-кола) крайне успешно позиционирует «Спрайт» против «Пепси-колы» и «Кока-колы», создавая особую нишу для этого продукта в сознании западного потребителя. Но, как известно, в странах Восточной Европы «Кока-кола» является скорее идеологическим фетишем, чем прохладительным напитком. Если, например, напитки «Херши» обладают устойчивым «вкусом победы», то «Кока-кола» обладает «вкусом свободы», как это было заявлено в семидесятые и восьмидесятые годы целым рядом восточноевропейских перебежчиков. Поэтому для отечественного потребителя термин «Uncola» имеет широкие антидемократические и антилиберальные коннотации, что делает его крайне привлекательным и многообещающим в условиях военной диктатуры.

В переводе на русский «Uncola» будет «Некола». По своему звучанию (похоже на имя «Никола») и вызываемым ассоциациям это слово отлично вписывается в эстетику вероятного будущего. Возможные варианты слоганов:

СПРАЙТ. НЕ-КОЛА ДЛЯ НИКОЛЫ

(Имеет смысл подумать о введении в сознание потребителя «Николы Спрайтова» — персонажа наподобие Рональда Макдональда, только глубоко национального по духу.)

ПУСТЬ НЕТУ НИ КОЛА И НИ ДВОРА.
СПРАЙТ. НЕ-КОЛА ДЛЯ НИКОЛЫ

(Второй слоган нацелен на маргиналь-
ные группы.)

Кроме того, необходимо подумать об
изменении оформления продукта, продаваемого на российском рынке. Здесь тоже
необходимо ввести элементы ложнославян-
ского стиля. Идеальным символом представляется березка. Было бы целесообразно поменять окраску банки с зеленой на
белую в черных полосках наподобие ствола березы. Возможный текст в рекламном
ролике:

«Я в весеннем лесу
Пил березовый Спрайт».

Прочитав принесенную Татарским распечатку,
Пугин сказал:

— The Uncola — это слоган «Севен-Ап», а не
«Спрайта».

После этого он некоторое время молчал, глядя на
Татарского своими глазами-пуговицами. Татарский
тоже молчал, вспоминая, сколько раз в жизни он
уже бывал в таком идиотском положении.

— Но это ничего, — сжалился наконец Пугин. —
Использовать можно. Если не для «Спрайта», так
для «Севен-Ап». Так что можно считать, что экзамен
ты сдал. Теперь попробуй какой-нибудь другой
брэнд.

— А какой? — с облегчением спросил Татарский.

Пугин подумал, пошарил в карманах и протянул ему начатую пачку «Парламента».

— И еще плакат для них придумай, — сказал он.

С «Парламентом» все оказалось сложнее. Для начала Татарский написал обычное:

> Совершенно ясно, что при составлении сколько-нибудь серьезной рекламной концепции следует прежде всего учитывать...

После этого он надолго замер. Что следовало прежде всего учитывать, было на самом деле совершенно неясно. Единственной ассоциацией, которую с трудом выжимало из него слово «Парламент», были войны Кромвеля в Англии. То же самое, видимо, относилось к среднему российскому потребителю, читавшему в детстве Дюма. Полчаса предельного напряжения всех духовных сил привели только к рождению слогана-дегенерата:

<u>ПАР КОСТЕЙ НЕ ЛАМЕНТ</u>

Когда «Парламент» кончился, Татарский захотел курить. Он обыскал всю квартиру в поисках курева и нашел старую пачку «Явы». Сделав две затяжки, он бросил сигарету в унитаз и кинулся к столу. У него родился текст, который в первый момент показался ему решением:

PARLIAMENT — THE UNЯBA

Но сразу же он вспомнил, что слоган должен быть на русском. После долгих мучений он записал:

ЧТО ДЕНЬ ГРЯДУЩИЙ НАМ ГОТОВИТ?
ПАРЛАМЕНТ. НЕЯВА

Поняв, что это некачественная калька со слова uncola, он почти было сдался. И вдруг его осенило. Курсовая по истории, которую он писал в Литинституте, называлась «Краткий очерк истории парламентаризма в России». Он уже ничего из нее не помнил, но был совершенно уверен, что в ней хватит материала на три концепции, не то что на одну. Приплясывая от возбуждения, он направился по коридору ко встроенному шкафу, где хранились его старые бумаги.

Через полчаса поисков стало ясно, что курсовой он не найдет. Но было уже как-то не до нее — разбирая скопившиеся в стенном шкафу залежи, он нашел на антресольной полке несколько объектов, хранившихся там еще со школьных времен: изуродованный ударами туристского топорика бюст Ленина (Татарский вспомнил, что после экзекуции сам спрятал его в труднодоступном месте, опасаясь возмездия), тетрадь по обществоведению, заполненная рисунками танков и атомных взрывов, и несколько старых книг.

Все это переполнило его такой безысходной ностальгией, что работодатель Пугин вызвал в нем отвращение и ненависть, после чего подвергся полному вытеснению из сознания вместе со своим «Парламентом».

Найденные книги, как Татарский с нежностью вспомнил, были отобраны из макулатуры, которую их посылали собирать после уроков. Среди них были томик изданного в шестидесятые годы левого французского экзистенциалиста, прекрасно оформленный сборник статей по теоретической физике «Бесконечность и Вселенная» и папка-скоросшиватель с крупной надписью «Тихамат» на корешке.

Книгу «Бесконечность и Вселенная» Татарский помнил, а папку нет. Раскрыв ее, он прочел на первой странице:

ТИХАМАТ-2

Море земное.

Хронологические таблицы и примечания.

Бумаги, подшитые в папку, явно относились к предкомпьютерной эре. Татарский помнил кучу самиздатовских книг, которые ходили именно в таком формате — две уменьшенные вдвое машинописные страницы, откопированные на один лист. У него в руках было, судя по всему, приложение к диссертации по истории древнего мира.

Татарский начал что-то вспоминать: кажется, в детстве он даже не открывал эту папку, а понял слово «Тихамат» как некую разновидность сопромата пополам с истматом, настоянную на народной мудрости насчет того, что тише едешь — дальше будешь. А взял он этот труд исключительно из-за красивого скоросшивателя, после чего просто забыл про него.

Оказалось, однако, что «Тихамат» — то ли имя древнего божества, то ли название океана, то ли все это вместе. Татарский понял из сноски, что слово можно было примерно перевести на русский как «Хаос».

Большую часть места в папке занимали «таблицы царей». Они были довольно однообразны — в них перечислялись труднопроизносимые имена с римскими цифрами и сообщалось, кто и когда выступил в поход, заложил стену, взял город и так далее. В нескольких местах сравнивались разные источники, и из этого сравнения делался вывод, что несколько событий, вошедших в историю как последовательные, были на самом деле одним и тем же происшествием, так поразившим современников и потомков, что его эхо раздвоилось и растроилось, а потом каждое из них зажило своей жизнью. Автору это открытие, как следовало из его торжествующе-извиняющегося тона, явно представлялось революционным и даже иконоборческим, что заставило Татарского лишний раз задуматься о тщете всех человеческих трудов. Никакого потрясения от того, что Ашуретилшамерситубаллисту II оказался на самом деле Небухаданаззером III, он не испытал — неведомый историк со своим пафосом по этому поводу был немного смешон. Цари тоже были смешны: про них даже не было толком известно, люди они или ошибки переписчика глиняных табличек, и след от них остался только на этих самых табличках. Татарский, во всяком случае, никогда раньше про них не слышал; слово «Небухаданаззер» показалось ему отличным определением человека, который страдает без опохмелки.

Вслед за хронологическими таблицами шли статьи-примечания к неизвестному тексту — в папке

было много вклеенных фотографий каких-то древ-
ностей. Вторая или третья по счету статья, на которую наткнулся Татарский, была озаглавлена:

ВАВИЛОН: ТРИ ХАЛДЕЙСКИЕ ЗАГАДКИ

Сквозь букву «О» в слове «Вавилон» проступала
замазанная «Е» — это была просто исправленная
опечатка, но Татарский при виде ее пришел в волне-
ние. Данное при рождении и отвергнутое при совер-
шеннолетии имя настигло его в тот момент, когда он
совершенно забыл о той роли, которую, как он рассказывал друзьям в детстве, должны были сыграть в
его судьбе тайные доктрины Вавилона.

Под заголовком был снимок оттиска печати —
решетчатая дверь на вершине то ли горы, то ли ступенчатой пирамиды, возле которой стоял бородатый
человек в юбке, с чем-то вроде пледа, перекинутого
через плечо. Татарскому показалось, что человек
держит за тонкие косы две отрубленных головы. Но
у одной головы не было черт лица, а вторая весело
улыбалась. Татарский прочел надпись под рисунком:
«Халдей с маской и зеркалом на зиккурате». Сев на
стопку вынутых из шкафа книг, он стал читать текст
под фотографией.

*«Стр. 123. Зеркало и маска — ритуальные пред-
меты Иштар. Каноническое изображение, наиболее
полно выражающее сакральный символизм ее культа, — Иштар в золотой маске, смотрящаяся в зеркало. Золото суть тело богини; его негативная про-
екция — свет звезд. Отсюда некоторыми исследова-*

телями делается предположение, что третьим ритуальным предметом богини является мухомор, шляпка которого является природной картой звездного неба. В этом случае именно мухомор следует считать «небесным грибом», упоминающимся в различных текстах. Это косвенно подтверждается деталями мифа о трех великих эрах — красного, синего и желтого неба. Красный мухомор связывает халдея с прошлым; через него становится доступной мудрость и сила эры красного неба. Коричневый мухомор («коричневый» и «желтый» по-аккадски обозначались одним словом), напротив, связывает с будущим, и через него возможно овладеть всей его неисчерпаемой энергией».

Перевернув наугад несколько страниц, Татарский опять наткнулся на слово «мухомор».

«Стр. 145. Три халдейские загадки (Три загадки Иштар). Предание о трех халдейских загадках гласило, что мужем богини мог стать любой житель Вавилона. Для этого он должен был выпить особый напиток и взойти на ее зиккурат. Неизвестно, что имелось в виду: церемониальное восхождение на реальную постройку в Вавилоне или галлюцинаторный опыт. В пользу второго предположения говорит то, что напиток приготовлялся по довольно экзотическому рецепту: в него входили «моча красного осла» (возможно, традиционная в древней алхимии киноварь) и «небесные грибы» (видимо, мухомор — см. «Зеркало и маска»).

По преданию, путь к богатству и совершенной

мудрости (а вавилоняне не разделяли этих двух понятий — они скорее считались взаимно переходящими друг в друга и рассматривались как различные аспекты одного и того же) лежал через сексуальный союз с золотым идолом богини, который находился в верхней комнате зиккурата. Считалось, что дух Иштар в определенные часы сходит на этого идола.

Чтобы быть пропущенным к идолу, необходимо было разгадать три загадки Иштар. Эти загадки до нас не дошли. Отметим спорную точку зрения Клода Греко (см. 11, 12), который полагает, что речь идет о наборе ритмизованных и весьма полисемантичных из-за своей омонимичности заклинаний на древнеаккадском, найденных на раскопках в Ниневии.

Гораздо более убедительной, однако, представляется версия, основанная сразу на нескольких источниках: три загадки Иштар представляли собой три символических объекта, которые вручались вавилонянину, пожелавшему стать халдеем. Он должен был разъяснить значение этих предметов (мотив символического послания). На спиральном подъеме на зиккурат было три заставы, где будущему халдею по очереди предлагались эти объекты. Того, кто решал хоть одну загадку неправильно, стража заставы сталкивала с зиккурата вниз, что означало верную гибель. (Есть основания выводить позднейший культ Кибелы, основанный на ритуальном самооскоплении, из культа Иштар: самооскопление, видимо, играло роль замещающей жертвы.)

Тем не менее желающих было множество, так как ответы, которые позволяли пройти на вершину зиккурата и соединиться с богиней, все же существовали. Раз в несколько десятилетий это кому-нибудь удавалось. Человек, который решал все три загадки правильно, всходил на вершину и встречался с богиней, после чего становился посвященным халдеем и ее ритуальным земным мужем (возможно, таких было несколько).

По одной из версий, ответы на три загадки Иштар существовали и в письменном виде. В специальных местах в Вавилоне продавались запечатанные таблички с ответами на вопросы богини (по другой версии, речь идет о магической печати, на которой были вырезаны ответы). Изготовлением этих табличек и торговлей ими занимались жрецы главного храма Энкиду — бога-покровителя Лотереи. Считалось, что через посредничество Энкиду богиня выбирает себе очередного мужа. Это снимало хорошо известный древним вавилонянам конфликт между божественным предопределением и свободой воли. Поэтому большинство решавшихся взойти на зиккурат покупало глиняные таблички с ответами; считалось, что табличку можно распечатать, только взойдя на зиккурат.

Эта практика и называлось Великой Лотереей (устоявшийся термин, которым мы обязаны многочисленным беллетристам, вдохновлявшимся этой легендой, но более точный вариант перевода — «Игра Без Названия»). В ней существовали только выигрыш и смерть, так что в определенном смысле она была беспроигрышной. Некоторые смельчаки решались подниматься на зиккурат без таблички с подсказкой.

По другой трактовке, три вопроса Иштар были

не загадками, а скорее символическими ориентирами, указывающими на определенные жизненные ситуации. Вавилонянин должен был пройти их и представить доказательства своей мудрости страже зиккурата, что делало возможным встречу с богиней. (В этом случае вышеописанный подъем на зиккурат представляется скорее метафорой.) Бытовало поверье, что ответы на три вопроса Иштар скрыты в словах «рыночных песен», которые поют каждый день на вавилонском базаре, но сведений об этих песнях или этом обычае не сохранилось».

Протерев папку от пыли, Татарский спрятал ее назад в шкаф, решив, что когда-нибудь непременно прочтет все полностью.

Курсовой по истории русского парламентаризма в шкафу не нашлось. Впрочем, к концу поисков Татарский понял: история парламентаризма в России увенчивается тем простым фактом, что слово «парламентаризм» может понадобиться разве что для рекламы сигарет «Парламент» — да и там, если честно, можно обойтись без всякого парламентаризма.

ТРИ ЗАГАДКИ ИШТАР

На следующий день Татарский, все еще погруженный в мысли о сигаретной концепции, встретил в начале Тверской улицы своего одноклассника Андрея Гиреева, о котором ничего не слышал несколько лет. Гиреев поразил его своим нарядом — синей рясой, поверх которой была накинута расшитая непальская жилетка. В руках он держал что-то вроде большой кофемолки, покрытой тибетскими буквами и украшенной цветными лентами, ручку которой он вращал; несмотря на крайнюю экзотичность всех элементов его наряда, в сочетании друг с другом они смотрелись настолько естественно, что как бы нейтрализовывали друг друга. Никто из прохожих не обращал на Гиреева внимания: подобно фонарному столбу или рекламе «Пепси-колы», он выпадал из поля восприятия из-за полной визуальной неинформативности.

Татарский сначала узнал Гиреева в лицо и только потом обратил внимание на богатые детали его облика. Внимательно поглядев ему в глаза, он понял, что Гиреев не в себе, хотя вроде не пьян. Несмотря на это, тот был собран, тих и внушал доверие.

Он сказал, что живет под Москвой в поселке Расторгуево, и пригласил в гости. Татарский согласился, и они нырнули в метро, а на «Варшавской» пересели в электричку. Ехали молча; Татарский изредка отрывался от вида за окном и смотрел на Гиреева. Тот в своей диковатой одежде казался последним осколком погибшей вселенной — не советской, потому что в ней не было бродячих тибетских астрологов, а какой-то другой, существовавшей параллельно советскому миру и даже вопреки ему, но пропавшей вместе с ним. И ее было жалко, потому что многое, что когда-то нравилось Татарскому и трогало его душу, приходило из этой параллельной вселенной, с которой, как все были уверены, ничего никогда не может случиться. А произошло с ней примерно то же самое, что и с советской вечностью, и так же незаметно.

Гиреев жил в покосившемся черном доме, перед которым был одичавший сад, заросший высокими, в полтора человеческих роста, зонтиками. По уровню удобств его жилье было переходной формой между деревней и городом: в будке-уборной сквозь дыру были видны мокрые и ослизлые канализационные трубы, проходящие над выгребной ямой, но откуда и куда они вели, было неясно. Однако в доме были газовая плита и телефон.

Гиреев усадил Татарского за стол на веранде и насыпал в заварной чайник крупно смолотого порошка из красной жестяной банки с белой надписью по-эстонски.

— Что это? — спросил Татарский.

— Мухоморы, — ответил Гиреев и налил в чайник кипятку. По комнате разнесся запах грибного супа.

— Ты что, собираешься это пить?

— Не бойся, — сказал Гиреев, — коричневых тут нет.

Он произнес это таким тоном, будто снял все мыслимые возражения, и Татарский не нашелся, что ответить. Минуту он колебался, а потом вспомнил, что вчера как раз читал о мухоморах, и поборол сомнения. На вкус мухоморный чай оказался довольно приятным.

— И чего от него будет?

— Сам увидишь, — ответил Гиреев. — Еще будешь их на зиму сушить.

— А что сейчас делать?

— Что хочешь, — сказал Гиреев.

— Говорить можно?

— Говори.

Полчаса прошло за малосодержательной беседой об общих знакомых. Ни с кем из них, как и следовало ожидать, не произошло за это время ничего интересного. Только один, Леша Чикунов, отличился — выпил несколько бутылок «Финляндии» и звездной январской ночью замерз насмерть в домике на детской площадке.

— Ушел в Валгаллу, — скупо прокомментировал Гиреев.

— Откуда такая уверенность? — спросил Татарский, но тут же вспомнил бегущих оленей и багровое солнце с этикетки и внутренне согласился.

Между тем в его теле появилась какая-то еле ощутимая веселая расслабленность. В груди возникали волны приятной дрожи, проходили по туловищу и рукам и затихали, чуть-чуть не добравшись до пальцев. А Татарскому отчего-то захотелось, чтобы эта дрожь непременно дошла до пальцев. Он понял, что выпил мало. Но чайник был уже пуст.

— Есть еще? — спросил он.

— Во, — сказал Гиреев, — о чем я и говорил.

Он встал, вышел из комнаты и возвратился с развернутой газетой, на которой были рассыпаны сухие кусочки нарезанных мухоморов. На некоторых из них остались лоскутки красной кожицы со стянувшимися белыми бляшками, на других были приставшие волокна газетной бумаги с зеркальными отпечатками букв.

Кинув несколько кусочков в рот, Татарский разжевал их и проглотил. Сушеные мухоморы немного напоминали по вкусу картофельные хлопья, только были вкуснее — Татарский подумал, что их можно было бы продавать, как чипсы, в пакетиках, и здесь, видимо, скрывалась одна из дорог к быстрому обогащению, джипу, рекламному клипу и насильственной смерти. Задумавшись, каким мог бы быть этот клип, он отправил в рот новую порцию и огляделся по сторонам. Некоторые из предметов, украшавших комнату, стали заметны ему только сейчас. Например, лист бумаги, висевший на стене на самом видном месте, — на нем была извилистая буква, не то санскритская, не то тибетская, похожая на дракона с изогнутым хвостом.

— Что это? — спросил он Гиреева.

Гиреев покосился на стену.

— Хум, — сказал он.

— А зачем тебе?

— Я таким образом путешествую.

— Куда? — спросил Татарский.

Гиреев пожал плечами.

— Трудно объяснить, — сказал он. — Хум. Когда не думаешь, многое становится ясно.

Но Татарский уже забыл о своем вопросе. Его захлестнула волна благодарности к Гирееву за то, что тот привез его сюда.

— Знаешь, — сказал он, — у меня сейчас тяжелый период. Общаюсь в основном с банкирами и рекламодателями. Загружают просто свинцово. А у тебя здесь... Прямо как домой вернулся.

Гиреев, видимо, понимал, что с ним происходит.

— Пустяки, — сказал он. — Не бери в голову. Ко мне зимой приезжала пара таких рекламодателей.

Хотели сознание расширить. А потом босиком по снегу убежали. Пошли погуляем?

Татарский с радостью согласился. Выйдя за калитку, они пошли через поле, перерытое свежими канавами. Тропинка дошла до леса и запетляла между деревьев. Зудящая дрожь в руках Татарского становилась все сильнее, но все равно никак не доходила до пальцев. Заметив, что среди деревьев растет много мухоморов, он отстал от Гиреева и сорвал с земли несколько штук. Они были не красными, а темно-коричневыми и очень красивыми. Быстро съев их, он догнал Гиреева, который ничего не заметил.

Скоро лес кончился. Они вышли на большой открытый участок — колхозное поле, обрывавшееся у реки. Татарский поглядел вверх: над полем висели высокие неподвижные облака и догорал невыразимо грустный оранжевый закат, какие бывают иногда осенью под Москвой. Пройдясь по дорожке вдоль края поля, они сели на поваленное дерево. Говорить не хотелось.

Татарскому вдруг пришла в голову возможная рекламная концепция для мухоморов. Она основывалась на смелой догадке, что высшей формой самореализации мухомора как гриба является атомный взрыв — нечто вроде светящегося нематериального тела, которое обретают некоторые продвинутые мистики. А люди — просто вспомогательная форма жизни, которую мухомор использует для достижения своей высшей цели, подобно тому как люди используют плесень для приготовления сыра. Татарский поднял глаза на оранжевые стрелы заката, и поток его мыслей прервался.

— Слушай, — через несколько минут нарушил тишину Гиреев, — я о Леше Чикунове опять вспомнил. Жалко его, правда?

— Правда, — отозвался Татарский.

— Как это странно — он умер, а мы живем... Только я подозреваю, что каждый раз, когда мы ложимся спать, мы точно так же умираем. И солнце уходит навсегда, и заканчивается вся история. А потом небытие надоедает само себе, и мы просыпаемся. И мир возникает снова.

— Как это небытие может надоесть само себе?

— Когда ты просыпаешься, ты каждый раз заново появляешься из ниоткуда. И все остальное точно так же. А смерть — это замена знакомого утреннего пробуждения чем-то другим, о чем совершенно невозможно думать. У нас нет для этого инструмента, потому что наш ум и мир — одно и то же.

Татарский попытался понять, что это значит, и заметил, что думать стало сложно и даже опасно, потому что его мысли обрели такую свободу и силу, что он больше не мог их контролировать. Ответ сразу же появился перед ним в виде трехмерной геометрической фигуры. Татарский увидел свой ум — это была ярко-белая сфера, похожая на солнце, но абсолютно спокойная и неподвижная. Из центра сферы к ее границе тянулись темные скрученные ниточки-волоконца. Татарский понял, что это и есть его пять чувств. Волоконце чуть потолще было зрением, потоньше — слухом, а остальные были почти невидимы. Вокруг этих неподвижных волокон плясала извивающаяся спираль, похожая на нить электрической лампы, которая то совпадала на миг с одним из них, то завивалась сама вокруг себя светящимся клубком вроде того, что оставляет в темноте огонек быстро вращаемой сигареты. Это была мысль, которой будет занят его ум.

«Значит, никакой смерти нет, — с радостью подумал Татарский. — Почему? Да потому, что ниточки исчезают, но шарик-то остается!»

То, что ему удалось сформулировать ответ на вопрос, терзавший человечество последние несколько тысяч лет, в таких простых и всякому понятных терминах, наполнило его счастьем. Ему захотелось поделиться своим открытием с Гиреевым, и он, взяв его за плечо, попытался произнести последнюю фразу вслух. Но его рот произнес что-то другое, бессмысленное — все слоги, из которых состояли слова, сохранились, но оказались хаотически перемешанными. Татарский подумал, что ему надо выпить воды, и сказал испуганно глядящему на него Гирееву:

— Мне бы хопить вотелось поды!

Гиреев явно не понимал, что происходит. Но было ясно, что происходящее ему не нравится.

— Мне бы похить дытелось вохо! — кротко повторил Татарский и попытался улыбнуться.

Ему очень хотелось, чтобы Гиреев улыбнулся в ответ. Но Гиреев повел себя странно — встав с места, он попятился от Татарского, и тот понял, что означает выражение «проступивший на лице ужас». Этот самый ужас явственно отпечатался на лице его друга. Сделав несколько неуверенных шагов назад, Гиреев повернулся и побежал. Это оскорбило Татарского до глубины души.

Между тем уже начинали сгущаться сумерки.

Непальская жилетка Гиреева, мелькавшая в синей мгле между деревьями, была похожа на большую бабочку. Возможность погони показалась Татарскому волнующей. Он припустился следом за Гиреевым, высоко подпрыгивая, чтобы не споткнуться о какое-нибудь корневище или кочку. Скоро выяснилось, что он бегает гораздо быстрее Гиреева — просто несопоставимо быстрее. Несколько раз обогнав его и вернувшись назад, он заметил, что бегает не вокруг Гиреева, а вокруг обломка сухого ствола в человеческий рост. Это несколько привело его в чувство, и он побрел по тропинке туда, где, как ему казалось, была станция.

По дороге он съел еще несколько мухоморов, которые показали ему себя среди деревьев, и вскоре очутился на широкой грунтовке, с одной стороны которой шел забор из крашеной проволочной сетки.

Впереди появился прохожий. Татарский подошел к нему и вежливо спросил:

— Вы ска нежите стан пройти до акции? Ну, где торектрички хо?

Поглядев на Татарского, прохожий отшатнулся и побежал прочь. Похоже, сегодня все реагировали на него одинаково. Татарский вспомнил своего чеченского нанимателя и весело подумал: «Вот бы встретить Гусейна! Интересно, а он испугался бы?»

Когда вслед за этим на обочине дороги появился Гусейн, испугался сам Татарский. Гусейн молча стоял в траве и никак не реагировал на приближение Татарского. Но тот затормозил сам, подошел к нему тихим детским шагом и виновато замер.

— Чего хотел? — спросил Гусейн.

От испуга Татарский даже не заметил, нормально он говорит или нет. А сказал он нечто предельно неуместное:

— Я буквально на секунду. Я хотел спросить тебя как представителя target group: какие ассоциации вызывает у тебя слово «парламент»?

Гусейн не удивился. Чуть подумав, он ответил:

— Была такая поэма у аль-Газзави. «Парламент птиц». Это о том, как тридцать птиц полетели искать птицу по имени Семург — короля всех птиц и великого мастера.

— А зачем они полетели искать короля, если у них был парламент?

— Это ты у них спроси. И потом, Семург был не просто королем, а еще и источником великого знания. А о парламенте так не скажешь.

— И чем все кончилось? — спросил Татарский.

— Когда они прошли тридцать испытаний, они узнали, что слово «Семург» означает «тридцать птиц».

— От кого?

— Им это сказал божественный голос.

Татарский чихнул. Гусейн сразу замолчал и отвернул помрачневшее лицо. Довольно долго Татарский ждал продолжения, пока не понял, что Гусейн — это столб с прибитым плакатом «Костров не жечь!», плохо различимым в полутьме. Это его расстроило — как оказалось, Гиреев и Гусейн заодно. История Гусейна ему понравилась, но стало ясно, что ее деталей он не узнает, а в таком виде она не тянула на концепцию для сигарет. Татарский пошел дальше, размышляя, что заставило его трусливо остановиться возле столба-Гусейна, который даже не попросил его об этом.

Объяснение было не самым приятным: это был не до конца выдавленный из себя раб, рудимент советской эпохи. Немного подумав, Татарский пришел к выводу, что раб в душе советского человека не сконцентрирован в какой-то одной ее области, а, скорее, окрашивает все происходящее на ее мглистых просторах в цвета вялотекущего психического перитонита, отчего не существует никакой возможности выдавить этого раба по каплям, не повредив ценных душевных свойств. Эта мысль показалась Татарскому важной в свете его предстоящего сотрудничества с Пугиным, и он долго шарил по карманам в поисках ручки, чтобы записать ее. Ручки, однако, не нашлось.

Зато навстречу вышел новый прохожий — на этот раз точно не галлюцинация. Это стало ясно после попытки Татарского одолжить ручку — прохожий побежал от него прочь, побежал по-настоящему быстро и не оглядываясь.

Татарский никак не мог взять в толк, что именно в его поведении действует на встречных таким устрашающим образом. Возможно, людей пугала странная дисфункция его речи — то, что слова, которые он пытался произнести, распадались на слоги, которые потом склеивались друг с другом случайным образом. Но в этой неадекватной реакции было все же и что-то лестное.

Татарского вдруг настолько поразила одна мысль, что он остановился и хлопнул себя ладонью по лбу. «Да это же вавилонское столпотворение! — подумал он. — Наверно, пили эту мухоморную настойку, и слова начинали ломаться у них во рту, как у меня. А потом это стали называть смешением языков. Правильнее было бы говорить «смешение языка»...»

Татарский чувствовал, что его мысли полны такой силы, что каждая из них — это пласт реальности, равноправный во всех отношениях с вечерним лесом, по которому он идет. Разница была в том, что лес был мыслью, которую он при всем желании не мог перестать думать. С другой стороны, воля почти никак не участвовала в том, что происходило в его уме. Как только он подумал о смешении языков, ему стало ясно, что воспоминание о Вавилоне и есть единственный возможный Вавилон: подумав о нем, он тем самым вызвал его к жизни. И мысли в его голове, как грузовики со стройматериалом, понеслись в сторону этого Вавилона, делая его все вещественнее и вещественнее.

«Смешение языков называлось вавилонским столпотворением, — думал он. — А что такое вообще «столпотворение»? Похоже на столоверчение...»

Он покачнулся, почувствовав, как земля под ним плавно закружилась. На ногах он удержался только потому, что ось вращения земли проходила точно сквозь его макушку. «Нет, — подумал он, — столоверчение здесь ни при чем. Столпотворение — это столп и творение. Творение столпа, причем не строительство, а именно творение. То есть смешение языка и есть создание башни. Когда происходит смешение языка, возникает вавилонская башня. Или, может быть, не возникает, а просто открывается вход на зиккурат. Ну да, конечно. Вот он, вход».

В проволочном заборе, вдоль которого Татарский шел уже долгое время, появились большие ворота, украшенные рельефными красными звездами. Над ними горела мощная лампа под колпаком — ее ярко-белый свет освещал многочисленные граффити, которые покрывали зеленую жесть ворот. Татарский остановился.

Минуту или две он изучал традиционные для средней полосы попытки записать названия окрестных деревень латиницей, чьи-то имена под грубыми коронами, символические изображения пениса и вульвы, английские глаголы «ебать» и «сосать» в третьем лице единственного числа настоящего времени, но с непонятными апострофами и многочисленные торговые марки музыкального бизнеса. Затем его взгляд наткнулся на нечто странное.

Это была крупная — значительно больше остальных, через все ворота — надпись флюоресцентной оранжевой краской (она ярко светилась под лучами электролампы):

THIS GAME HAS NO NAME[1]

Как только Татарский прочел ее, весь остальной этнографический материал перестал восприниматься его сознанием — в нем остались только эти пять мерцающих слов. Ему казалось, что он понимает их смысл на очень глубоком уровне, и, хоть он вряд ли смог бы объяснить его кому-нибудь другому, этот смысл несомненно требовал перелезть через забор. Это оказалось несложно.

_____

[1] У этой игры нет названия (*англ.*).

За воротами была замороженная стройка — обширная зона запустения с редкими следами присутствия человека. В центре площадки стояло недостроенное здание — то ли фундамент какого-то космического локатора, то ли просто многоярусный гараж: строительство прервали на такой стадии, когда готовы были только несущие конструкции и стены. Постройка походила на ступенчатый цилиндр из нескольких бетонных боксов, стоящих друг на друге. Вокруг них поднималась спиральная дорога на железобетонных опорах, которая кончалась у верхнего бокса, увенчанного маленькой кубической башенкой с красной лампой-маяком.

Татарский подумал, что это один из начатых в семидесятые годы военных объектов, которые не спасли империю, но зато сформировали эстетику «Звездных войн». Ему вспомнился астматически присвистывающий Дарт Вейдер, и он поразился, до чего же это была прекрасная метафора карьерного коммуниста: наверняка где-то на звездолете у него была еще искусственная почка и две бригады врачей, и в фильме, как Татарскому смутно припомнилось, присутствовали намеки на это. Впрочем, думать о Дарте Вейдере в таком состоянии было опасно.

Недостроенное здание освещали три или четыре прожектора — они пятнами выхватывали из сумрака куски бетонной стены, участки спиральной дороги и верхнюю башенку с мигающим маячком. Если бы не этот красный маячок, в полутьме недостроенность здания сошла бы за его обветшалость от времени, и сооружению можно было бы дать тысячу или все десять тысяч лет. Впрочем, Татарский подумал, что маячок тоже мог гореть от какого-то немыслимо древнего электричества, подведенного под землей из Египта или Вавилона.

Недавние следы человека были заметны только у ворот, где он стоял. Здесь размещалось что-то вроде филиала военной части — несколько вагончиков-бытовок, турник, щит с противопожарными ведром и ломом и стенд с плакатом, на котором одинаковые солдаты с печатью странной самоуглубленности на лицах демонстрировали приемы строевой подготовки. Татарский совершенно не удивился, увидев огромный гриб с жестяной шляпкой и телефоном, приделанным к столбу-ножке, — он понял, что это место часового. Сначала он решил, что часового на посту нет, но потом увидел, что коническая шляпка гриба выкрашена в красный цвет и украшена симметричными белыми пятнами.

— Все не так просто, — прошептал он.

В этот момент тихий и насмешливый голос произнес где-то рядом:

— This game has no name. It will never be the same[1].

Татарский обернулся. Вокруг никого не было, и он понял, что это слуховая галлюцинация. Ему стало чуть страшновато, но в происходящем, несмотря ни на что, было заключено какое-то восхитительное обещание.

— Вперед, — прошептал он и, пригибаясь, быстро заскользил сквозь сумрак к ведущей на зиккурат

---

[1] У этой игры нет названия. Она никогда не будет той же (*англ.*).

дороге. «Все-таки, — подумал он, — это что-то вроде многоярусного гаража».

— С висячими садами, — тихонько поддакнул голос в его голове.

То, что голос заговорил по-русски, убедило Татарского, что это галлюцинация, но заставило еще раз вспомнить о смешении языков. Словно в ответ на его мысль голос произнес длинную фразу на неизвестном наречии с большим количеством шипящих. Татарский решил не обращать на него внимания, тем более что уже вступил на спиральный подъем.

Издалека он не оценил настоящих размеров здания. Дорога была достаточно широка, чтобы на ней могли разъехаться два грузовика («Или колесницы, — радостно добавил голос, — колесницы четверками! Вот были колесницы!»). Она была построена из бетонных плит, стыки между которыми не были заделаны. Из этих стыков торчали высокие растения — Татарский не знал их названия, но с детства помнил, что их прочные стебли можно использовать вместо шнурков в ботинках. В стене справа время от времени появлялись широкие проемы, которые вели в толщу зиккурата. Внутри были обширные пустоты, заваленные строительным мусором. Дорога все время уходила за угол и как бы обрывалась в небо, поэтому Татарский шел осторожно и держался рукой за стену. С одной стороны башню освещали прожектора со стройплощадки, а с другой — луна, висевшая в просвете высокого облака. Было слышно, как где-то наверху постукивает от ветра незакрытая дверь; этот же ветер принес далекий собачий лай. Татарский сбавил шаг и стал идти совсем медленно.

Под ногой что-то хрустнуло. Это была пустая сигаретная пачка. Подняв ее, он вышел в пятно света и увидел, что это «Парламент» — ментоловый сорт. Но удивительным было другое — на лицевой стороне пачки переливалась рекламная голограмма с тремя пальмами.

— Все сходится, — прошептал он и пошел вперед, внимательно глядя под ноги.

Следующая находка ждала ярусом выше — он издали заметил монету, блестевшую под луной. Он никогда не видел такой раньше — три песо Кубинской республики с портретом Че Гевары. Татарского ничуть не удивило, что кубинская монета валяется на военной стройке, — он вспомнил, как в финале фильма «Golden Eye»[1] где-то на острове Свободы поднималась из-под воды циклопическая антенна советского производства. Это, видимо, была плата за ее строительство. Он положил монету в пачку «Парламента» и спрятал в карман в полной уверенности, что его ждет что-то еще.

Он не ошибся. Дорога кончалась у самого верхнего бокса, перед которым лежала куча строительного мусора и сломанные ящики. Среди мусора Татарский заметил странный кубик и поднял его. Это была точилка для карандашей в форме телевизора, на пластмассовом экране которого кто-то нарисовал шариковой авторучкой большой глаз. Точилка была

---

[1] «Золотой глаз» (*англ.*).

старой — такие делали в семидесятые годы, и было удивительно, что она так хорошо сохранилась.

Очистив точилку от прилипшей грязи, Татарский сунул ее за пазуху и огляделся, размышляя, что делать дальше. Идти внутрь бокса было страшно — там было темно, и легко можно было сломать себе шею, упав в какую-нибудь дыру. Где-то сверху под ветром опять стукнула дверь, и Татарский вспомнил, что на вершине сооружения была маленькая башенка с красной лампой-маячком. Она была не видна оттуда, где он стоял, но вверх вела короткая пожарная лестница.

Башенка оказалась техническим помещением, где должны были стоять моторы лифтов. Ее дверь была открыта. Сразу за дверью на стене был выключатель. Включив свет, Татарский увидел следы сурового солдатского быта: деревянный стол, два табурета и пустые пивные бутылки в углу. То, что это следы именно солдатского быта, было ясно по наклеенным на стены журнальным фотографиям женщин. Некоторое время Татарский изучал их. Одна из них, совершенно голая и золотая от загара, бегущая по песку тропического пляжа, показалась ему очень красивой. Дело было даже не в ее лице или фигуре, а в удивительной и неопределимой свободе движения, которое удалось поймать фотографу. Песок, море и листья пальм на фотографии были такими яркими, что Татарский тяжело вздохнул — скудное московское лето уже прошло. Он закрыл глаза, и несколько секунд ему казалось, что он слышит далекий шум моря.

Сев за стол, он разложил на нем свои находки и

еще раз осмотрел их. Пальмы с пачки «Парламента» и с фотографии на стене были очень похожи, и он подумал, что они растут в такой точке мира, куда он никогда не попадет — даже, по русскому обычаю, на танке, — а если и попадет, то только тогда, когда ему уже ничего не будет нужно ни от этой женщины, ни от этого песка, ни от этого моря, ни от себя самого. Меланхолия, в которую его погрузила эта мысль, была такой глубокой, что на самом ее дне он неожиданно увидел свет: ему в голову пришел искомый слоган и идея плаката для «Парламента». Торопливо вытащив записную книжку, он застрочил:

Плакат представляет собой фотографию набережной Москвы-реки, сделанную с моста, на котором в октябре 93 года стояли исторические танки. На месте Белого дома мы видим огромную пачку «Парламента» (компьютерный монтаж). Вокруг нее в изобилии растут пальмы. Слоган — цитата из Грибоедова:

И ДЫМ ОТЕЧЕСТВА НАМ СЛАДОК
И ПРИЯТЕН.
ПАРЛАМЕНТ

Спрятав книжку в карман, он собрал со стола свои находки и в последний раз оглядел комнатку. У него мелькнула мысль, что можно было бы забрать на память фотографию бегущей по песку женщины, но он не стал этого делать. Выключив свет, вышел на крышу и остановился, чтобы глаза привыкли к темноте. «Что теперь? — подумал он. — На станцию».

БЕДНЫЕ ЛЮДИ

Приключение, пережитое в подмосковном лесу, оказало благоприятное действие на профессиональные способности Татарского. Сценарии и концепции стали даваться ему намного легче, а за слоган для «Парламента» Пугин даже выдал небольшой аванс: он сказал, что Татарский попал в самую точку, потому что до девяносто третьего года пачка «Парламента» стоила столько же, сколько пачка «Мальборо», а после известных событий «Парламент» быстро стал самым популярным в Москве сортом сигарет и теперь стоит в два раза дороже. Впоследствии *дым Отечества* так и канул в Лету или, если точнее, в зиму, которая наступила неожиданно рано. Единственным сомнительным эхом этого слогана в заснеженном рекламном пространстве Москвы оказалась фраза «С корабля на бал», взятая неизвестным коллегой Татарского у того же Грибоедова. Она мелькала одно время на щитовой рекламе ментоловых сигарет — яхта, синь, фуражка с крабом и длинные ноги. Татарский ощутил по этому поводу укол ревности, но несильный — девушка с ментоловой рекламы была подобрана под вкусы настолько широкой целевой группы, что текст самопроизвольно читался как «С корабля на бля».

Волна мухоморной энергии, прошедшая по его нервной системе, почему-то лучше всего отливалась в тексты для сигарет — наверно, по той же причине, по которой первый по-настоящему удавшийся любовный или наркотический опыт определяет пристрастия на всю жизнь. Следующей его большой удачей (не только по его собственному мнению, но и по мнению Пугина, который опять удивил, дав немного денег) был текст, написанный для сигарет «Давидофф», что было символично, потому что именно с них и началась его карьера. Текст опирался на рекламу «Давидофф Классик», заполнившую все щиты в центре: мрачные тона, крупное увядающее лицо, в глазах которого мерцало какое-то невыносимо тяжелое знание, и подпись:

ПОНИМАНИЕ ПРИХОДИТ С ОПЫТОМ.
DAVIDOFF CLASSIC

При первом взгляде на это мудрое морщинистое лицо Татарский задался вопросом, что же такое знает этот зарубежный курильщик. Первая пришедшая в голову версия была довольно мрачна: визит в онкологический центр, рентген и страшный диагноз.

Проект Татарского был полностью противоположен: светлый фон, юное лицо, отмеченное невежественным счастьем, белая пачка с легкими золотыми буквами и текст:

ВО МНОГОЙ МУДРОСТИ МНОГО ПЕЧАЛИ,
И УМНОЖАЮЩИЙ ПОЗНАНИЯ УМНОЖАЕТ СКОРБЬ.
DAVIDOFF LIGHTS

Пугин сказал, что это вряд ли возьмет представитель «Davidoff», но очень даже может взять какой-нибудь другой сигаретный дилер. «Я поговорю с Усиевичем, — бросил он Татарскому, — у него шестнадцать брэндов в эксклюзиве». Татарский записал эту фразу в свою книжечку и потом несколько раз употреблял невзначай при разговорах с заказчиками; его врожденная застенчивость проявлялась в том, что обычно он уменьшал число брэндов вдвое.

Работа, которая приносила основные деньги, была скучна, тягостна и даже, пожалуй, позорна: «У наших ушки на макушке! Дисконт на гаражи-ракушки!» Или: «Мировой Pantene-pro V! Господи, благослови!» Остаточный литературоцентризм редакторов и издателей — своего рода реликтовый белый шум советской психики — все-таки давал свои скудные маленькие плоды.

В начале зимы Татарский кое-как подремонтировал свою однокомнатную квартирку (дорогой итальянский смеситель на фоне отстающего от стен василькового кафеля советской поры напоминал золотой зуб во рту у прокаженного, но на капитальные перемены денег не было). Еще он купил новый компьютер, хотя в этом не было особой нужды — просто стали возникать проблемы с распечаткой текстов, набранных в старом любимом редакторе. Еще один глухой стон под железной пятой Майкрософта. Но Татарский не сильно горевал по этому поводу, хотя отметил глубоко символический характер происходящего: программа-посредник становилась самым главным посланием, стягивая на себя невероятное количество компьютерной памяти и ресурсов, и этим очень напоминала обнаглевшего «нового русского», который прокручивает через свой банк учительские зарплаты.

Чем дальше он углублялся в джунгли рекламного дела, тем больше у него возникало вопросов, на которые он не находил ответа не только в «Positioning: a battle for your mind» Эла Райса, но даже и в последней книге на эту тему, «The Final Positioning»[1]. Один искусствовед в штатском от Кензо клялся Татарскому, что все темы, которых не коснулся Эл Райс, разобраны в «Confessions of an Advertising Man»[2] Дэвида Огилви. Татарский и без этого искусствоведа уважал Дэвида Огилви; в глубине души он полагал, что это тот самый персонаж «1984» Джорджа Оруэлла, который возник на секунду в воображении главного героя, совершил виртуальный подвиг и исчез в океане небытия. То, что товарищ Огилви, несмотря на свою удвоенную нереальность, все-таки выплыл на бережок, закурил трубочку, надел твидовый пиджак и стал всемирно признанным асом рекламы, наполняло Татарского мистическим восхищением перед своей профессией.

Но особо ему помогла книга Россера Ривса — он вычитал в ней два термина, «внедрение» и «вовлечение», которые оказались очень полезными в смысле кидания понтов. Первый проект на основе двух этих понятий ему удалось создать для кофе «Нескафе Голд».

Давно известно, — написал Татарский через двадцать минут после того, как это стало ему известно, — что существует два основных показателя эффективности рекламной кампании — внедрение и вовлечение. «Внедрение» означает процент людей, которые запомнили рекламу. «Вовлечение» — процент вовлеченных в потребление с помощью рекламы. Проблема, однако, состо-

---

[1] «Окончательное позиционирование» (*англ.*).
[2] «Признание рекламщика» (*англ.*).

ит в том, что яркая скандальная реклама, способная обеспечить высокое внедрение, вовсе не гарантирует высокого вовлечения. Аналогично умно раскрывающая свойства товара кампания, способная обеспечить высокое вовлечение, не гарантирует высокого внедрения. Поэтому мы предлагаем применить новый подход — создать своего рода бинарную рекламу, в которой функции внедрения и вовлечения будут выполняться разными информационными блоками. Рассмотрим такой подход на примере рекламной кампании кофе «Нескафе Голд».

Первый шаг кампании направлен исключительно на внедрение в сознание максимального числа людей торговой марки «Нескафе Голд» (мы исходим из того, что для этого годятся все средства). К примеру — организуется фиктивное минирование нескольких крупных магазинов и вокзалов — их число должно быть как можно большим. В органы МВД и ФСК поступают звонки от анонимной террористической организации с сообщением о заложенных взрывных устройствах. Но обыски, осуществляемые милицией в указанных террористами местах, приводят только к обнаружению большого количества банок «Нескафе Голд», упакованных в пакеты и сумки. На следующее утро об этом сообщают все журналы, газеты и телевидение, после чего этап внедрения можно считать завершенным (его успешность прямо зависит от массовости акции). Сразу же после этого начинается второй этап — вовлечения. На этой стадии кампания ведется по классическим правилам; с первым этапом ее соединяет только базовый слоган — «Нескафе Голд: Взрыв вкуса!». Приведем сценарий рекламного клипа.

Лавка в скверике. На ней сидит молодой человек в красном спортивном костюме, с суровым и волевым лицом. Через дорогу от скверика — припаркованный возле шикарного особняка «Мерседес-600» и два джипа. Молодой человек смотрит на часы. Смена кадра — из особняка выходят несколько человек в строгих темных костюмах и темных очках — это служба безопасности. Они окружают подходы к «мерседесу», и один из них дает команду в рацию. Из особняка выходит маленький толстячок с порочным лицом, пугливо оглядывается и сбегает по ступеням к машине. После того как он исчезает за тонированным стеклом «мерседеса», охрана садится в джипы. «Мерседес» трогается с места, и тут же один за другим гремят три мощных взрыва. Машины разлетаются на куски; улица, где они только что стояли, скрывается в дыму. Смена кадра — молодой человек на лавке вынимает из сумки термос и красную чашку с золотой полоской. Налив кофе в чашку, он отхлебывает из нее и закрывает глаза от наслаждения. Голос за кадром: «Братан развел его втемную. Но слил не его, а всех остальных. Нескафе Голд. Реальный взрыв вкуса».

Но термин «вовлечение» не просто оказался полезным в работе. Он заставил Татарского задуматься над тем, кого и куда он вовлекает и, что самое главное, кто и куда вовлекает его.

Эти мысли первый раз посетили его, когда он читал статью под пышным названием «Уже Восторг В Растущем Зуде...», посвященную «культовым порнофильмам». Автора статьи звали Саша Бло. Если судить по тексту, это было холодное и утомленное существо неопределенного пола, писавшее в перерывах между оргиями, чтобы донести свое мнение до десятка-другого таких же падших сверхчеловеков. Тон Саша Бло брал такой, что делалось ясно: де Сад и Захер-Мазох не годятся в его круг даже швейцарами, а Чарли Мэнсон в лучшем случае сможет держать подсвечники. Словом, его статья была совершенным по форме яблоком порока, червивым, вне всяких сомнений, лично древним змеем.

Но Татарский крутился в бизнесе уже давно. Во-первых, он знал, что все эти яблоки годятся разве для того, чтобы выманивать подмосковных пэтэушников из райского сада детства. Во-вторых, он сомневался в существовании культовых порнофильмов, — он готов был поверить в это только по предъявлении живых участников культа. В-третьих, и главное, он хорошо знал самого этого Сашу Бло.

Это был немолодой, толстый, лысый и печальный отец троих детей. Звали его Эдик. Отрабатывая квартирную аренду, он писал сразу под тремя или четырьмя псевдонимами в несколько журналов и на любые темы. Псевдоним «Бло» они придумали вместе с Татарским, заимствовав название у найденного под ванной флакона жидкости-стеклоочистителя ярко-голубого цвета (искали спрятанную женой Эдика водку). В слове «БЛО» чувствовались неиссякаемые запасы жизненной силы и одновременно что-то негуманоидное, поэтому Эдик берег его. Он подписывал им только статьи, которые дышали такой беспредельной свободой и, так сказать, амбивалентностью, что подпись вроде «Сидоров» или «Петухов» была бы нелепа. В московских глянцевых журналах был большой спрос на эту амбивалентность, такой большой, что возникал вопрос — кто ее *внедряет?* Думать на эту тему было, если честно, страшновато, но, прочитав статью про восторг растущего зуда, Татарский вдруг понял: *внедрял* ее не какой-нибудь демонический шпион, не какой-нибудь падший дух, принявший человеческое обличье, а Эдик.

Конечно, не один — на Москву было, наверно, сотни две-три таких Эдиков, универсалов, придушенных бытовым чадом и обремененных детьми. Их жизнь проходила не среди кокаиновых линий, оргий и споров о Берроузе с Уорхоллом, как можно было бы заключить из их сочинений, а среди пеленок и неизбывных московских тараканов. В них не было ни снобской заносчивости, ни змеящейся похоти, ни холерного дендизма, ни наклонностей к люциферизму, ни даже реальной готовности хоть раз проглотить марку кислоты — несмотря на ежедневное употребление слова «кислотный». Но у них были проблемы с пищеварением, деньгами и жильем, а внешне они напоминали не Гэри Олдмена, как хотелось верить после знакомства с их творчеством, а скорее Дэнни де Вито.

Татарский не мог устремиться доверчивым взглядом в даль, нарисованную для него Сашей Бло, потому что понимал физиологию возникновения этой дали из лысой головы придавленного жизнью Эдика, точно так же прикованного к своему компьютеру, как приковывали когда-то к пулеметам австрийских солдат. Поверить в его продукт было труднее, чем прийти в возбуждение от телефонного секса, зная, что за охрипшим от страсти голосом собеседницы прячется не обещанная фотографией блондинка, а простуженная старуха, вяжущая носок и читающая набор стандартных фраз со шпаргалки, на которую у нее течет из носа.

«Но откуда мы — то есть я и Эдик — узнаем, во что *вовлекать* других? — думал Татарский. — С одной стороны, конечно, понятно — интуиция. Справок о том, что и как делать, наводить не надо — когда доходишь до некоторого градуса отчаяния, начинаешь улавливать все сам. Главную, так сказать, тенденцию чувствуешь голодным желудком. Но откуда берется сама эта тенденция? Кто ее придумывает, если все в мире — а в этом я уверен — просто пытаются ее уловить и продать, как мы с Эдиком, или угадать и напечатать, как редакторы всех этих глянцевых журналов?»

Мысли на эту тему были мрачны. Они отразились в сценарии клипа для стирального порошка «Ариэль», написанном вскоре после этого случая.

Сценарий основывается на образах из «Бури» Шекспира. Гремит грозная и торжественная музыка. В кадре — скала над морем. Ночь. Внизу, в мрачном лунном свете, вздымаются грозные волны. Вдали виден древний замок — он тоже освещен луной. На скале стоит девушка дивной красоты. Это Миранда. На ней средневековое платье красного бархата и высокий колпак со спадающей вуалью. Она поднимает руки к луне и трижды повторяет странное заклинание. Когда она произносит его в третий раз, слышится раскат далекого грома. Музыка становится громче и тревожней. С луны, видной в просвете туч, протягивается широкий луч света и падает на утес у ног Миранды. На ее лице смятение — видно, что она и страшится того, что должно произойти, и хочет этого. Становятся слышны поющие женские голоса, полные ужаса и счастья, — они как бы передают ее состояние. По лучу вниз скользит тень — она приближается, и, когда мелодия достигает крещендо, мы видим гордого и прекрасного духа в развевающемся одеянии, с длинными волосами, осеребренными луной. На его голове тонкий венец с алмазами. Это Ариэль. Он долетает почти до Миранды, останавливается в воздухе и протягивает ей руку. После секундной борьбы Миранда протягивает руку ему навстречу. Следующий кадр: крупно даны две встречающиеся руки. Внизу слева — слабая и бледная рука Миранды, вверху справа — прозрачная и сияющая рука духа. Они касаются друг друга, и все заливает ослепительный свет. Следующий кадр: две пачки порошка. На одной надпись «Ариэль». На другой, блекло-серой, надпись «Обычный Калибан». Голос Миранды за кадром: «Об Ариэле я услышала от подруги».

Возможно, конкретные решения этого клипа были навеяны большой черно-белой фотографией, висевшей у Татарского над столом. Это была реклама какого-то бутика — на ней был изображен молодой человек с длинными волосами и ухоженной щетиной, в широком роскошном пальто, небрежно накинутом на плечи, — ветер кругло надувал пальто, и это рифмовалось с парусом видной на горизонте лодки. Волны, расшибаясь о камни и выплескиваясь на берег, чуть-чуть не достигали его лаковых туфель. На его лице была хмуро-резкая гримаса, и чем-то он был похож на раскинувших крылья птиц (не то орлов, не то чаек), залетевших в мглистое небо из приложения к последнему «Фотошопу» (поглядев на фотку внимательней, Татарский решил, что оттуда же приплыла и видная на горизонте лодка).

Композиция была настолько перенасыщена романтизмом и вместе с тем до того неромантична, что Татарский, созерцая ее долгими днями, понял: все понятия, на которые пыталась опереться эта фотография, были выработаны где-то веке в девятнадцатом; их остатки перешли вместе с мощами графа Монте-Кристо в двадцатый, но на рубеже двадцать первого наследство графа было уже полностью промотано. Слишком много раз человеческий ум продавал сам себе эту романтику, чтобы сделать коммерцию на последних оставшихся в нем некоммерческих образах. Сейчас, даже при искреннем желании обмануться, почти невозможно было поверить в соответствие продаваемого внешнего подразумеваемому внутреннему. Это была *пустая* форма, которая уже давно не значила того, что должна была значить по номиналу. Все съела моль: при виде условного Нибелунга со студийной фотографии возникала мысль не о гордом готическом духе, который подразумевался пеной волн и бакенбард, а о том, дорого ли брал фотограф, сколько платили за съемку манекенщику и платил ли манекенщик штраф, когда ему случалось испачкать персональным лубрикантом седалище казенных штанов из весенней коллекции. И это касалось не только фотографии над столом Татарского, но и любой картинки из тех, которые волновали когда-то в детстве: пальмы, пароход, синее вечернее небо, — надо было быть клиническим идиотом, чтобы сохранить способность проецировать свою тоску по несбыточному на эти стопроцентно торговые штампы.

Татарский окончательно запутался в своих выкладках. С одной стороны, выходило, что он с Эдиком мастерил для других фальшивую панораму жизни (вроде музейного изображения битвы, где перед зрителем насыпан песок и лежат дырявые сапоги и гильзы, а танки и взрывы нарисованы на стене), повинуясь исключительно предчувствию, что́ купят и что нет. И он, и другие участники изнурительного рекламного бизнеса вторгались в визуально-информационную среду и пытались так изменить ее, чтобы чужая душа рассталась с деньгами. Цель была проста — заработать крошечную часть этих денег. С другой стороны, деньги были нужны, чтобы попытаться приблизиться к объектам этой панорамы самому. В сущности, это было так же глупо, как пытаться убежать в картину, нарисованную на стене. Правда, богатый человек, как казалось Татарскому, мог выйти за пределы фальшивой реальности. Он мог покинуть пределы обязательной для нищих панорамы. Что представлял из себя мир богатых, Татарский на самом деле не очень знал. В его сознании крутились только смутные образы, штампы из рекламы, которые он сам ретранслировал уже долгое время, отчего и не мог им верить. Было понятно, что только у богатых можно узнать, какие горизонты раскрывает перед человеком увесистый счет, и однажды Татарскому это удалось — по чистой случайности.

Пропивая как-то в «Бедных людях» мелкий гонорар, он подслушал разговор двух известных телешоуменов — дело было за полночь, и они продолжали начатую в другом месте пьянку. Татарский сидел всего в паре метров от них, но они обращали на него не больше внимания, чем если бы он был чучелом копирайтера, прибитым к лавке для создания интерьера.

Несмотря на то что оба шоумена были изрядно пьяны, они не потеряли сверкающей вальяжности, какого-то голографического блеска в каждой складке одежды, как будто это не их физические тела сидели за соседним столом, а просто рядом с Татарским работал огромный телевизор, по которому их показывали. Заметив этот труднообъяснимый, но несомненный эффект, Татарский подумал, что в загробной бане им придется долго отскабливать человеческое внимание, въевшееся в поры их душ. Впрочем, даже в пьяном состоянии Татарский насторожился: вечность опять норовит принять форму бани. Угасив эту мысль, он стал просто слушать. Шоумены говорили о делах — у одного из них, как понял Татарский, были проблемы с контрактом.

— Только бы на следующий год продлили, — сжимая кулаки, говорил он.

— Ну продлят, — отвечал другой, — а потом? Ведь год пройдет — и опять то же самое. Опять будешь валидол глотать...

— Денег наворую, — тихо, как бы по секрету и как бы в шутку, ответил первый.

— А дальше что?

— Дальше? А дальше у меня есть серьезный и продуманный план...

Он навалился на стол и налил себе водки.

— Не хватает пятисот тысяч, — сказал он. — Вот их и хочу украсть.

— Какой план?

— Никому не скажешь? Слушай...

Он полез во внутренний карман пиджака, долго там шарил и наконец вынул сложенный вчетверо лист глянцевой бумаги.

— Вот, — сказал он, — тут написано... Королевство Бутан. Единственная в мире страна, где запрещено телевидение. Понимаешь? Совсем запрещено. Тут написано, что недалеко от столицы у них есть целая колония, где живут бывшие телемагнаты. Если ты всю жизнь работал на телевидении, то самое крутое, что ты можешь сделать, когда уходишь от дел, — это уехать в Бутан.

— Тебе для этого пятьсот тысяч нужно?

— Нет. Это мне здесь заплатить, чтоб в Бутане потом не искали. Ты можешь себе представить? Запрещено! Ни одного телевизора, только в контрразведке! И в посольствах!

Второй взял у него лист, развернул его и стал читать.

— То есть, понимаешь, — не умолкал первый, — если кто-то хранит у себя телевизор и про это узнают власти, к нему приходит полиция, понимаешь? Берут этого пидараса и ведут в тюрьму. А может, вообще расстреливают.

Он произносил слово «пидарас» с тем сабельно-свистящим придыханием, которое встречается только у латентных гомосексуалистов, лишивших себя радостей любви во имя превратно понятого общественного договора. Второй все понимал и не обижался — он разглядывал статью.

— А, — сказал он, — из журнала. Действительно интересно... Кто написал-то? Где... Какой-то Эдуард Дебирсян...

Чуть не опрокинув стул, Татарский встал и направился в туалет. Его не удивило такое отношение телевизионщиков к своему труду, хотя степень духовной извращенности этих людей давала возможность допустить, что кто-то из них даже любит свою работу. Доконало его другое. У Саши Бло была особенность — те материалы, которые ему нравились, он подписывал своим настоящим именем. А больше всего на свете ему нравилось выдавать продукты своего разыгравшегося воображения за хронику реальных событий — но он позволял это себе довольно редко.

Раскатав дорожку кокаина прямо на холодной белой щеке сливного бачка, Татарский, не дробя комков, втянул ее через свернутую сторублевку (доллары уже кончились), вытащил свою книжечку и записал:

> Сама по себе стена, на которой нарисована панорама несуществующего мира, не меняется. Но за очень большую сумму можно купить в качестве вида за окном намалеванное солнце, лазурную бухту и тихий вечер. К сожалению, автором этого фрагмента тоже будет Эдик — но даже это не важно, потому что само окно, для которого покупается вид, тоже нарисовано. Тогда, может быть, и стена нарисована? Но кем и на чем?

Он поднял глаза на стену туалета, словно в надежде увидеть там ответ. На кафеле красным фломастером были начерчены веселые округлые буквы короткого слогана:

TRAPPED? MASTURBATE![1]

Вернувшись в зал, он сел подальше от шоуменов и попытался последовать народной мудрости — расслабиться и получить удовольствие. Это, однако, не

---

[1] Попался? Дрочи! (*англ.*)

удалось — как всегда. Отвратительный московский кокаин, разбодяженный немытыми руками длинной цепи дилеров, оставлял в носоглотке букет аптечных запахов — от стрептоцида до аспирина — и рождал в теле тяжелое напряжение и дрожь. Говорили, что порошок, за грамм которого в Москве берут сто пятьдесят долларов, вообще никакой не кокаин, а смесь эстонского «спида» с российским фармакологическим ассортиментом; мало того, половина дилеров почему-то всегда заворачивала порошок в глянцевую рекламу «тойоты Camry», вырезанную из какого-нибудь журнала, и Татарского мучила невыносимая догадка, что они наживаются не только на чужом здоровье, но и на PR-сервисе. Каждый раз Татарский спрашивал себя, зачем он и другие платят такие деньги, чтобы вновь подвергнуть себя унизительной и негигиеничной процедуре, в которой нет ни одной реальной секунды удовольствия, а только мгновенно возникающий и постепенно рассасывающийся отходняк. Единственное объяснение, которое приходило ему в голову, было следующим: люди нюхали не кокаин, а деньги, и свернутая стодолларовая купюра, которой требовал неписаный ритуал, была даже важнее самого порошка. Если бы кокаин продавался в аптеках по двадцать копеек за грамм как средство для полоскания при зубной боли, подумал он, его нюхали бы только панки — как это, собственно, и было в начале века. А вот если бы клей «Момент» стоил тысячу долларов за флакон, его охотно нюхала бы вся московская золотая молодежь и на презентациях и фуршетах считалось бы изысканным распространять вокруг себя летучий химический запах, жаловаться на отмирание нейронов головного мозга и надолго уединяться в туалете. Кислотные журналы посвящали бы пронзительные cover stories эстетике пластикового пакета, надеваемого на голову при этой процедуре (писал бы, понятно, Саша Бло), и тихонько подверстывали бы в эти материалы рекламу каких-нибудь часиков, трусиков и одеколончиков...

— О! — воскликнул Татарский, хлопнул себя по лбу, вытащил записную книжку и открыл ее на букве «О»:

Одеколоны молодежной линии (независимо от производителя), — записал он. — Связать с деньгами и императором Веспасианом (налог на сортиры, слоган «Деньги не пахнут»). Видеоряд произвольный. Пример:

ДЕНЬГИ ПАХНУТ!
«БЕНДЖАМИН»
НОВЫЙ ОДЕКОЛОН ОТ ХУГО БОСС

Спрятав книжку, он почувствовал, что пик мерзостного ощущения уже прошел и он вполне в силах дойти до стойки и взять что-нибудь выпить. Ему хотелось текилы, но, добравшись до бармена, он почему-то взял «смирновки», которую терпеть не мог. Проглотив порцию прямо у стойки, он взял еще одну и пошел назад к своему столу. У него успел появиться сосед, мужик лет сорока с длинными сальными волосами и бородкой, одетый в какую-то несуразную курточку с вышивкой, — по виду типичный бывший хиппи, один из тех, кто не сумел вписаться ни в прошлое, ни в настоящее. На шее у него висел большой медный крест.

— Простите, — сказал Татарский, — я здесь сидел.

— И садись на здоровье, — сказал сосед. — Тебе что, весь стол нужен?

Татарский пожал плечами и сел напротив.

— Меня Григорием зовут, — приветливо сказал сосед.

Татарский поднял на него утомленные глаза.

— Вова, — сказал он.

Встретившись с ним взглядом, Григорий нахмурился и жалостливо покачал головой.

— Во как колбасит тебя, — сказал он. — Нюхаешь?

— Так, — сказал Татарский. — Бывает изредка.

— Дурак, — сказал Григорий. — Ты только подумай: слизистая оболочка носа — почти что открытый мозг... А откуда этот порошок взялся и кто в него какими местами лазил, ты думал когда-нибудь?

— Только что, — признался Татарский. — А что значит — какими местами? Какими в него местами лазить можно, кроме носа?

Григорий оглянулся по сторонам, вытащил из-под стола бутылку водки и сделал большой глоток из горлышка.

— Может, знаешь, был такой писатель американский — Харольд Роббинс? — спросил он, пряча бутылку.

— Нет, — ответил Татарский.

— Мудак он полный. Но его читают все учительницы английского. Поэтому в Москве так много его книжек, а дети так плохо знают язык. У него в одном романе фигурировал негр, ебырь-профессионал, который тянул богатых белых теток. Так этот негр перед процедурой посыпал свою...

— Понял, не надо, — проговорил Татарский. — Меня вырвет сейчас.

— ...свою огромную черную залупу чистым кокаином, — с удовольствием договорил Григорий. — Ты спросишь: при чем здесь этот негр? Я тебе отвечу. Я недавно «Розу Мира» перечитывал, то место, где о народной душе. Андреев писал, что она женщина и зовут ее Навна. Так мне потом видение было — лежит она как бы во сне, на белом таком камне, и склонился над ней такой черный, смутно видимый, с короткими крыльями, лица не разобрать, и, значит, ее...

Григорий притянул руками к животу невидимый штурвал.

— Хочешь знать, что вы все употребляете? — прошептал он, приближая к Татарскому искаженное лицо. — Вот именно. То, чем он себе посыпает. И в тот момент, когда он всовывает, вы колете и нюхаете. А когда он вынимает, вы бегаете и ищете, где бы взять... А он все всовывает и вынимает, всовывает и вынимает...

Татарский наклонился в просвет между столом и лавкой, и его вырвало. Осторожно поднял глаза на бармена: тот был занят разговором с кем-то из посетителей и вроде ничего не заметил. Поглядев по сторонам, он увидел на стене рекламный плакат. Изображен на нем был поэт Тютчев в пенсне, со стаканом в руке и пледом на коленях. Его проницательно-грустный взгляд был устремлен в окно, а свободной рукой он гладил сидящую рядом собаку. Странным, однако, казалось то, что кресло Тютчева стояло не на полу, а на потолке. Татарский опустил взгляд чуть ниже и прочел слоган:

```
UMOM ROSSIJU NYE PONYAT,
V ROSSIJU MOJNO TOLKO VYERIT.
       «SMIRNOFF»
```

Все было спокойно. Татарский разогнулся. Он чувствовал себя значительно лучше. Григорий откинулся назад и сделал еще один глоток из бутылки.

— Отвратительно, — констатировал он. — Жить надо чисто.

— Да? А как это? — спросил Татарский, вытирая рот салфеткой.

— Только ЛСД. Только на кишку, и только с молитвой.

Татарский помотал головой, как вылезшая из воды собака.

— Где ж его взять-то?

— Как где? — оскорбился Григорий. — Ну-ка, перелезай сюда.

Татарский послушно встал со своего места, обошел вокруг стола и подсел к нему.

— Я их уже восемь лет собираю, — сказал Григорий, вынимая из-под куртки небольшой альбом для марок. — Глянь-ка.

Татарский раскрыл альбом.

— Ни фига себе, — сказал он. — Сколько их тут разных.

— Это что, — сказал Григорий. — У меня здесь

только на обмен и на продажу. А дома у меня две полки таких альбомчиков.

— А они что, все по-разному действуют?

Григорий кивнул.

— А почему?

— Во-первых, разный химический состав. Я сам глубоко не вникал, но к кислоте всегда что-то подмешано. Фенаминчик там, барбитура или еще что. А когда всё вместе действует, эффект получается кумулятивный. Но все-таки самое главное — это рисунок. Ты ведь никуда не можешь деться от факта, что глотаешь Мэла Гибсона или красную гвоздику, понимаешь? Твой ум это помнит. И когда кислота до него доходит, все идет по намеченному руслу. Трудно объяснить... Ты ее вообще ел хоть раз?

— Нет, — сказал Татарский. — Я больше по мухоморам.

Григорий вздрогнул и перекрестился.

— Тогда чего тебе рассказывать, — сказал он, поднимая на Татарского недоверчивый взгляд. — Сам понимать должен.

— Да я понимаю, понимаю, — сказал Татарский небрежно. — А вот эти, с черепом и костями, их тоже кто-то берет? Есть любители?

— Всякие берут. Люди ведь тоже всякие.

Татарский перевернул страницу.

— Ух ты, красота какая, — сказал он. — Это Алиса в Стране чудес?

— Ага. Только это блок. Двадцать пять доз. Дорогой. Вот эта хорошая, с распятием. Только не знаю, как она на твои мухоморы ляжет. С Гитлером не советую. Сначала круто, но потом обязательно будет несколько секунд вечных мучений в аду.

— Как это — несколько секунд вечных мучений? Если всего несколько секунд, то почему они вечные?

— Это только пережить можно. М-да. А можно и не пережить.

— Понял, — сказал Татарский, переворачивая страницу. — А твой глюк по «Розе Мира» — он у тебя от какой был? Здесь она есть?

— Не глюк, а видение, — поправил Григорий. — Здесь такой нет. Это редкая марочка была, с драконом-победоносцем. Из немецкой серии «Bad trip Иоанна Богослова»[1]. Тоже не советую. Они чуть повыше обычных и поуже, и твердые такие. Даже скорее не марочка, а таблетка с наклейкой. Много вещества. Знаешь, я бы тебе вот эту посоветовал, с синим Раджнишем. Мягкая, добрая. И на бухло отлично ляжет...

Внимание Татарского привлекли три одинаковых сиреневых квадратика, стоявшие между маркой с «Титаником» и маркой с каким-то смеющимся восточным божеством.

— А вот эти три одинаковых — что это такое? — спросил он. — Кто здесь нарисован? С бородкой и в колпаке? Не поймешь — не то Ленин, не то дядя Сэм.

Григорий одобрительно хмыкнул.

— Вот что такое инстинкт, — сказал он. — Кто здесь нарисован, я не знаю. Но вещь это очень крутая. Отличается она тем, что здесь кислота смешана с

---

[1] Здесь: «Наркотический облом Иоанна Богослова» (*англ.*).

метаболиком. Поэтому действовать начинает очень быстро и очень резко, минут через двадцать. И дозняк здесь такой, что на взвод солдат хватит. Я бы тебе не дал такую, но если ты мухоморы ел...

Татарский заметил, что на них внимательно смотрит охранник.

— Беру, — сказал он, — сколько?

— Двадцать пять долларов, — сказал Гриша.

— У меня сто рублей только осталось.

Гриша подумал секунду и махнул рукой.

— Давай, — согласился он.

Татарский протянул ему свернутую трубочкой банкноту, взял марку и спрятал ее в нагрудный карман.

— Во, — сказал Гриша, убирая альбом. — А эту дрянь ты больше не нюхай. От нее еще никому ничего хорошего не было. Только усталость, стыд за вчерашнее и кровь из носа.

— Ты знаешь, что такое сравнительное позиционирование? — спросил Татарский.

— Нет, — ответил Григорий. — Что это?

— Это рекламная техника, в которой ты достиг выдающегося мастерства.

Григорий собирался сказать что-то в ответ, но не успел — над столом нависла тяжелая туша охранника.

— Ребятки, — сказал он, — шли бы вы себе в какой парадняк потемнее. У вас на это сорок секунд.

ПУТЬ К СЕБЕ

На следующее утро Татарского разбудил телефонный звонок. Первым его чувством была досада — звонок перебил очень странный и красивый сон, в котором Татарский сдавал экзамен. Во сне он сначала тянул один за другим три билета, а потом поднимался вверх по длинному спиральному подъему, вроде того, который был в одном из корпусов его первого института, где он изучал электроплавильные печи. Ему надо было найти экзаменаторов самому, но каждый раз, когда он открывал одну из дверей, вместо аудитории перед ним открывалось закатное подмосковное поле, по которому он гулял с Гиреевым в тот достопамятный вечер. Это было очень странно, потому что в своих поисках он успел подняться на несколько этажей вверх.

Проснувшись до конца, он немедленно вспомнил о Григории и его альбоме. «Купил, — подумал он с ужасом, — и съел...» Вскочив с кровати, он подошел к столу, выдвинул верхний ящик и увидел марку с улыбающимся сиреневым лицом. «Нет, — подумал он, — слава Богу...» Положив марку в самый дальний угол ящика, он накрыл ее коробкой цветных карандашей.

Телефон между тем все еще звонил. «Пугин», — решил Татарский и взял трубку.

— Алло, — сказал незнакомый голос, — могу я поговорить с Татарским... э-э... господином?

Татарский не обиделся — по запутавшейся интонации собеседника он понял, что тот по ошибке произнес сначала фамилию, а потом социальный артикль.

— Это я.

— Здравствуйте. Говорит Владимир Ханин из агентства «Тайный советчик». Ваш телефон у меня остался от Димы Пугина. Не могли бы мы с вами сегодня встретиться? Лучше прямо сейчас.

— А что такое? — спросил Татарский, уже понимая по этому «остался», что с Пугиным случилось что-то нехорошее.

— Дима скончался. Я знаю, что вы с ним работали. А он работал со мной. Так что косвенно мы знакомы. Во всяком случае несколько ваших работ, по которым вы ждете ответа от Пугина, у меня на столе.

— А как это случилось?

— При встрече, — сказал новый знакомый. — Запишите адрес.

Через полтора часа Татарский вошел в огромный комплекс комбината «Правда» — туда, где когда-то помещались редакции чуть ли не всех советских газет. На вахте для него был выписан пропуск. Он поднялся на восьмой этаж и нашел комнату с нужным номером; на ее двери висела металлическая табличка со словами «Идеологический отдел» — явное советское наследство.

Ханин был в комнате один. Это был мужчина средних лет с приятным бородатым лицом — он сидел за столом и что-то торопливо писал.

— Проходите и садитесь, — сказал он, не поднимая головы. — Я сейчас.

Татарский сделал два шага в глубь комнаты, увидел приклеенный скотчем к стене рекламный плакат и чуть не подавился собственной слюной. Как следовало из текста под фотографией, это была реклама нового вида отдыха с попеременным пользованием совместно арендуемыми апартаментами — Татарский уже слышал, что это такое же мошенничество, как и все остальное в жизни. Но дело было не в этом. Метровая фотография изображала три пальмы на каком-то райском острове, и эти три пальмы точь-в-точь повторяли голографический рисунок с пачки «Парламента», найденной им на зиккурате. Но даже это было пустяком по сравнению со слоганом. Под фотографией крупными черными буквами было написано:

IT WILL NEVER BE THE SAME!

— Я же говорю, садитесь! Вот стул.

Голос Ханина вывел Татарского из транса. Он сел и неловко пожал протянутую ему через стол руку.

— Чего там такое? — спросил Ханин, кося на плакат.

— Так, — сказал Татарский. — Дежа вю.

— А! Понятно, — сказал Ханин таким тоном, словно ему и правда что-то стало понятно. — Значит, так. Сначала о Пугине...

Постепенно приходя в себя, Татарский стал слушать.

Это было явное ограбление по наводке, причем грабитель, судя по всему, знал, что Пугин работал таксистом в Нью-Йорке. История звучала жутко и не очень правдоподобно: когда Пугин прогревал мотор, к нему в машину, на заднее сиденье, сели двое и назвали адрес: Вторая авеню, угол Двадцать седьмой улицы. В каком-то рефлекторно-гипнотическом трансе Пугин тронулся с места, свернул в переулок — и это было все, что он успел рассказать милиции и врачам. В его теле насчитали семь пулевых ран — стреляли прямо сквозь спинку кресла. Пропало несколько тысяч долларов, которые Пугин вез с собой, и какая-то папочка — о ней он не переставая бредил до самой смерти.

— А папочка, — грустно сказал Ханин, — не пропала. Вот она. Он ее у меня забыл. Хочешь посмотреть? Я пока пару звонков сделаю.

Татарский взял в руки бесцветный скоросшиватель из картона. Ему вспомнилось усатое лицо Пугина, такое же бесцветное, как этот картон, и черные пуговки его глаз, похожие на пластмассовые заклепки. Видимо, в папке были работы самого Пугина — тот столько раз намекал, что судит о чужих произведениях не просто как сторонний наблюдатель. Кое-что было по-английски. «Наверно, — решил Татарский, — он уже в Нью-Йорке начал». Пока Ханин говорил по телефону о каких-то расценках, Татарскому попалось два настоящих шедевра. Первый был для Calvin Klein:

Изящный, чуть женственный Гамлет (общая стилистика — unisex), в черном трико и голубой курточке, надетой на голое тело, медленно бредет по кладбищу. Возле одной из могил он останавливается, нагибается и поднимает из травы череп розового цвета. Крупный план — Гамлет, слегка нахмурив брови, вглядывается в череп. Вид сзади — крупный план упругих ягодиц с буквами СК. Другой план — череп, рука, буквы СК на синей курточке. Следующий кадр — Гамлет подкидывает череп и бьет по нему пяткой. Череп взлетает высоко вверх, потом по дуге несется вниз и, словно в баскетбольное кольцо, проскакивает точно в бронзовый венок, который держит над одной из могил мраморный ангел. Слоган:

— JUST BE. CALVIN KLEIN[1]

Второй слоган, который понравился Татарскому, был предназначен для московской сети магазинов Gap и был нацелен, как явствовало из предисловия, на англоязычную прослойку, насчитывающую до сорока тысяч человек. На плакате предполагалось изобразить Антона Чехова: первый раз в полосатом костюме, второй раз — в полосатом пиджаке, но без штанов; при этом контрастно выделялся зазор между его голыми худыми ногами, чем-то похожий на готические песочные часы. Затем, уже без Чехова, повторялся контур просвета между его ногами, действительно превращенный в часы, почти весь песок в которых стек вниз. Текст был такой:

RUSSIA WAS ALWAYS NOTORIOUS FOR THE GAP BETWEEN CULTURE AND CIVILIZATION. NOW THERE IS NO MORE CULTURE. NO MORE CIVILIZATION. THE ONLY THING THAT REMAINS IS THE GAP. THE WAY THEY SEE YOU[2]

---

[1] Просто будь. Келвин Клайн (*англ.*).

[2] В России всегда существовал разрыв между культурой и цивилизацией. Культуры больше нет. Цивилизации больше нет. Остался только Gap. То, каким тебя видят (*англ.*). (Игра слов: *gap* — разрыв, *Gap* — сеть универсальных магазинов.)

Перевернув еще несколько листов, Татарский наткнулся на свой собственный текст для «Парламента». Сразу стало ясно, что все остальное тоже придумал не Пугин. Воображение между тем успело нарисовать портрет замаскировавшегося титана рекламной мысли, способного срифмовать штаны хоть с Шекспиром, хоть с русской историей. Но этот виртуальный Пугин, подобно тяжелому металлу из конца периодической таблицы, просуществовал в сознании Татарского считаные секунды и распался.

Ханин попрощался и повесил трубку. Татарский поднял глаза и с удивлением увидел, что на столе стоит бутылка текилы, два стакана и блюдце с нарезанным лимоном — Ханин ловко сделал все приготовления во время разговора.

— Помянем? — спросил он.

Татарский кивнул. Чокнувшись, они выпили. Татарский раздавил деснами лимонную дольку и стал напряженно составлять подходящую к случаю фразу, но телефон зазвонил снова.

— Что? Что? — спросил Ханин в трубку. — Не знаю. Это дело очень серьезное. Так что езжайте прямо в Межбанковский комитет... Да-да, в башню.

Повесив трубку, он пристально поглядел на Татарского.

— А теперь, — сказал он, убирая со стола текилу, — давай разберем твои последние работы, если не возражаешь. Ты ведь понял, я полагаю, что Дима их мне носил?

Татарский кивнул.

— Значит, так... Про «Парламент» ничего не скажу — хорошо. Но если ты уж взялся за такую тему, зачем ты себя сдерживаешь? Расслабься! Идти — так до конца! Пусть на всех четырех танках стоит по Ельцину с цветком в одной руке и стаканом в другой...

— Мысль, — с воодушевлением согласился Татарский, почувствовав, что перед ним сидит человек с пониманием. — Но тогда надо убрать здание парламента и сделать это рекламой для этого виски... Как его — где четыре розы на этикетке...

— Бурбон «4 Roses»? — сказал Ханин и хмыкнул. — А чего, можно. Запиши себе где-нибудь.

Он пододвинул к себе несколько сшитых скрепкой листов, в которых Татарский сразу же узнал стоивший ему больших усилий проект для компании «ТАМПАКО», которая производила соки, но продавать почему-то собиралась акции, — он сдал его покойному Пугину недели две назад. Это был не сценарий, а концепция, то есть произведение довольно парадоксального жанра: разработчик как бы объяснял очень богатым людям, как им жить дальше, и просил дать ему за это немного денег. Листы со знакомым текстом были густо исчерканы красным.

— Ага, — сказал Ханин, разглядывая пометки, — а вот здесь у нас есть проблемы. Во-первых, их сильно обидел один совет.

— Какой?

— Сейчас прочитаю, — сказал Ханин, переворачивая страницы, — где это... красным было подчеркнуто... да тут все почти подчеркнуто... ага, вот — в три черты. Слушай: «Итак, существует два метода в рекламе акций: подход, формирующий у вкладчика образ фирмы-эмитента, и подход, формирующий у вкладчика образ вкладчика. На профессиональном языке эти подходы называются «куда нести» и «с кем нести». Их последовательное применение требует огромного...» — нет, это как раз им понравилось... ага, вот: «На наш взгляд, перед началом кампании целесообразно подумать об изменении названия фирмы. Это связано с тем, что на российском телевидении активно проводится реклама гигиенических средств ТАМПАКС. Это понятие занимает настолько устойчивую позицию в сознании потребителя, что для его вытеснения и замещения потребуются огромные затраты. Связь ТАМПАКО — ТАМПАКС чрезвычайно неблагоприятна для фирмы, производящей прохладительные напитки. Ассоциативный ряд, формируемый таким названием, — «напиток из тампонов». На наш взгляд, достаточно поменять предпоследнюю гласную в названии фирмы: ТАМПУКО или ТАМПЕКО. При этом негативная ассоциация снимается полностью...»

Ханин поднял глаза.

— Слов ты много выучил, хвалю, — сказал он. — Но как ты не понимаешь, что таких вещей не предлагают? Ведь они в этот свой «Тампако» всю кровь сердца влили. Это для них как... Короче, у людей полное самоотождествление со своим продуктом, а ты им такие вещи говоришь. Это как маме сказать: ваш сыночек, конечно, урод, но мы ему морду немного краской подведем, и будет нормально.

— Но ведь действительно название жуткое.

— Ты чего хочешь — чтобы они были счастливы или ты?

Ханин был прав. Татарский почувствовал себя вдвойне глупо, вспомнив, как в самом начале своей карьеры объяснял эту же мысль ребятам из «Драфт Подиума».

— А вообще концепция? — спросил он. — Там же много всего.

Ханин перевернул еще одну страницу.

— Как тебе сказать. Вот тут еще подчеркнули — это в конце, где опять про акции... Читаю: «Таким образом, на вопрос «куда нести» дается ответ «в Америку», а на вопрос «с кем нести» дается ответ «вместе со всеми, кто не понес в «МММ» и другие пирамиды, а ждал, когда можно будет отнести в Америку». Такова психологическая кристаллизация после первого этапа кампании — причем отметим, что реклама не должна обещать разместить средства вкладчиков в Америке, — она должна вызывать такое ощущение...» Кстати, на фига ты это подчеркнул? Что-то очень умное, да? Так, дальше... «Эффект достигается широким использованием в видеоряде звездно-полосатого флага, долларов и орлов. В качестве главного символа кампании предлагается использовать секвойю, у которой вместо листьев стодолларовые купюры, что вызовет подсознательную ассоциацию с денежным деревом из сказки о Буратино...»

— И что тут не так? — спросил Татарский.

— Секвойя — это хвойное дерево.

Татарский несколько секунд молчал, ощупывая кончиком языка дупло, неожиданно обнаружившееся в зубе. Потом сказал:

— Ну и что. Можно свернуть доллары в трубочки.

— Ты не знаешь, что такое «шлемазл»? — спросил Ханин.

— Нет.

— Я тоже. Они тут написали на полях, чтобы этот «шлемазл» — то есть ты — больше к их заказам близко не подходил. Тебя не хотят.

— Ясно, — сказал Татарский. — Меня не хотят. А если они через месяц поменяют название? А через два начнут делать то, что я предложил? Тогда как?

— Никак, — сказал Ханин. — Сам знаешь.

— Знаю, — сказал Татарский и вздохнул. — А по другим заказам? Там для сигарет «West» было.

— Тоже облом, — сказал Ханин. — Сигареты тебе всегда удавались, но сейчас...

Он перевернул еще несколько страниц.

— Что я могу сказать... Видеоряд... где это... вот: «Двое снятых сзади голых мужчин, высокий и низкий, обнявшись за бедра, ловят машину на хайвее. У низкого в руке пачка «West», высокий поднял руку, чтобы остановить машину — приближающийся голубой «кадиллак». Рука низкого с пачкой сигарет лежит на той же линии, на которой находится поднятая рука высокого, отчего образуется еще один смысловой слой — «хореографический»: камера как бы остановила на секунду яростно-эмоциональный танец, в который вылилось предвкушение близкой свободы. Слоган — Go West». Это из песни этих пед-жоп-бойз, которую они из нашего гимна сделали, да? Высоко, ничего не скажешь. Но вот потом у тебя идет длинный абзац про гетеросексуальную часть целевой группы. Ты это зачем написал?

— Нет, я... Я подумал, что, если у заказчика этот вопрос встанет, он будет знать, что мы это учли...

— У заказчика совсем в другую сторону встал. Заказчик — это урка из Ростова, которому один митрополит два миллиона долларов сигаретами отдал. Он — урка, конечно, а не митрополит — на полях возле слова «гетеросексуальный» написал: «Это он че, о пидарасах?» И завернул концепцию. А жалко — шедевр. Вот если бы наоборот было — если бы урка митрополиту бабки отдавал, — на ура бы прошло. Там, ясное дело, совсем другая культура. Но что делать. Наш бизнес — это лотерея.

Татарский промолчал. Ханин размял сигарету и закурил.

— Лотерея, — повторил он со значением. — Тебе в этой лотерее последнее время не везет. И я знаю почему.

— Объясните.

— Видишь ли, — сказал Ханин, — это очень тонкий момент. Ты сначала стараешься понять, что понравится людям, а потом подсовываешь им это в виде вранья. А люди хотят, чтобы то же самое им подсунули в виде правды.

Такого Татарский абсолютно не ожидал.

— То есть как? Что? Как это «в виде правды»?

— Ты не веришь в то, что ты делаешь. Не участвуешь душой.

— Не участвую, — сказал Татарский. — Еще бы. А вы чего хотите? Чтобы я это «Тампако» себе в душу пустил? Да такого ни одна блядь с Пушкинской площади не сделает.

— Не надо только становиться в позу, — поморщился Ханин.

— Да нет, — сказал Татарский, успокаиваясь, — вы меня не так поняли. Поза сейчас у всех одна, просто надо же себя правильно позиционировать, верно?

— Верно.

— Так я почему говорю, что ни одна блядь не сделает? Дело тут не в отвращении. Просто блядь во всех случаях деньги получает — понравилось клиенту или нет, а я должен сначала... Ну, вы понимаете. И только потом клиент будет решать... А на таких условиях абсолютно точно ни одна блядь работать не станет.

— Блядь, может, и не станет, — перебил Ханин. — А мы, если хотим в этом бизнесе выжить, станем. И не то еще сделаем.

— Не знаю, — сказал Татарский. — Не уверен до конца.

— Сделаем, Вава, — сказал Ханин и посмотрел Татарскому в глаза.

Татарский насторожился.

— А вы откуда знаете, что я не Вова, а Вава?

— Пугин сказал. А насчет позиционирования... Будем считать, что ты себя отпозиционировал и я твою мысль понял. Пойдешь ко мне в штат?

Татарский еще раз посмотрел на плакат с тремя пальмами и англоязычным обещанием вечных метаморфоз.

— Кем? — спросил он.

— Криэйтором.

— Это творцом? — переспросил Татарский. — Если перевести?

Ханин мягко улыбнулся.

— Творцы нам тут на хуй не нужны, — сказал он. — Криэйтором, Вава, криэйтором.

Выйдя на улицу, Татарский медленно побрел в сторону центра.

Радости от внезапно состоявшегося трудоустройства он почти не чувствовал. Его тревожило одно — он был уверен, что никогда не рассказывал Пугину историю про свое настоящее имя, а представлялся просто Владимиром. Существовала, впрочем, ничтожная вероятность, что он проболтался по пьяному делу, а потом про это забыл — пару раз они сильно напивались вместе. Другие объяснения были так густо замешаны на генетическом страхе перед КГБ, что их Татарский отмел сразу.

Впрочем, это было неважно.

— This game has no name, — прошептал он и сжал кулаки в карманах куртки.

Недостроенный советский зиккурат всплыл в его памяти в таких мелких подробностях, что несколько раз по пальцам прошла забытая мухоморная дрожь. Мистическая сила несколько перестаралась с количеством указаний, предъявленных его испуганной душе одновременно: сначала плакат с пальмами и знакомой строчкой, потом слова «башня» и «лотерея», как бы случайно употребленные Ханиным несколько раз за несколько минут, и, наконец, этот «Вава», который тревожил больше всего.

«Может, я ослышался, — думал Татарский. — Может, у него такая дикция... Но ведь я спросил, откуда он знает, что я Вава. А он сказал — от Пугина. Нет, нельзя так напиваться, нельзя».

Минут через сорок задумчивой медленной ходьбы он оказался у статуи Маяковского. Остановившись, некоторое время внимательно изучал ее. Бронзовый пиджак, в который советская власть навсегда одела поэта, опять вошел в моду — Татарский вспомнил, что совсем недавно видел такой же фасон на рекламе Кензо.

Обойдя статую кругом и полюбовавшись надежным задом горлана и главаря, Татарский окончательно понял, что в душу заползла депрессия. Ее можно было убрать двумя методами — выпить граммов сто водки или срочно что-нибудь купить, потратив долларов пятьдесят (некоторое время назад Татарский с удивлением понял, что эти два действия вызывают сходное состояние легкой эйфории, длящейся час-полтора).

Водки не хотелось из-за только что всплывших воспоминаний о пьянках с Пугиным. Татарский огляделся. Магазинов вокруг было много, но все какие-то очень специальные. Жалюзи, например, ему были ни к чему. Он стал вглядываться в вывески на той стороне Тверской и вздрогнул от изумления. Это было уже чересчур: на стене дома по Садовому кольцу белела видная под острым углом вывеска с ясно различимым словом «Иштар».

Через минуту или две, немного запыхавшись, он уже подходил ко входу. Это был крошечный магазин-однодневка, только что переделанный из бутербродной, но уже несущий на себе печать упадка и

скорого заката: плакат в окне объявлял пятидесяти-
процентный сэйл.

Внутри, в удвоенной настенными зеркалами тес-
ноте, размещалось несколько длинных вешалок с
разнообразной джинсой и длинный стеллаж с обу-
вью — главным образом кроссовками. Татарский,
совсем как лермонтовский демон, окинул это кожа-
но-резиновое великолепие скучающим взором, и на
его высоком челе не отразилось ничего. Больше того,
было вполне ясно: и тут кинули. Лет десять назад
новая пара кроссовок, привезенная дальним родст-
венником из-за бугра, становилась точкой отсчета
нового периода в жизни — рисунок подошвы был
подобием узора на ладони, по которому можно было
предсказать будущее на год вперед. Счастье, которое
можно было извлечь из такого приобретения, было
безмерным. Теперь, чтобы заслужить право на такой
же его объем, надо было покупать как минимум джип,
а то и дом. На это у Татарского денег не было, и он не
ожидал, что в обозримом будущем они появятся.
Кроссовок, правда, можно было купить вагон, но
они больше не радовали душу. Наморщив лоб, Татарский несколько секунд вспоминал, как этот феномен назывался на профессиональной фене, а вспомнив, достал книжечку и открыл ее на букву «Н», где
была «недвижимость».

Инфляция счастья, — торопливо застрочил он, — надо платить за те же его объе-
мы больше денег. Использовать при рекламе недвижимости:

Дамы и Господа! За этими стенами вас

никогда не коснется когнитивный диссонанс! Поэтому вам совершенно незачем знать, что это такое.

— Вам помочь? — спросила девушка-продавщица.

Татарский сделал успокаивающий жест, раскрыл последнюю страницу, куда он сбрасывал все малофункциональное, и дописал:

Вещизм. Как ныне сбирается Вещий Олег — то есть за вещами в Царьград. Первый барахольщик (еще и бандит — наехал на хазаров). Возможен клип для чартерных рейсов и шоп-туров в Стамбул:

Дамы и Господа! На том стояла и стоит земля Русская! Вариант — «Вернуться к Истоку».

— Что ищете? — повторила девушка-продавщица. Ей определенно не нравилось, что посетитель пишет что-то в книжечке, — это вполне могло кончиться наездом какой-нибудь инспекции.

— Мне бы что-нибудь из обуви, — с вежливой улыбкой ответил Татарский. — Легкое, на лето.

— Туфли? Кроссовки? Кеды?

— Кеды, — сказал Татарский. — Я уже столько лет не видел кедов.

Девушка подвела его к стеллажу.

— Вот, — сказала она. — На платформе.

Татарский взял в руки белый высокий кед.

— А чего это за фирма? — спросил он.

— Ноу нэйм, — сказал девушка. — Английские.

— Как-как? — спросил он с недоумением.

Девушка повернула кед задником, и он увидел на пятке резиновую нашлепку с надписью «NO NAME».

— А сорок третий размер у вас есть? — спросил Татарский.

Из магазина он вышел в новых кедах — ботинки, завернутые в пластиковый пакет, лежали в сумке. Он уже точно знал, что весь его сегодняшний маршрут не случаен, и очень боялся совершить ошибку, свернув куда-нибудь не туда. Поколебавшись, он медленно пошел вниз по Садовой.

Метров через пятьдесят ему попался табачный ларек. Подойдя к нему за сигаретами, Татарский удивился неожиданно большому выбору презервативов, больше подходившему для аптеки. Среди малазийских «Кама-сутр» с сисястыми шакти выделялось странное полупрозрачное приспособление из синей резины со множеством толстых шипов, очень похожее на голову главного демона из фильма «Hellraiser»[1]. Под ним была табличка с подписью «многоразовый».

Но внимание Татарского привлек аккуратный черно-желто-красный квадрат с похожим на печать германским орлом в двойном черном круге и надписью «Sico». Он так походил на маленький штандарт, что Татарский купил целых две пачки. На обороте упаковки было написано: «Покупая презервативы Sico, вы доверяетесь традиционному германскому качеству и контролю».

«Умно, — подумал Татарский. — Очень умно».

---

[1] «Восставший из ада» (*англ.*).

Несколько минут он размышлял на эту тему, сочиняя слоган. Наконец нужная фраза ярко вспыхнула в голове.

— Sico. «БМВ» в мире гандонов, — прошептал он и вытащил из кармана записную книжку. Раскрыв ее на букву «П», перенес туда свою находку. Там обнаружился другой забытый слоган из той же области, написанный для алых презервативов польско-индонезийского производства «Passion»:

МАЛ, ДА УД АЛ

Спрятав книжку, Татарский огляделся. Он стоял на углу Садово-Триумфальной и какой-то другой улицы, ответвляющейся вправо. Прямо перед его лицом на стене был плакат с надписью «Путь к себе» и зовущая за угол желтая стрелка. Душа Татарского на секунду оторопела, а потом ее заполнила мрачная догадка, что «Путь к себе» — это магазин.

— А что же еще! — пробормотал Татарский.

Магазин удалось найти только после изрядного петляния по прилегающим дворам — к концу дороги он вспомнил, что Гиреев рассказывал про это заведение, называя его сокращенно — «Пукс». Крупных вывесок нигде видно не было, только на двери непримечательного двухэтажного домика была табличка с рукописным словом «Открыто». Татарский, конечно, понял, что так было устроено не по недомыслию, а для нагнетания эзотерических предчувствий. Но тем не менее методика подействовала и на него — шагая по лестнице, ведущей в магазин, он заметил, что находится в состоянии легкого благоговения.

Сразу же за дверью он понял, что инстинкт вывел его в нужное место. Над прилавком висела черная майка с портретом Че Гевары и подписью «Rage Against the Machine»[1]. Под майкой была табличка «Бестселлер месяца!». Это было неудивительно — Татарский знал (и даже писал об этом в какой-то концепции), что в области радикальной молодежной культуры ничто не продается так хорошо, как грамотно расфасованный и политически корректный бунт против мира, где царит политкорректность и все расфасовано для продажи.

— Какие размеры? — спросил он продавщицу, очень миленькую девушку какого-то вавилонско-ассирийского типа.

— Одна осталась, — ответила та. — Как раз на вас.

Заплатив, он спрятал майку в сумку и нерешительно застыл у прилавка.

— Хрустальных шаров есть новая партия, берите, пока не разобрали, — промурлыкала девушка и стала перебирать стопку детских нагрудничков с руническими письменами.

— А зачем они? — спросил Татарский.

— Для созерцания.

Татарский собирался спросить, надо ли созерцать нечто через эти шары или в самих этих шарах, но неожиданно заметил на стене маленькую полочку — прежде она была скрыта майкой, которую он только что купил. На ней, под заметным слоем пыли, покоились два объекта труднопостигаемой природы.

---

[1] «Бунт против машин» (*англ.*) — название американской рок-группы.

— Скажите, пожалуйста, — заговорил он, — а что это там такое? Это летающая тарелка, что ли? Что это на ней за узорчик?

— Это фрисби высшей практики, — сказала девушка, — а то, что вы называете узорчиком, — синяя буква «хум».

— А зачем? — спросил Татарский, в сознании которого скользнуло мрачное воспоминание, связанное с мухоморами и Гиреевым. — Чем она отличается от простой фрисби?

Девушка чуть скривила губы.

— Кидая фрисби с синей буквой «хум», вы не просто кидаете пластмассовый диск, а создаете заслуги. Десять минут кидания фрисби с синим «хум» по создаваемой заслуге эквивалентны трем часам медитации шаматха или одному часу медитации випашьяна.

— А-а, — неуверенно протянул Татарский. — А заслуга перед кем?

— Как перед кем!.. — сказала девушка, подняв брови. — Вы покупать собираетесь или вам поговорить хочется?

— Покупать, — сказал Татарский. — Но я же должен знать, что беру. А справа от высшей практики что?

— А это планшетка. Классика.

— Для чего она?

Девушка вздохнула. Видно было, что за день она устала от идиотов. Сняв планшетку с полки, она поставила ее на прилавок перед Татарским.

— Ставите на лист бумаги, — сказала она. — Можно на принтер вот за эти зажимы. Сюда пропускаете бумагу и ставите на медленную построчную подачу. Заряжать удобнее рулоном. В этот паз вставляете ручку, лучше брать гелевую с шариком. Сверху кладете руки — вот так, показываю. Потом входите в контакт с духом и позволяете рукам произвольно двигаться. Ручка будет записывать получающийся текст.

— Слушайте, — сказал Татарский, — вы только не сердитесь, но я правда хочу знать — с каким духом?

— Брать будете — тогда скажу.

Татарский вынул бумажник и отсчитал нужное количество денег. Для куска лакированной фанеры на трех колесиках стоила планшетка освежающе дорого — и эта несообразность цены и предмета вызывала доверие, к которому вряд ли привели бы объяснения любой глубины.

— Вот, — сказал он, кладя банкноты на прилавок. — Так с каким духом входить в контакт?

— Ответ на этот вопрос зависит от вашего уровня личной силы, — сказала девушка, — и особенно от вашей веры в существование духов. Если вы останавливаете внутренний диалог по методике из второго тома, то входите в контакт с духом абстрактного. А если вы христианин или сатанист, можно с конкретными... Вас какие интересуют?

Татарский пожал плечами.

Девушка подняла кристалл, висевший у нее на шее на черном кожаном ремешке, и две-три секунды смотрела сквозь него на Татарского, прямо в центр его лба.

— Вы кто по профессии? — спросила она. — Чем занимаетесь?

— Рекламой, — ответил Татарский. Девушка сунула руку под прилавок, вынула оттуда общую тетрадь в клетку и некоторое время листала страницы, расчерченные в таблицу, графы которой были исписаны мелким почерком.

— Вам, — сказала она наконец, — лучше всего подошло бы считать получающийся текст свободным выходом подсознательной психической энергии при посредстве моторных навыков письма. Своего рода чистка авгиевых конюшен сотрудника рекламной сферы. Такой подход меньше всего оскорбит духов.

— Простите-простите, — сказал Татарский, — то есть вы хотите сказать, что духи будут оскорблены, узнав, что я сотрудник рекламной сферы?

— Я полагаю, да. Поэтому лучшей защитой от их гнева было бы подвергнуть их существование сомнению. В конце концов, всё в этом мире — вопрос интерпретации, и квазинаучное описание спиритического сеанса так же верно, как и все остальные. Да и потом, любой просветленный дух согласится с тем, что он не существует.

— Интересно. А как духи догадаются, что я сотрудник рекламной сферы? У меня это что, на лбу написано?

— Нет, — сказала девушка. — Это на рекламе написано, что она из вашего лба.

Татарский чуть было не обиделся на эти слова, но после короткого размышления почувствовал себя скорее польщенным.

— Знаете, — сказал он, — если мне понадобится консультация по духовным вопросам, я зайду к вам. Не возражаете?

— Всё в руках Аллаха, — ответила девушка.

— Позвольте, — вдруг повернулся к ней молодой человек с широкими зрачками, мирно глядевший до этого в огромный хрустальный шар. — Как это всё? А сознание Будды? Руки Аллаха ведь есть только в сознании Будды. С этим вы не станете спорить?

Девушка за прилавком вежливо улыбнулась.

— Конечно нет, — сказала она. — Руки Аллаха есть только в сознании Будды. Но вся фишка в том, что сознание Будды все равно находится в руках Аллаха.

— Как писал Исикава Такубоку, — вмешался мрачный покупатель мефистофелевского вида, подошедший тем временем к прилавку, — оставь, оставь этот спор... Мне говорили, что у вас была брошюра Свами Жигалкина «Летние мысли сансарического существа». Вы не могли бы посмотреть? Наверно, на той полке, не-не, вот там, слева, под берцовой флейточкой...

HOMO ZAPIENS

Планшетка смотрелась на столе как танк на центральной площади маленького европейского городка. Стоявшая рядом закрытая бутылка «Johnny Walker» напоминала ратушу. Соответственно красненькое, которое Татарский допивал, тоже мыслилось в этом ряду. Его вместилище — узкая длинная бутылка — походило на готический собор, занятый под горком партии, а пустота внутри этой бутылки напоминала об идеологической исчерпанности коммунизма, бессмысленности исторических кровопролитий и общем кризисе русской идеи. Припав к горлышку, Татарский допил остаток вина и швырнул пустую бутылку в корзину для бумаг. «Бархатная революция», — подумал он.

Он сидел за столом в майке с надписью «Rage Against the Machine» и дочитывал инструкцию к планшетке. Гелевая ручка, которую он купил возле метро, без усилий встала в паз, и он закрепил ее винтом. Она была подвешена на слабой пружине, которая должна была прижимать ее к бумаге. Бумага — целая стопка — уже лежала под планшеткой; можно было начинать.

Оглядев комнату, он положил было руки на планшетку, но вдруг нервно встал, прошелся по комнате взад-вперед и затворил окна. Подумав еще немного, он зажег свечу над столом. Дальнейшие приготовления были бы просто смешными. Смешными, в сущности, были и последние.

Сев за стол, он положил руки на планшетку. «Так, — подумал он, — а теперь что? Надо что-то вслух говорить или нет?»

— Вызывается дух Че Гевары. Вызывается дух Че Гевары, — сказал он и сразу же подумал, что надо не просто вызывать дух, а задать ему какой-нибудь вопрос. — Я хотел бы узнать... ну, скажем, что-нибудь новое про рекламу, чего не было у Эла Райса и товарища Огилви, — сказал он. — Чтоб больше всех понимать.

В ту же секунду планшетка эпилептически задергалась под его ладонями, и вставленная в паз ручка вывела в верхней части листа крупные печатные буквы:

ИДЕНТИАЛИЗМ КАК ВЫСШАЯ СТАДИЯ ДУАЛИЗМА

Татарский отдернул руки и несколько секунд испуганно смотрел на надпись. Потом он положил руки назад, и планшетка пришла в движение опять, только буквы из-под ручки стали появляться мелкие и аккуратные:

Первоначально эти мысли предназначались для журнала кубинских вооруженных сил «Oliva Verde». Но глупо было бы настаивать на мелких подробностях такого рода теперь, когда мы точно знаем, что весь план существования, где выходят журналы и действуют вооруженные силы, есть просто последовательность моментов осознания, объединенных единственно тем, что в каждый новый момент присутствует понятие о предыдущих. Хоть с безначального времени эта последовательность непрерывна, само осознание не осознает себя никогда. Поэтому состояние человека в жизни плачевно.

Но великий борец за освобождение человечества Сиддхартха Гаутама во многих своих работах указывал, что главной причиной плачевного состояния человека в жизни является прежде всего само представление о существовании человека, жизни и состояния плачевности, то есть дуализм, заставляющий делить на субъект и объект то, чего на самом деле никогда не было и не будет.

Татарский вытянул исписанный лист, положил руки на планшетку, и она затряслась опять:

Сиддхартха Гаутама сумел донести эту простую истину до многих людей, потому что в его времена их чувства были простыми и сильными, а их внутренний мир — ясным и незамутненным. Одно услышанное слово могло полностью изменить всю жизнь человека и мгновенно перевести его на другой берег, к ничем не стесненной свободе. Но с тех пор прошли многие века. Сейчас слова Будды доступны всем, а спасение находит не многих. Это, без сомнения, связано с новой культурной ситуацией, которую древние тексты всех религий называли грядущим «темным веком».

Соратники!

Этот темный век уже наступил. И связано это прежде всего с той ролью, которую в жизни человека стали играть так называемые визуально-психические генераторы, или объекты второго рода.

Говоря о том, что дуализм вызван условным делением мира на субъект и объекты, Будда имел в виду субъектно-объектное деление номер один. Главной отличительной чертой темного века является то, что определяющее влияние на жизнь человека оказывает субъектно-объектное деление номер два, которого во времена Будды просто не существовало.

Чтобы объяснить, что подразумевается под объектами номер один и объектами номер два, приведем простой пример — телевизор. Когда телевизор выключен, он является объектом номер один. Это просто ящик со стеклянной стенкой, на который мы вольны смотреть или нет. Когда взгляд челове-

ка падает на темный экран, движение его глаз управляется исключительно внутренними нервными импульсами или происходящим в его сознании психическим процессом. Например, человек может заметить, что экран засижен мухами. Или решить, что хорошо бы купить телевизор в два раза больше. Или подумать, что его хорошо было бы переставить в другой угол. Неработающий телевизор ничем не отличается от предметов, с которыми люди имели дело во времена Будды, будь то камень, роса на стебле травы или стрела с раздвоенным наконечником, — словом, все то, что Будда приводил в пример в своих беседах.

Но когда телевизор включают, он преобразуется из объекта номер один в объект номер два. Он становится феноменом совершенно иной природы. И хоть смотрящий на экран не замечает привычной метаморфозы, она грандиозна. Для зрителя телевизор исчезает как материальный объект, обладающий весом, размерами и другими физическими качествами. Вместо этого у зрителя возникает ощущение присутствия в другом пространстве, хорошо знакомое всем собравшимся.

Татарский огляделся, словно ожидая увидеть вокруг себя этих собравшихся. Никого, конечно, не обнаружилось. Вынув из-под планшетки очередной исписанный лист, он прикинул, надолго ли хватит бумаги, и вернул ладони на деревянную полочку.

Соратники!

Вопрос заключается только в том, кто именно присутствует. Можно ли сказать, что это сам зритель? Повторим вопрос, так как он очень важен, —

можно ли сказать, что телевизор смотрит тот человек, который его смотрит?

Мы утверждаем, что нет. И вот почему. Когда человек разглядывал выключенный телевизор, движение его глаз и поток его внимания управлялись его собственными волевыми импульсами, пусть даже хаотичными. Темный экран без всякого изображения не оказывал на них никакого влияния или оказывал, но только как фон.

Включенный телевизор практически никогда не передает статичный вид с одной неподвижной камеры, поэтому изображение на нем не является фоном. Напротив, это изображение интенсивно меняется. Каждые несколько секунд происходит либо смена кадра, либо наплыв на какой-либо предмет, либо переключение на другую камеру — изображение непрерывно модифицируется оператором и стоящим за ним режиссером. Такое изменение изображения называется техномодификацией.

Здесь мы просим быть очень внимательными, так как следующее положение достаточно сложно понять, хотя суть его очень проста. Кроме того, может возникнуть чувство, что речь идет о чем-то несущественном. Берем на себя смелость заметить, что речь идет о самом существенном психическом феномене конца второго тысячелетия.

Смене изображения на экране в результате различных техномодификаций можно поставить в соответствие условный психический процесс, который заставил бы наблюдателя переключать внимание с одного события на другое и выделять наиболее интересное из происходящего, то есть управлять своим вниманием так, как это делает за него съемочная группа. Возникает виртуальный субъект этого психического процесса, который на время телепередачи существует вместо человека, входя в его сознание как рука в резиновую перчатку.

Это похоже на состояние одержимости духом; разница заключается в том, что этот дух не существует, а существуют только симптомы одержимости. Этот дух условен, но в тот момент, когда телезритель доверяет съемочной группе произвольно перенаправлять свое внимание с объекта на объект, он как бы становится этим духом, а дух, которого на самом деле нет, овладевает им и миллионами других телезрителей.

Происходящее уместно назвать опытом коллективного небытия, поскольку виртуальный субъект, замещающий собственное сознание зрителя, не существует абсолютно — он всего лишь эффект, возникающий в результате коллективных усилий монтажеров, операторов и режиссера. С другой стороны, для человека, смотрящего телевизор, ничего реальнее этого виртуального субъекта нет.

Больше того. Лабсанг Сучонг из монастыря Пу Эр полагает, что в случае, если некоторую программу — например, футбольный матч — будет одновременно смотреть более четырех пятых населения Земли, этот виртуальный эффект окажется способен вытеснить из совокупного сознания людей коллективное кармическое видение человеческого плана существования, последствия чего могут быть непредсказуемыми (вполне вероятно, что в дополнение к аду расплавленного металла, аду деревьев-ножей и т. д. возникнет новый ад — вечного футбольного чемпионата). Но его расчеты не проверены, и в любом случае это дело будущего. Нас же интересуют не пугающие перспективы завтрашнего дня, а не менее пугающая реальность сегодняшнего.

Подведем первый итог. Объекту номер два, то есть включенному телевизору, соответствует субъект номер два, то есть виртуальный зритель, который управлял бы своим вниманием так же, как это делает монтажно-режиссерская группа. Чувства и мысли, выделение адреналина и других гормонов в организме зрителя диктуются внешним оператором и обусловлены чужим расчетом. И конечно, субъект номер один не замечает момента, когда он вытесняется субъектом номер два, так как после вытеснения это уже некому заметить — субъект номер два нереален.

Но он не просто нереален (это слово, в сущности, приложимо ко всему в человеческом мире). Нет слов, чтобы описать степень его нереальности. Это нагромождение одного несуществования на другое, воздушный замок, фундаментом которого служит пропасть. Может возникнуть вопрос — зачем барахтаться в этих несуществованиях, измеряя степень их нереальности? Но эта разница между субъектами первого и второго рода очень важна.

Субъект номер один верит, что реальность — это материальный мир. А субъект номер два верит, что реальность — это материальный мир, который показывают по телевизору.

Будучи продуктом ложного субъектно-объектного деления, субъект номер один иллюзорен. Но у хаотического движения его мыслей и настроений, во всяком случае, есть зритель — метафорически можно сказать, что субъект номер один постоянно смотрит телепередачу про самого себя, постепенно забывая, что он зритель, и отождествляясь с передачей.

С этой точки зрения субъект номер два — нечто совершенно невероятное и неописуемое. Это телепередача, которая смотрит другую телепередачу. В этом процессе участвуют эмоции и мысли, но начисто отсутствует тот, в чьем сознании они возникают.

Быстрое переключение телевизора с одной программы на другую, к которому прибегают, чтобы не смотреть рекламу, называется zapping. Буржуазная мысль довольно подробно исследовала психическое состояние человека, предающегося заппингу, и соответствующий тип мышления, который постепенно становится базисным в современном мире. Но тот тип заппинга, который рассматривался исследователями этого феномена, соответствует переключению программ самим телезрителем.

Переключение телезрителя, которым управляют режиссер и оператор (то есть принудительное индуцирование субъекта номер два в результате техномодификаций), — это другой тип заппинга, насильственный, работы по изучению которого практически закрыты во всех странах, кроме Бутана, где телевидение запрещено. Но принудительный заппинг, при котором телевизор превращается в пульт дистанционного управления телезрителем, является не просто одним из методов организации видеоряда, а основой телевещания, главным способом воздействия рекламно-информационного поля на сознание. Поэтому субъект второго рода будет в дальнейшем обозначаться как Homo Zapiens, или ХЗ.

Повторим этот чрезвычайно важный вывод: подобно тому как телезритель, не желая смотреть рекламный блок, переключает телевизор, мгновенные и непредсказуемые техномодификации изображения переключают самого телезрителя. Переходя в состояние Homo Zapiens, он сам становится телепередачей, которой управляют дистанционно. И в этом состоянии он проводит значительную часть своей жизни.

Соратники! Положение современного человека не просто плачевно — оно, можно сказать, отсутствует, потому что человека почти нет. Не существует ничего, на что можно было бы указать, сказав: «Вот, это и есть Homo Zapiens». ХЗ — это просто остаточное свечение люминофора уснувшей души; это фильм про съемки другого фильма, показанный по телевизору в пустом доме.

Закономерно возникает вопрос — почему современный человек оказался в такой ситуации? Кто пытается заменить и так заблудившегося Homo Sapiens на кубометр пустоты в состоянии ХЗ?

Ответ, разумеется, ясен — никто. Но не будем замыкаться на горьком абсурде ситуации. Для того чтобы понять ее глубже, вспомним, что главной причиной существования телевидения является его рекламная функция, связанная с движением денег. Поэтому нам придется обратиться к направлению человеческой мысли, известному как экономика.

Экономикой называется псевдонаука, рассмат-

ривающая иллюзорные отношения субъектов первого и второго рода в связи с галлюцинаторным процессом их воображаемого обогащения.

С точки зрения этой дисциплины каждый человек является клеткой организма, который экономи-
сты древности называли маммоной. В учебных ма-
териалах Фронта полного и окончательного освобо-
ждения его называют просто ORANUS (по-русски —
«ротожопа»). Это больше отвечает его реальной
природе и оставляет меньше места для мистиче-
ских спекуляций. Каждая из этих клеток, то есть
человек, взятый в своем экономическом качестве, обладает своеобразной социально-психической мем-
браной, позволяющей пропускать деньги (играющие
в организме орануса роль крови или лимфы) внутрь и
наружу. С точки зрения экономики задача каждой из
клеток маммоны — пропустить как можно больше
денег внутрь мембраны и выпустить как можно меньше наружу.

Но императив существования орануса как цело-
го требует, чтобы его клеточная структура омы-
валась постоянно нарастающим потоком денег.

Поэтому оранус в процессе своей эволюции (а он
находится на стадии развития, близкой к уровню
моллюска) развивает подобие простейшей нервной
системы, так называемую «медиа», основой которой
является телевидение. Эта нервная система рассылает по его виртуальному организму нервные воздействия, управляющие деятельностью клеток-монад.

Существует три вида этих воздействий. Они
называются оральным, анальным и вытесняющим

вау-импульсами (от коммерческого междометия «wow!»).

Оральный вау-импульс заставляет клетку поглощать деньги, чтобы уничтожить страдание от конфликта между образом себя и образом идеального «сверх-я», создаваемого рекламой. Заметим, что дело не в вещах, которые можно купить за деньги, чтобы воплотить это идеальное «я», — дело в самих деньгах. Действительно, многие миллионеры ходят в рванье и ездят на дешевых машинах — но, чтобы позволить себе это, надо быть миллионером. Нищий в такой ситуации невыразимо страдал бы от когнитивного диссонанса, поэтому многие бедные люди стремятся дорого и хорошо одеться на последние деньги.

Анальный вау-импульс заставляет клетку выделять деньги, чтобы испытать наслаждение при совпадении упомянутых выше образов.

Поскольку два описанных действия — поглощение денег и их выделение — противоречат друг другу, анальный вау-импульс действует в скрытой форме, и человек всерьез считает, что удовольствие связано не с самим актом траты денег, а с обладанием тем или иным предметом. Хотя очевидно, что, например, часы за пятьдесят тысяч долларов как физический объект не способны доставить человеку большее удовольствие, чем часы за пятьдесят, — все дело в сумме денег.

Оральный и анальный вау-импульсы названы так по аналогии со сфинкторными функциями, хотя их вернее было бы соотнести со вдохом и выдохом: чувство, вызываемое ими, похоже на своего рода психическое удушье или, наоборот, гипервентиляцию. Наибольшей интенсивности орально-анальное раздражение достигает за игорным столом в казино или во время спекуляций на фондовой бирже, хотя способы вау-стимуляции могут быть любыми.

Вытесняющий импульс подавляет и вытесняет из сознания человека все психические процессы, которые могут помешать полному отождествлению с клеткой орануса. Он возникает, когда в психическом раздражителе отсутствуют орально-анальные составляющие. Вытесняющий импульс — это глушилка-jatter, который забивает передачу нежелательной радиостанции, генерируя интенсивные помехи. Его действие великолепно выражено в пословицах *«Money talks, bullshit walks»*[1] и *«If you are so clever show me your money»*[2]. Без этого воздействия оранус не мог бы заставить людей выполнять роль своих клеток. Под действием вытесняющего импульса, блокирующего все тонкие психические процессы, не связанные прямо с движением денег, мир начинает восприниматься исключительно как воплощение орануса. Это приводит к устрашающему результату. Вот как описал свои видения один брокер с Лондонской биржи недвижимости: «Мир — это место, где бизнес встречает деньги».

Не будет преувеличением сказать, что это психическое состояние широко распространено. Все, чем занимаются современная экономика, социоло-

---

[1] «Деньги говорят, пустой базар отдыхает» (*англ.*).

[2] «Если ты такой умный, покажи мне свои денежки» (*англ.*).

гия и культурология, — это, в сущности, описание обменных и соматических процессов в оранусе.

По природе оранус — примитивный виртуальный организм паразитического типа. Но его особенность заключается в том, что он не присасывается к какому-то одному организму-донору, а делает другие организмы своими клетками. Каждая его клетка — это человеческое существо с безграничными возможностями и природным правом на свободу. Парадокс заключается в том, что оранус как организм эволюционно стоит гораздо ниже, чем любая из его клеток. Ему недоступно ни абстрактное мышление, ни даже саморефлексия. Можно сказать, что знаменитый глаз в треугольнике, изображенный на купюре достоинством в доллар, на самом деле ничего не видит. Он просто намалеван на поверхности пирамиды художником из города Одессы, и все. Поэтому, чтобы не смущать склонных к шизофрении конспирологов, правильнее было бы закрыть его черной повязкой...

Татарскому в голову пришла внезапная мысль. Он отпустил планшетку, схватил карандаш, которым протыкал пробку красненького, и еле различимой скорописью настрочил в углу листа:

1) Клип для очков «Ray-ban»: освобождение дуче, конец — крупный план Отто Скорцени, на глазной повязке надпись «Ray-ban». 2) Не забыть — рекл. клип/фотоплакат для «Sony Black Trinitron». Статуя Свободы. В ее руке вместо факела — сверкающая трубка телевизора.

Подумав, Татарский заменил «Sony» на «Panasonic» и дописал: «А вместо книги — программа телепередач». Потом он с легким чувством стыда вернул ладони обратно на планшетку. Та сохраняла оскорбленную неподвижность. Татарский подождал с минуту. Ничего не происходило. Все-таки профессионал в нем был сильнее романтика, и за это приходилось платить.

В голову ему пришла новая идея. Он снова схватил карандаш и дописал под первой надписью:

Рекл. клип/фотоплакат для «Sony Black Trinitron». Рукава кителя крупным планом. Пальцы ломают «Герцеговину Флор» и шарят по столу. Голос:

— Ви не видыли маю трубку, таварыщ Горький?

— Я ее выбросил, товарищ Сталин.

— А пачэму?

— Потому, товарищ Сталин, что у вождя мирового пролетариата может быть только трубка «Тринитрон-плюс»!

(Возм. вариант: «Мацусита» — мониторы «ViewSonic».) Подумать.

Кладя руки обратно на планшетку, Татарский был почти уверен, что ничего больше не произойдет и дух не простит предательства. Но как только его пальцы легли на прохладную деревянную поверхность, планшетка стронулась с места:

У орануса нет ни ушей, ни носа, ни глаз, ни ума. И он, конечно же, вовсе не является воплощением зла или исчадием ада, как утверждают многие пред-

ставители религиозного бизнеса. Сам по себе он ничего не желает, так как просто не способен желать отвлеченного. Это бессмысленный полип, лишенный эмоций или намерений, который глотает и выбрасывает пустоту. При этом каждая из его клеток потенциально способна осознать, что она вовсе не клетка орануса, а наоборот, оранус — всего лишь один из ничтожных объектов ее ума. Именно для блокирования этой возможности оранусу и требуется вытесняющий импульс.

Раньше у орануса была только вегетативная нервная система; появление электронных СМИ означает, что в процессе эволюции он выработал центральную. Главным нервным окончанием орануса, достигающим каждого человека, в наши дни является телевизор. Мы уже говорили о том, как сознание телезрителя замещается сознанием виртуального Homo Zapiens. Теперь рассмотрим механизм воздействия трех вау-импульсов.

Человек в нормальном состоянии теоретически способен отслеживать вау-импульсы и противостоять им. Но бессознательно слитый с телепередачей Homo Zapiens — это уже не личность, а просто состояние. Субъект номер два не способен на анализ происходящего, точно так же, как на это не способна магнитофонная запись петушиного крика. Даже возникающая иллюзия критической оценки происходящего на экране является частью индуцированного психического процесса.

Через каждые несколько минут в телепередаче — то есть в сознании субъекта номер два — происходит демонстрация блока рекламных клипов, каж-

дый из которых является сложной и продуманной комбинацией анальных, оральных и вытесняющих вау-импульсов, резонирующих с различными культурными слоями психики.

Если провести грубую аналогию с физическими процессами, получится, что пациента сначала усыпляют (вытеснение субъекта номер один субъектом номер два), а потом проводят ускоренный сеанс гипноза, закрепляя память о всех его этапах условно-рефлекторной связью.

В какой-то момент субъект номер два выключает телевизор и снова становится субъектом номер один, то есть обычным человеком. После этого он уже не получает трех вау-импульсов прямо. Но возникает эффект, похожий на остаточную намагниченность. Ум начинает вырабатывать те же воздействия сам. Они возникают спонтанно и подобны фону, на котором появляются все остальные мысли. Если субъект в состоянии ХЗ подвержен действию трех вау-импульсов, то при возвращении в нормальное состояние он подвергается действию трех вау-факторов, которые автоматически генерируются его умом.

Постоянное и регулярное попадание человека в состояние ХЗ и облучение вытесняющим вау-импульсом приводит к тому, что в сознании возникает своеобразный фильтр, который позволяет поглощать только ту информацию, которая насыщена орально-анальным вау-содержанием. Поэтому у человека не возникает даже возможности задаться вопросом о своей настоящей природе.

Но что такое его настоящая природа?

В силу ряда обстоятельств, на которых у нас нет места останавливаться, каждый может ответить на этот вопрос только сам. Каким бы жалким ни было состояние обычного человека, возможность найти ответ у него все-таки есть. Что касается субъекта номер два, то этой возможности для него нет, поскольку нет его самого. Тем не менее (а возможно, именно поэтому) медиа-система орануса, которая рассылает по информационному пространству три вау-импульса, ставит перед ХЗ вопрос о самоидентификации.

И здесь начинается самое интересное и парадоксальное. Поскольку никакой внутренней природы у субъекта номер два нет, единственная возможность ответа для него — определить себя через комбинацию показываемых по телевизору материальных предметов, которые заведомо не являются ни им, ни его составной частью. Это напоминает апофатическое богословие, где Бог определяется через то, что не есть он, только здесь мы имеем дело с апофатической антропологией.

Для субъекта номер два ответ на вопрос «Что есть я?» может звучать только так: «Я — тот, кто ездит на такой-то машине, живет в таком-то доме, носит такую-то одежду». Самоидентификация возможна только через составление списка потребляемых продуктов, а трансформация — только через его изменение. Поэтому большинство рекламируемых объектов связываются с определенным типом личности, чертой характера, наклонностью или свойством. В результате возникает вполне убедительная комбинация этих свойств, наклонностей и черт, которая способна производить впечатление реальной личности. Число возможных комбинаций практически не ограничено, возможность выбора — тоже. Реклама формулирует это так: «Я спокойный и уверенный в себе человек, поэтому я покупаю красные тапочки». Субъект второго рода, желающий добавить в свою коллекцию свойств спокойствие и уверенность в себе, достигает этого, запоминая, что надо приобрести красные тапочки, что и осуществляется под действием анального вау-фактора. В классическом случае орально-анальная стимуляция закольцовывается, как в известном примере с кусающей себя за хвост змеей: миллион долларов нужен, чтобы купить дом в дорогом районе, дом нужен, чтобы было где ходить в красных тапочках, а красные тапочки нужны, чтобы обрести спокойствие и уверенность в себе, позволяющие заработать миллион долларов, чтобы купить дом, по которому можно будет ходить в красных тапочках, обретая при этом спокойствие и уверенность.

Когда орально-анальная стимуляция замыкается, можно считать, что цель рекламной магии достигнута: возникает иллюзорная структура, у которой нет центра, хотя все предметы и свойства соотносятся через фикцию этого центра, называемую identity.

Identity — это субъект второго рода на такой стадии развития, когда он способен существовать самостоятельно, без постоянной активации тремя вау-импульсами, а только под действием трех остаточных вау-факторов, самостоятельно генерируемых его умом.

Identity — это фальшивое эго, и этим все сказано. Буржуазная мысль, анализирующая положение современного человека, считает, что прорваться через *identity* назад к своему эго — огромный духовный подвиг. Возможно, так оно и есть, потому что эго не существует относительно, а *identity* — абсолютно. Беда только в том, что это невозможно, поскольку прорываться неоткуда, некуда и некому. Несмотря на это, мы можем допустить, что лозунги «Назад к эго!» или «Вперед к эго!» приобретают в этой ситуации если не смысл, то эстетическую оправданность.

Наложение трех вау-импульсов на более тонкие процессы, происходящие в человеческой психике, рождает все посредственное многообразие современной культуры. Особую роль здесь играет вытесняющий импульс. Он подобен грохоту отбойного молотка, который глушит все звуки. Все внешние раздражители, кроме вау-орального и вау-анального, отфильтровываются, и человек теряет интерес ко всему, в чем отсутствует оральная или анальная составляющая. В нашей небольшой работе мы не рассматриваем сексуальную сторону рекламы, но заметим, что секс все чаще оказывается привлекательным только потому, что символизирует жизненную энергию, которая может быть трансформирована в деньги — а не наоборот. Это может подтвердить любой грамотный психоаналитик. В конечном счете современный человек испытывает глубокое недоверие практически ко всему, что не связано с поглощением или испусканием денег.

Внешне это проявляется в том, что жизнь становится все скучнее и скучнее, а люди — все расчетливее и суше. В буржуазной науке принято объяснять новый код поведения попыткой сохранить и законсервировать эмоциональную энергию, что связано с требованиями корпоративной экономики и современного образа жизни. На самом деле эмоций в человеческой жизни не становится меньше. Но постоянное воздействие вытесняющего вау-фактора приводит к тому, что вся эмоциональная энергия человека перекачивается в область психических процессов, связанных с оральной или анальной вау-тематикой. Многие буржуазные специалисты инстинктивно чувствуют роль средств массовой информации в происходящем парадигматическом сдвиге, но, как говорил товарищ Альенде-младший, «ищут черную кошку, которой никогда не было, в темной комнате, которой никогда не будет». Если они даже и называют телевидение протезом для сморщившегося, усохшего «я» или говорят, что медиа раздувают ставшую нереальной личность, они все равно упускают из виду главное.

Стать нереальной может только личность, которая была реальной. Чтобы сморщиться и усохнуть, это «я» должно было существовать. Выше, а также в наших предыдущих работах (см. «Русский вопрос и Сендера Луминоса») мы показали всю ошибочность такого подхода.

Под действием вытесняющего вау-фактора культура и искусство темного века редуцируются к орально-анальной тематике. Основная черта этого искусства может быть коротко определена как ро-тожопие.

Черная сумка, набитая пачками стодолларовых купюр, уже стала важнейшим культурным симво-лом и центральным элементом большинства филь-мов и книг, а траектория ее движения сквозь жизнь — главным сюжетообразующим мотивом. Точнее ска-зать, именно присутствие в произведении искусства этой большой черной сумки генерирует эмоциональ-ный интерес аудитории к происходящему на экране или в тексте. Отметим, что в некоторых случаях сумка с деньгами не присутствует прямо; в этом случае ее функцию выполняет либо участие так на-зываемых «звезд», про которых доподлинно извест-но, что она есть у них дома, либо навязчивая инфор-мация о бюджете фильма и его кассовых сборах. А в будущем ни одного произведения искусства не будет создаваться просто так; не за горами появление книг и фильмов, главным содержанием которых будет скрытое воспевание «Кока-колы» и нападки на «Пеп-си-колу» — или наоборот.

Под действием сетки орально-анальных импуль-сов в человеке вызревает внутренний аудитор (харак-терный для рыночной эпохи вариант «внутреннего парткома»). Он постоянно производит оценку реаль-ности, сведенную к оценке имущества, и осуществ-ляет карательную функцию, заставляя сознание невыразимо страдать от когнитивного диссонанса. Оральному вау-импульсу соответствует выбрасы-ваемый внутренним аудитором флажок «loser»[1].

---

[1] Неудачник (англ.).

Анальному вау-импульсу соответствует флажок «winner»[1]. Вытесняющему вау-импульсу соответствует состояние, когда внутренний аудитор одновременно вывешивает флажки «winner» и «loser».

Можно назвать несколько устойчивых типов identity. Это:

а) оральный вау-тип (преобладающий паттерн, вокруг которого организуется эмоциональная и психическая жизнь, — озабоченное стремление к деньгам)

б) анальный вау-тип (преобладающий паттерн — сладострастное испускание денег или манипулирование замещающими их объектами, называемое также анальным вау-эксгибиционизмом)

в) вытесненный вау-тип (в возможной комбинации с любым вариантом из первых двух) — когда достигается практическая глухота ко всем раздражителям, кроме орально-анальных.

Относительность этой классификации проявляется в том, что одна и та же identity может быть анальной для тех, кто стоит ниже в вау-иерархии, и оральной — для тех, кто находится выше (разумеется, никакой «identity в себе» не существует — речь идет о чистом эпифеномене). Линейная вау-иерархия, которую образует множество identity, выстроенных подобным образом, называется корпоративной струной. Это своего рода социальный вечный двигатель; его секрет в том, что любая identity должна постоянно сверять себя с другой, которая находится ступенькой выше. В фольклоре этот ве-

---

[1] Победитель (англ.).

ликий принцип отражен в поговорке «*To keep up with the Johnes*»[1].

Организованные по принципу корпоративной струны, люди напоминают нанизанных на веревку рыб. Но в нашем случае эти рыбы еще живы. Мало того — под действием орального и анального вау-факторов они как бы ползут по корпоративной струне в направлении, которое кажется им верхом. Делать это их заставляет инстинкт или, если угодно, стремление к смыслу жизни. А смысл жизни с точки зрения экономической метафизики — трансформация оральной *identity* в анальную.

Ситуация не ограничивается тем, что субъект, пораженный действием трех остаточных вау-факторов, вынужден воспринимать самого себя как *identity*. Вступая в контакт с другим человеком, он точно так же видит на его месте *identity*. Абсолютно все, что может характеризовать человека, уже соотнесено культурой темного века с орально-анальной системой координат и помещено в контекст безмерного ротожопия.

Вытесненный вау-человек анализирует любого встречного как насыщенный коммерческой информацией клип. Внешний вид другого человека, его речь и поведение немедленно интерпретируются как набор вау-символов. Возникает очень быстрый неконтролируемый процесс, состоящий из последовательности анальных, оральных и вытесняющих импульсов, вспыхивающих и затухающих в сознании, в результате чего определяются отношения людей друг

---

[1] «Не отставать от Джонсов» (*англ.*).

с другом. *Homo homini lupus est* — *гласит один крылатый латинизм. Но человек человеку уже давно не волк. Человек человеку даже не имиджмейкер, не дилер, не киллер и не эксклюзивный дистрибьютор, как предполагают современные социологи. Все гораздо страшнее и проще. Человек человеку вау — и не человеку, а такому же точно вау. Так что в проекции на современную систему культурных координат это латинское изречение звучит так: Вау Вау Вау!*

Это относится не только к людям, но и вообще ко всему, что попадает в поле нашего внимания. Оценивая то, на что мы смотрим, мы испытываем тяжелую тоску, если не встречаем знакомых стимуляторов. Происходит своеобразная бинаризация нашего восприятия — любой феномен раскладывается на линейную комбинацию анального и орального векторов. Любой имидж имеет четкое денежное выражение. Если даже он подчеркнуто некоммерческий, то сразу возникает вопрос, насколько коммерчески ценен такой тип некоммерциализованности. Отсюда и знакомое любому чувство, что все упирается в деньги.

И действительно, все упирается в деньги — потому что деньги давно уперлись сами в себя, а остальное запрещено. Орально-анальные всплески становятся единственной разрешенной психической реакцией. Вся остальная деятельность ума оказывается заблокированной.

Субъект второго рода абсолютно механистичен, потому что является эхом электромагнитных процессов в трубке телевизора. Единственная свобода, которой он обладает, — это свобода сказать

«Вау!» при покупке очередного товара, которым, как правило, бывает новый телевизор. Именно поэтому управляющие импульсы орануса называются вау-импульсами, а бессознательная идеология идентиализма называется вауеризмом. Что касается соответствующего вауеризму политического режима, то он иногда называется телекратией или медиакратией, так как объектом выборов (и даже их субъектом, как было показано выше) при нем является телепередача. Следует помнить, что слово «демократия», которое часто употребляется в современных средствах массовой информации, — это совсем не то слово «демократия», которое было распространено в XIX и в начале XX века. Это так называемые омонимы; старое слово «демократия» было образовано от греческого «демос», а новое — от выражения «demo-version».

Итак, подведем итоги.

Идентиализм — это дуализм на той стадии развития, когда крупнейшие корпорации заканчивают передел человеческого сознания, которое, находясь под непрерывным действием орального, анального и вытесняющего вау-импульсов, начинает самостоятельно генерировать три вау-фактора, вследствие чего происходит устойчивое и постоянное вытеснение личности и появление на ее месте так называемой identity. Идентиализм — это дуализм, обладающий троякой особенностью. Это дуализм а) умерший; б) сгнивший; в) оцифрованный.

Можно дать множество разных определений identity, но это совершенно бессмысленно, поскольку реально ее все равно не существует. И если на преды-

дущих стадиях человеческой истории можно было говорить об угнетении человека человеком и человека абстрактным понятием, то в эпоху идентиализма говорить об угнетении уже невозможно. На стадии идентиализма из поля зрения полностью исчезает тот, за чью свободу можно было бы бороться.

Поэтому конец света, о котором так долго говорили христиане и к которому неизбежно ведет ваyeризация сознания, будет абсолютно безопасен во всех смыслах — ибо исчезает тот, кому опасность могла бы угрожать. Конец света будет просто телепередачей. И это, соратники, наполняет нас всех невыразимым блаженством.

Че Гевара, гора Шумеру, вечность, лето.

— Тоже шумер. Все мы шумеры, — тихо прошептал Татарский и поднял глаза.

За шторой окна дрожал серый свет нового дня. Слева от планшетки лежала стопка исписанной бумаги, и страшно болели усталые мышцы предплечий. Единственное, что он помнил из записанного, было выражение «буржуазная мысль». Встав из-за стола, он подошел к кровати и не раздеваясь повалился на нее.

«А что такое буржуазная мысль? — подумал он. — Черт его знает. Наверно, о деньгах. О чем же еще».

ТИХАЯ ГАВАНЬ

В лифте, который поднимал Татарского на его новое рабочее место, было одно-единственное граффити, но такое, что сразу делалось ясно: где-то рядом бьется самое сердце рекламного бизнеса. Граффити было вариацией на тему классики — рекламы виски «Jim Beam», где простейший гамбургер эволюционировал в сложный многослойный бутерброд, бутерброд — в еще более замысловатый багет, а багет — опять в исходный простейший гамбургер, что доказывало: все возвращается на круги своя. Гигантскими объемными буквами, отбрасывающими длинную нарисованную тень, на стене лифта было вычерчено:

ХУЙ

Снизу мелкими буквами был повторен слоган Джим Бима:

YOU ALWAYS COME BACK TO THE BASICS[1]

То, что весь подразумеваемый эволюционный ряд надписей был просто опущен, восхищало Татарского — он чувствовал за этой лаконичностью тень мастера. Кроме того, несмотря на рискованную пограничность темы, в тексте не было и тени фрейдизма.

Неизвестным мастером, вполне возможно, был один из его двух коллег криэйторов, работавших у Ханина. Их звали Сережа и Малюта, и они были практически полной противоположностью друг другу. Сережа, невысокий худой блондин в золотых очках, изо всех сил старался походить на западного копирайтера, а поскольку он не знал, что из себя представляет западный копирайтер, и следовал исключительно своим странным представлениям на этот

---

[1] Ты всегда возвращаешься к основе (*англ.*).

счет, он производил впечатление чего-то трогательно русского и почти вымершего.

Малюта, здоровый жлоб в затертом джинсовом костюме, был товарищем Татарского по несчастью — он тоже пострадал от тяги родителей-романтиков к неожиданным и редким именам. Но это их не сблизило. Когда он заговорил с Татарским на свою любимую тему, о геополитике, Татарский сказал, что, по его мнению, ее основным содержанием является неразрешимый конфликт правого полушария с левым, который бывает у некоторых людей от рождения. После этого Малюта стал держаться с ним недружелюбно.

Малюта был вообще человек пугающий. Он был пламенным антисемитом, но не потому, что у него были какие-то причины не любить евреев, а потому, что он изо всех сил старался поддерживать имидж патриота, логично полагая, что другого пути у человека с именем Малюта нет. А все аналитические таблоиды, в которых Малюта встречал описание мира, соглашались, что антисемитизм — непременная черта патриотического имиджа. Поэтому, в результате долгих усилий по формированию своего образа, Малюта стал больше всего напоминать злодея из ливанской мафии в тупом малобюджетном боевике, что заставило Татарского всерьез задуматься — так ли уж тупы эти малобюджетные боевики, если они ухитряются трансформировать реальность в свое подобие.

Знакомясь, Татарский и двое сотрудников Ханина обменялись папочками со своими работами; в этом было что-то от взаимного позиционирования собак, обнюхивающих друг друга при первой встрече. Листая работы из Малютиной папочки, Татарский несколько раз вздрагивал. То самое будущее, которое он игриво описал в концепции для «Спрайта» (кокошник ложнославянской эстетики, все яснее видный сквозь черные дымы военного переворота), вставало с этих отпечатанных под копирку страниц в полный рост. Особенно Татарского потряс сценарий клипа для мотоциклов «Харлей-Давидсон»:

Улица небольшого русского городка. На переднем плане — несколько расплывающийся, не в фокусе, мотоцикл, нависающий над зрителем. Вдалеке возвышается церковь, звонит колокол. Только что кончилась служба, и народ идет по улице вниз. Среди прохожих двое молодых людей в красных рубахах навыпуск — возможно, курсанты военного училища на отдыхе. Крупно: у каждого в руках по подсолнуху. Крупно: рот, сплевывающий лузгу. Крупно: передний план — руль и бензобак мотоцикла, позади — наши герои, озадаченно глядящие на мотоцикл. Крупно: пальцы, выламывающие семечки из подсолнуха. Крупно: герои переглядываются; один говорит другому:

— А у нас во взводе сержант был по фамилии Харлей. Зверь был мужик. Но спился.

— Чего так? — спрашивает второй.

— Того. Нет сейчас жизни русскому человеку.

Следующий кадр — из двери дома выходит огромных размеров хасид в черной кожаной куртке, черной широкополой шляпе и с пейсами. Рядом с ним наши герои кажутся маленькими и худенькими — они непроизвольно пятятся. Хасид садится на мотоцикл, с грохотом заводит его и через несколько секунд исчезает из виду — остается только синее бензиновое облако. Наши герои опять переглядываются. Тот, кто вспоминал сержанта, сплевывает лузгу и говорит со вздохом:

— И сколько же еще лет Давидсоны будут ездить на Харлеях? Россия, проснись!

(Или: «Всемирная история. Харлей-Давидсон». Возможен мягкий вариант слогана: «Мотоцикл Харлей. Без Давидсона не обошлось».)

Сначала Татарский решил, что это пародия, и только из других Малютиных текстов понял, что подсолнух и лузга были для него положительной эстетической характеристикой: убедившись из аналитических таблоидов, что подсолнечные семечки намертво спаяны с имиджем патриота, Малюта привил себе любовь к ним так же самоотверженно и безоглядно, как привил антисемитизм.

Второй копирайтер, Сережа, часами листал западные журналы и со словарем переводил рекламные слоганы, полагая, что сгодившееся для пылесоса в одном полушарии вполне может подойти для стенных часов, тикающих в другом. На хорошем английском языке он подолгу расспрашивал своего кокаинового дилера, пакистанца по имени Али, о культурных кодах и паролях, к которым отсылала западная реклама. Али долго жил в Лос-Анджелесе и мог если не объяснить большую часть непонятностей, то хотя бы убедительно наврать про то, чего сам не понимал. Возможно, из-за глубокого знакомства с теорией рекламы и вообще западной культурой Сережа очень высоко оценил первую работу Татарского, основанную на секретной вау-технике, почерпнутой из спиритического сеанса с команданте Че. Это была реклама туристической фирмы, организующей туры в Акапулько. Слоган звучал так:

ВАУ! АКАПУЛЬКОПСИС NOW!

— Рубишь, — коротко сказал Сережа и пожал Татарскому руку.

Татарского, в свою очередь, искренне восхитила одна из ранних Сережиных работ, которую сам автор считал неудачной:

Нет, ты уже не моряк... Так упрекнут тебя друзья за равнодушие к штурму соседней палаты. Но ты улыбнешься в ответ. Ты и не был им никогда — ты просто плыл всю жизнь в эту тихую гавань.

ПЕНСИОННЫЙ ФОНД «ТИХАЯ ГАВАНЬ»

Малюта не прикасался к западным журналам никогда — он читал либо таблоиды, либо сборник «Сумерки богов», заложенный все время на одном и том же месте. Но вскоре Татарский с удивлением заметил, что, несмотря на такие серьезные различия в духовных ориентирах и личных качествах, Сережа и Малюта одинаково глубоко погружены в темную бездну ротожопия. Это проявлялось во множестве деталей и черт. Например, рассказывая как-то Татарскому об одном общем знакомом, они по очереди описали его в таких терминах:

— Ну, знаешь, — сказал Сережа, — психологически это нечто вроде начинающего брокера, который получает в месяц шестьсот долларов, но к концу года рассчитывает выйти на полторы тысячи...

— При этом, — добавил Малюта, поднимая палец, — когда он ходит со своей бабой в «Пиццу-Хат» и тратит там на двоих сорок долларов, он думает, что это очень круто.

Немедленно после этой фразы Малюту накрыло действие анального вау-фактора: вынув дорогой сотовый телефон, он повертел его в руках и сделал совершенно ненужный звонок.

Кроме того, Сережа с Малютой производили удивительно сходный продукт — Татарский понял это, найдя в их папочках две работы, посвященные одному и тому же предмету.

За две или три недели до прихода Татарского в штат контора Ханина сдавала большой заказ. Какие-то темные люди, которым срочно надо было продать большую партию фальшивых кроссовок, заказали Ханину рекламу «Найки» — именно под эту марку были загримированы их клеенчатые тапочки. Скидывать товар предполагалось на загородных рынках, но партия была такой большой, что темные люди, поколдовав над своими калькуляторами, решили проплатить телерекламу, чтобы ускорить оборот. Причем рекламу они хотели непременно крутую — «такую, — сказал один из них, — чтоб сразу переклинивало». Ханин сдал два варианта, Сережин и Малютин. Сережа, перечитавший во время работы не меньше десяти англоязычных пособий по рекламе, родил следующий текст:

В проекте используется широко известная русскому потребителю из средств массовой информации Американская Культурная Параллель (American Cultural Reference), — уважительно писал он, — а именно массовое самоубийство членов оккультной группы «Heaven's Gate» из Сан-Диего, совершенное с целью перехода в тонкие тела для последующего путешествия на комету. Как известно, все покончившие с собой лежали на простых двухъярусных кроватях; видеоряд был выдержан в строгой черно-белой гамме. Лица усопших покрывала простая черная ткань, а на ногах у них были черные кроссовки «Найки» с белым символом, так называемым swoosh. Предлагаемый вариант ролика строится в эстетике интернетовского клипа, посвященного этому событию, — картинка на экране телевизора повторяет экран компьютерного монитора, в центре которого повторяются известные кадры упоминавшегося ролика CNN. В конце, после того как неподвижные подошвы с надписью «Найки» экспонируются достаточное время, в кадре оказывается спинка кровати с приклеенным листом ватмана, на котором черным маркером выведен swoosh, похожий на комету:

Камера сдвигается еще ниже, и виден слоган, выведенный тем же маркером:

JUST DO IT[1].

Малюта во время работы над сценарием не читал ничего, кроме канализационных таблоидов и так называемых патриотических газет с их мрачно-эсхатологическим позиционированием происходящего. Зато он явно смотрел много фильмов. Его вариант выглядел так:

Улица небольшой вьетнамской деревни, затерянной в джунглях. На переднем плане типичная для страны третьего мира мастерская фирмы «Найки» — мы узнаём об этом из вывески «Nike sweatshop № 1567903»[2] над дверью. Вокруг возвышаются тропические деревья, звенит кусок рельсы, подвешенный на околице вместо колокола. У входа в мастерскую стоит вьетнамец с автоматом Калашникова, на нем брюки хаки и черная рубашка, заставляю-

---

[1] Просто делай это (*англ.*).

[2] «Найковская потогонка № 1567903» (*англ.*).

щая вспомнить фильм «Охотник на оленей». Крупно: руки на автомате. Камера
входит в дверь, и мы видим два ряда ра-
бочих столов, за которыми сидят скован-
ные цепью работники. Зрелище заставляет
нас вспомнить гребцов галеры из фильма
«Бен-Гур». Все работники в невероятно
старой, ветхой и рваной американской
военной форме. Это последние американские военнопленные. На столах перед ними — кроссовки «Найки» в разной степени
готовности. У всех военнопленных кудря-
вые черные бороды и горбатые носы. (Последняя фраза была вписана между строк ручкой — видимо, Малюту осенило, когда текст был
уже отпечатан.) Военно-пленные чем-то не-
довольны — сначала они тихо бузят, потом начинают стучать недоклеенными кроссовками по столам. Раздаются крики: «Требуем свидания с американским консулом!»,
«Требуем приезда комиссара ООН!» Неожиданно раздается автоматная очередь в
потолок, и шум мгновенно стихает. В дверях стоит вьетнамец в черной рубашке, с
дымящимся автоматом в руках. Глаза всех
сидящих в помещении — на нем. Вьетнамец
нежно проводит рукой по автомату, потом
тычет указательным пальцем в ближайший
стол, на котором лежат недоделанные
кроссовки, и говорит на ломаном английском:

Голос диктора: «Найки. Добро побеж-
дает!»

— Just do it!

Застав как-то Ханина одного в кабинете, Татарский спросил:

— Скажите, а вот эти Малютины работы — они что, проходят иногда?

— Проходят, — сказал Ханин, откладывая книгу, которую читал. — Конечно, проходят. Ведь хоть кроссовки американские, впарить-то их надо русскому менталитету. Поэтому все это очень уместно. Мы, конечно, редактируем немного, чтоб под статью не попасть.

— И что, рекламодателям нравится?

— Рекламодатели у нас такие, что им объяснять надо, что им нравится, а что нет. И потом, рекламодатель зачем у нас рекламу дает?

Татарский пожал плечами.

— Нет, ты скажи, скажи.

— Чтобы товар продать.

— Это в Америке — чтоб товар продать.

— Ну тогда чтобы крутым себя почувствовать.

— Это три года назад было, — сказал Ханин поучительно. — А теперь по-другому. Теперь клиент хочет показать большим мужчинам, которые внимательно следят за происходящим на экране и в жизни, что он может взять и кинуть миллион долларов в мусорное ведро. Поэтому чем хуже его реклама, тем лучше. У зрителя остается ощущение, что заказчик и исполнители — полные кретины, но тут, — Ханин поднял палец и сделал мудрые глаза, — в мозг наблюдателя приходит импульс о том, сколько это стоило денег. И окончательный вывод про заказчика оказывается таким — хоть он и полный кретин, а бизнес у него так идет, что он может пустить в эфир

Виктор Пелевин

любую байду много-много раз. А лучше этого рекламы быть не может. Такому человеку в любом месте дадут кредит без всякого скрипа.

— Замысловато, — сказал Татарский.

— А то. Это тебе не Эла Райса читать.

— А откуда можно почерпнуть такое глубокое знание жизни? — спросил Татарский.

— Из самой жизни, — проникновенно сказал Ханин.

Татарский поглядел на книгу, лежащую перед ним на столе. Она выглядела точь-в-точь как секретное издание Дейла Карнеги для членов ЦК — на обложке стоял трехзначный номер экземпляра, а под ним было отпечатанное на машинке название: «Виртуальный бизнес и коммуникации». В книге было несколько закладок; на одной из них Татарский прочел пометку: «Суггест. шизоблоки».

— Это про что-то компьютерное? — спросил он.

Взяв книгу, Ханин спрятал ее в ящик стола.

— Нет, — сказал он неохотно. — Именно про виртуальный бизнес.

— А что это такое?

— Если коротко, — сказал Ханин, — это бизнес, в котором основными товарами являются пространство и время.

— Это как?

— Да как у нас. Ты посмотри, ведь страна уже давно ничего не производит. Ты вообще делал хоть один рекламный проект для продукта, произведенного в России?

— Не припоминаю, — ответил Татарский. — Хо-

148

тя, подождите, был один — для «калашникова». Но это можно считать имиджевой рекламой.

— Вот, — сказал Ханин. — В чем главная особенность российского экономического чуда? Главная особенность российского экономического чуда состоит в том, что экономика опускается все глубже в жопу, в то время как бизнес развивается, крепнет и выходит на международную арену. Теперь подумай: чем торгуют люди, которых ты видишь вокруг?

— Чем?

— Тем, что совершенно нематериально. Эфирным временем и рекламным пространством — в газетах или на улицах. Но время само по себе не может быть эфирным, точно так же, как пространство не может быть рекламным. Соединить пространство и время через четвертое измерение первым сумел физик Эйнштейн. Была у него такая теория относительности — может, слышал. Советская власть это тоже делала, но парадоксально — это ты знаешь: выстраивали зэков, давали им лопаты и велели рыть траншею от забора до обеда. А сейчас это делается очень просто — одна минута эфирного времени в прайм-тайм стоит столько же, сколько две цветных полосы в центральном журнале.

— То есть деньги и есть четвертое измерение? — спросил Татарский.

Ханин кивнул.

— Больше того, — сказал он, — с точки зрения монетаристической феноменологии это субстанция, из которой построен мир. Был такой американский философ Роберт Пирсиг, который считал, что мир состоит из моральных ценностей. Но это в шестидесятые годы могло так казаться — знаешь, «Битлз» там, ЛСД. С тех пор многое прояснилось. Ты слышал про забастовку космонавтов?

— Вроде слышал, — ответил Татарский, смутно припоминая какую-то газетную статью.

— Наши космонавты получают за полет двадцать-тридцать тысяч долларов. А американские — двести или триста. И наши сказали: не будем летать к тридцати штукам баксов, а тоже хотим летать к тремстам. Что это значит? А это значит, что летят они на самом деле не к мерцающим точкам неведомых звезд, а к конкретным суммам в твердой валюте. Это и есть природа космоса. А нелинейность пространства и времени заключена в том, что мы и американцы сжигаем одинаковое количество топлива и пролетаем одинаковое количество километров, чтобы добраться до совершенно разных сумм денег. И в этом одна из главных тайн Вселенной...

Ханин неожиданно замолчал и стал закуривать сигарету.

— Короче, сейчас еще не все ясно до конца, — сказал он, явно сворачивая разговор, — но я думаю, что в принципе рубль так же неисчерпаем, как и доллар. А теперь иди работай.

— А можно будет книжечку почитать? — спросил Татарский, кивая на стол, куда Ханин убрал секретное пособие. — Для общего развития?

— Со временем, — сказал Ханин и сладко улыбнулся.

Но Татарский и без секретных пособий начинал разбираться в коммуникациях эпохи виртуального бизнеса. Как он быстро понял из наблюдения за поведением товарищей по работе, основой этих коммуникаций был так называемый черный PR, или, как полностью произносил Ханин, «black public relations». Когда Татарский впервые услышал эти слова, в его душе воскрес на миг бард-литинститутовец, пропевший мрачным басом: «Черный пи-ар, запряженный судьбою...» Но никакой романтики за этим пиратским словосочетанием на самом деле не стояло. И оно было совершенно лишено тех негативных коннотаций, которыми нагружают его сайентологи и другие последователи Рона Хаббарда, понимающие под black PR атаку, ведущуюся через средства массовой информации.

Все было совсем наоборот — реклама, как и остальные виды человеческой деятельности на холодных российских просторах, была намертво пристегнута к обороту черного нала, что в практическом плане означало две вещи. Во-первых, журналисты охотно обманывали свои журналы и газеты, принимая черный нал от тех, кто как бы естественно оказывался в поле их внимания, — причем платить должны были не только рестораторы, которым хотелось, чтобы их сравнили с «Максимом», но и писатели, которым хотелось, чтобы их сравнили с Маркесом, отчего грань между литературной и ресторанной критикой становилась все тоньше и условней. Во-вторых, копирайтеры с удовольствием обманывали свои агентства, находя через них клиента, а потом заключая с ним устный договор за спиной начальства. Осмотревшись, Татарский осторожно вступил на эту ниву, и сразу же его ожидал успех.

С первого раза прошел проект для дистрибьюто-

ра джинсов «Дизель», основанный на русском фольклоре. Это был грубый, даже лубочный вариант, сля-
панный Татарским в духе «Не-колы для Николы».
Визуальный ряд был следующим: у огромного, об-
литого маслом и мазутом дизеля на бетонном фун-
даменте стояли два толстоватых усатых дурачка,
оба совершенно голые (вероятно, это было эхом не-
состоявшегося путешествия на запад с рекламы сигарет «West»). Рядом был берег реки и песчаная полоса; по крупным каплям воды на телах двух дру-
зей было ясно, что они только что вылезли из воды.
Прикрывая срам руками, они изумленно глядели в
глаза зрителю. Текст гласил:

> МЫ С ИВАНОМ ИЛЬИЧОМ
> РАБОТАЛИ.НА ДИЗЕЛЕ.
> Я МУДАК, И ОН МУДАК,
> У НАС «ДИЗЕЛЬ» СПИЗДИЛИ!

Обычно Татарский имел дело с PR-шестерками,
но в этот раз его вызвали к совладельцу фирмы, которая собиралась стать дистрибьютором «Diesel». Это
был хмурый корректный юноша. Прочитав несколько раз две принесенные Татарским странички, он
хмыкнул, подумал, позвонил секретарше и попросил подготовить бумаги. Через полчаса одуревший
Татарский вышел на улицу, неся во внутреннем кармане конверт, где было две с половиной тысячи долларов и контракт на полную и безусловную передачу
всех прав на это произведение фирме молодого человека.

По новым временам этот улов был совершенно
фантастическим. Пытаясь не выпустить из рук си-

ний хвост удачи, Татарский немедленно произвел аналог. Его имитация фольклора была довольно пошлой (впрочем, это не влияло на рыночную ценность), и надеяться можно было только на малое количество использованных слов:

НА ВОСЬМОЕ МАРТА МАНЕ
ПОДАРЮ КОЛЬЕ ДЕ БИРС
И СЕРЕЖКИ ОТ АРМАНИ —
ТО-ТО БУДЕТ ЗАЕБИСЬ!

Клон был абсолютно точным — сохранялась даже рифмовка брэнд-нэйма с матерным термином. У Татарского мелькнуло подозрение, что в качестве героини всплыла из Леты та самая Манька, которая появлялась в его последнем стихотворении («Что такое лето — это осень»), а сережки и колье — плата мировой масонской закулисы за все-таки состоявшееся предательство баньки с пауками. Но он сразу же отогнал эту мысль как нефункциональную. Вообще, с трудом верилось, что совсем недавно он проводил столько времени в поисках бессмысленных рифм, от которых давно отказалась поэзия рыночных демократий. Казалось просто немыслимым, что всего несколько лет назад жизнь была настолько мягкой и ни к чему не обязывающей, что можно было тратить киловатты ментальных усилий на абсолютно не окупающиеся мертвые петли ума.

Вторая частушка звучала настолько фальшиво, что по всем иррациональным понятиям, управляющим московской жизнью, просто обязана была пройти. Но как-то не удалось добраться до представителей «Де Бирс», даже до их PR; у Татарского создалось ощущение, что он прыгает вверх и ловит руками вежливо молчащую пустоту. Армани, как выяснилось, вообще не давал рекламы в Москве, поскольку здесь у него не было ни одного бутика. Сережки повисли на совести Татарского двумя крошечными Есениными, и весенняя народно-фольклорная струя в его сознании угасла.

А через пару месяцев Татарский случайно выяснил совершенно оскорбительную подробность: оказалось, что будущий дистрибьютор «Diesel» заплатил не потому, что решил использовать его текст в рекламе, а скорее по суеверно-мистическим причинам. Его партнера и главного финансиста действительно звали Иваном Ильичом, и выплата Татарскому была своего рода попыткой откупиться от злого и проницательного шамана, угадавшего слишком многое. Татарского утешило известие о том, что дизель у них все-таки спиздили: в дистрибьюторы Иван Ильич с партнером не прошли.

И все же черный пи-ар был более широким и значительным явлением, чем просто способ существования белковых тел в эпоху четвертой власти. Но Татарский никак не мог соединить разнородные догадки о природе этого явления в одно ясное и цельное понимание. Чего-то не хватало.

Public relations — это отношения людей друг с другом, — сумбурно писал он в своей книжечке. — Люди хотят заработать, чтобы получить свободу или хотя бы передышку в своем непрерывном страдании. А мы, копирайтеры, так поворачиваем реальность перед глазами target people, что свободу начинают символизировать то утюг, то прокладка с крылышками, то лимонад. За это нам и платят. Мы впариваем им это с экрана, а они потом впаривают это друг другу и нам, авторам, — это как радиоактивное заражение, когда уже не важно, кто именно взорвал бомбу. Все пытаются показать друг другу, что уже достигли свободы, и в результате мы только и делаем, что под видом общения и дружбы впариваем друг другу всякие черные пальто, сотовые телефоны и кабриолеты с кожаными креслами. Замкнутый круг. Этот замкнутый круг и называется черный пи-ар.

Татарский так углубился в размышления о природе этого феномена, что совсем не удивился, когда Ханин однажды остановил его в коридоре, взял за пуговицу и сказал:

— Я гляжу, у тебя с черным пи-аром полная ясность.

— Почти, — автоматически сказал Татарский, только что думавший на эту тему. — Только не хватает какого-то центрального элемента.

— И я тебе скажу какого. Не хватает понимания, что black public relations существуют только в теории. А в жизни имеет место серый пи-ар.

— Интересно, — загорелся Татарский, — очень интересно! Потрясающе! А что это значит в практическом плане?

— А в практическом плане это значит, что отстегивать надо.

Татарский вздрогнул. Мысли, туманившие его

голову, разлетелись в мгновение ока, и наступила устрашающая ясность.

— То есть как? — слабо спросил он.

Ханин взял его под руку и повел за собой по коридору.

— Ты две тонны грин с дизелей получил? — спросил он.

— Да, — неуверенно отозвался Татарский. Ханин чуть поджал средний и безымянный пальцы на руке — так, что, с одной стороны, это еще не было «пальцами», но, с другой стороны, уже как бы и было.

— Теперь запомни, — сказал он тихо. — Пока ты здесь работаешь, ходишь ты подо мной. По всем понятиям так. Поэтому из калькуляции выходит, что одна тонна грин моя. Или ты на чистый базар выйти хочешь?

— Да я... Я с удовольствием, — ошарашенно пролепетал Татарский. — То есть я как раз не хочу... То есть хочу. Я сам поделиться хотел, только не знал, как разговор завести.

— А ты не стесняйся. А то ведь всякое можно подумать. Знаешь чего? Ты приезжай ко мне сегодня в гости. Выпьем, поговорим. Заодно и лэвэ забросишь.

Ханин жил в большой свежеотремонтированной квартире, в которой Татарского поразили узорчатые дубовые двери с золотыми замками, — поразили они его тем, что дерево успело потрескаться и щели в палец толщиной были кое-как замазаны мастикой. Ханин встретил его уже пьяный. Он был в замечательном настроении — когда Татарский с порога протянул ему конверт, Ханин нахмурил брови и махнул рукой, как бы в обиде на такую деловитость, но прямо на излете этого жеста вынул конверт из руки Татарского и сразу же куда-то спрятал.

— Идем, — сказал он, — Лиза есть приготовила.

Лиза оказалась высокой женщиной с красным от каких-то косметических шелушений лицом. Она угостила Татарского голубцами. Татарский ненавидел их с раннего детства, когда считал их заживо сваренными голубями. Чтобы побороть отвращение, он выпил много водки и, когда дошло до десерта, почти достиг ханинской стадии опьянения, отчего общение пошло значительно легче.

— А чего это такое у вас? — спросил Татарский, кивнув на стену.

Там висела репродукция сталинского плаката — тяжелые красные знамена с желтыми кистями, в просвете между которыми весело синело здание университета. Плакат был явно старше Татарского лет на двадцать, но распечатка была совсем свежей.

— Это? Это один парень, который до тебя работал, на компьютере сделал, — ответил Ханин. — Видишь, там серп с молотом был и звезда, а он их убрал и вместо них поставил «coca-cola» и «coke».

— Действительно, — с удивлением сказал Татарский. — И ведь не заметишь сразу — такие же желтенькие.

— Приглядишься — заметишь. Этот плакат раньше у меня над столом висел, только ребята коситься начали. Малюта за флаг обиделся, а Сережа за кока-колу. Пришлось домой снести.

— Малюта обиделся? — удивился Татарский. —

Да у него самого над столом такие надписи... Вы видели, что он вчера наклеил?

— Нет еще.

— У него над столом написано: «Как с деньгами?» Ну, это ладно, этот импульс мы понять можем. А теперь снизу такой текст появился: «У всякого брэнда своя легенда. У каждого Демида — своя планида, а у каждого Абрама — своя программа».

— И что?

Татарский вдруг почувствовал, что Ханин действительно не видит в такой сентенции ничего странного. Больше того, он сам вдруг перестал видеть в ней что-то странное.

— Я не понял, что это значит: «У всякого брэнда — своя легенда».

— Легенда? Это у нас так переводят выражение «brand essence». То есть концентрированное выражение всей имиджевой политики. Например, легенда «Мальборо» — страна настоящих мужчин. Легенда «Парламента» — джаз, ну и так далее. Ты что, не знаешь?

— Да нет, знаю, конечно. За кого вы меня принимаете. Просто очень странный перевод.

— Что делать, — сказал Ханин. — Азия.

Татарский встал из-за стола.

— А где у вас туалет? — спросил он.

— Следующая дверь, как из кухни.

Зайдя в туалет, Татарский уперся взглядом в фотографию бриллиантового колье с надписью «De Beers. Diamonds are forever»[1], висевшую на стене на-

---

[1] «Де Бирс. Бриллианты навсегда» (*англ.*).

против входа. Это несколько сбило его с толку, и несколько секунд он вспоминал, зачем сюда пришел. Вспомнив, оторвал листок туалетной бумаги и записал:

«1) Брэнд-эссенция (легенда). Вставлять во все концепции вместо «психологической кристаллизации».

2) «Парламент» с танками на мосту — сменить слоган. Вместо «дыма Отечества» — «All that jazz». Вариант плаката — Гребенщиков, сидящий в лотосе на вершине холма, закуривает сигарету. На горизонте — церковные купола Москвы. Под холмом — дорога, на которую выползает колонна танков. Слоган:

ПАРЛАМЕНТ
ПОКА НЕ НАЧАЛСЯ ДЖАЗ

Спрятав листок в нагрудный карман и спустив для конспирации воду, он вернулся на кухню и подошел вплотную к плакату с краснознаменной «Кока-колой».

— Просто потрясающе, — сказал он. — Как вписывается, а?

— А ты думал. Чему удивляться? Знаешь, как по-испански «реклама»? — Ханин икнул. — «Пропаганда». Мы ведь с тобой идеологические работники, если ты еще не понял. Пропагандисты и агитаторы. Я, кстати, и раньше в идеологии работал. На уровне ЦК ВЛКСМ. Все друзья теперь банкиры, один я... Так я тебе скажу, что мне и перестраиваться не надо было. Раньше было: «Единица — ничто, а коллектив — всё», а теперь — «Имидж — ничто, жажда — всё». Агитпроп бессмертен. Меняются только слова.

У Татарского зародилось тревожное предчувствие.

— Послушайте, — сказал он, садясь за стол, — а вы случайно на загородных собраниях актива не выступали?

— Выступал, — ответил Ханин. — А что?

— В Фирсановке?

— В Фирсановке.

— Так вот в чем дело, — сказал Татарский и залпом выпил водку. — Все время такое чувство, что лицо знакомое, а где видел, никак вспомнить не могу. Только бороды у вас тогда не было.

— Ты чего, тоже в Фирсановку ездил? — с веселым удивлением спросил Ханин.

— Один раз, — ответил Татарский. — Вы там с такого похмелья на трибуну вышли, что я подумал — вас сразу вырвет, как рот откроете...

— Ну, ты не очень-то при жене... Хотя да, мы туда в основном пить и ездили. Золотые дни.

— И чего? Такую речь толкнули, — продолжал Татарский. — Я тогда уже в Литинститут готовился — так даже расстроился. Позавидовал. Потому что понял — никогда так словами манипулировать не научусь. Смысла никакого, но пробирает так, что сразу все понимаешь. То есть понимаешь не то, что человек сказать хочет, потому он ничего сказать на самом деле и не хочет, а про жизнь все понимаешь. Для этого, я думаю, такие собрания актива и проводились. Я в тот вечер сел сонет писать, а вместо этого напился.

— А о чем говорил-то, помнишь? — спросил Ханин. Видно было, что воспоминание ему приятно.

— Да чего-то о двадцать седьмом съезде и его значимости.

Ханин прокашлялся.

— Я думаю, что вам, комсомольским активистам, — сказал он громким и хорошо поставленным голосом, — не надо объяснять, почему решения двадцать седьмого съезда нашей партии рассматриваются не только как значимые, но и как этапные. Тем не менее методологическое различие между этими двумя понятиями часто вызывает недопонимание даже у пропагандистов и агитаторов. А ведь пропагандисты и агитаторы — это архитекторы завтрашнего дня, и у них не должно быть никаких неясностей по поводу плана, по которому им предстоит строить будущее...

Сильно икнув, он потерял нить.

— Во-во, — сказал Татарский, — теперь точно узнал. Самое потрясающее, что вы действительно целый час объясняли методологическое различие между значимостью и этапностью, и я отлично понял каждое отдельное предложение. Но когда пытаешься понять два любых предложения вместе, уже словно стена какая-то... Невозможно. И своими словами пересказать тоже невозможно. Хотя, с другой стороны... Вот как это понять — «Just do it»? И в чем методологическое различие между «Just do it» и «Just be»?

— Я о чем и толкую, — сказал Ханин, разливая водку. — То же самое.

— Что ж вы так пьете-то, мужчины, — подала голос молчавшая до этого Лиза. — Хоть бы тост кто сказал.

— Точно, давай тост, — сказал Ханин и снова икнул. — Только такой, знаешь, — чтоб не только значимый был, но и этапный. Как комсомолец — коммунисту, понял?

Держась за стол, Татарский встал. Поглядев на плакат, он задумался, поднял стакан и произнес:

— Товарищи! Утопим русскую буржуазию в море имиджей!

ВАВИЛОНСКАЯ МАРКА

Приехав домой, Татарский ощутил прилив энергии, какого не помнил давно. Метаморфоза Ханина помещала все недавнее прошлое в такую странную перспективу, что вслед за этим непременно должно было произойти что-то чудесное. Раздумывая, чем бы себя занять, Татарский несколько раз беспокойно обошел квартиру и вспомнил о марке, купленной в «Бедных людях». Она так и лежала в столе — за все это время не нашлось повода проглотить ее, да и страшно было.

Подойдя к столу, он вынул марку из ящика и внимательно посмотрел на нее. Ему ухмыльнулось лицо с острой бородкой; на неизвестном был странный головной убор — не то шлем, не то колпак с очень узкими полями. «В колпаке, — подумал Татарский, — наверно, шут. Значит, будет весело». Больше не раздумывая, он кинул марку в рот, растер ее зубами в крохотный комок кашицы и проглотил. После этого лег на диван и стал ждать.

Но просто так лежать стало скучно. Встав, он закурил сигарету и еще раз прошелся по квартире. Подойдя к стенному шкафу, он подумал, что после подмосковного приключения так и не лазил больше в папку «Тихамат-2». Это был классический случай вытеснения: он ни разу не вспомнил, что хотел дочитать собранные там материалы, хотя, с другой стороны, вроде бы никогда про это и не забывал. Получилось точно так же, как с маркой, словно оба эти предмета были припасены на тот особый случай, который при нормальном и благополучном течении жизни не наступает никогда. Татарский достал скоросшиватель с верхней полки и вернулся в комнату. В папке было много фотографий, наклеенных на страницы. Одна из них выпала, как только он открыл скоросшиватель, и он поднял ее с пола.

На снимке был фрагмент барельефа — небо, в котором были высечены крупные звезды. В нижней части фотографии были видны две воздетые ладони, обрезанные краем снимка. Звезды были настоящими — древними, огромными и живыми. Такие уже давно погасли для людей и остались только для каменных героев на допотопных изваяниях. Впрочем, подумал Татарский, сами звезды с тех пор вряд ли изменились, — изменились люди. Каждая звезда состояла из центрального круга и восьми острых лучей, между которыми змеились пучки симметричных волнистых линий.

Татарский заметил, что вокруг этих линий мерцают еле заметные красно-зеленые жилки, как будто он смотрит на экран плохо настроенного монитора. Глянцевая поверхность фотографии приобрела бриллиантово-радужный блеск, ее мерцание стало привлекать больше внимания, чем само изображение. «Началось, — подумал Татарский. — Действительно, до чего же быстро...»

Найдя страницу, от которой отклеилась фотография, он провел языком по засохшему пятну казеинового клея и приложил ее на место. После этого он осторожно перевернул страницу и разгладил ее ладонью, чтобы фотография лучше приклеилась. Поглядев на следующий снимок, он чуть не выронил папку из рук.

На фотографии было то же лицо, что и на марке. Оно было в другом ракурсе — в профиль, но сомнений никаких не было.

Это была полная фотография того же самого барельефа. Татарский узнал фрагмент со звездами — теперь они были маленькими и плохо различимыми, а воздетые к ним руки, как оказалось, принадлежали крошечному человечку на крыше здания, замершему в полной ужаса позе.

Центральная фигура барельефа, чье лицо Татарский узнал, была в несколько раз больше человечка на крыше и всех остальных людей вокруг. Это был мужчина в остром железном колпаке, с загадочной полупьяной улыбкой на губах. Его лицо смотрелось на древнем изображении странно и даже нелепо — оно было настолько свойским, что Татарский вполне мог бы решить, что барельеф изготовлен не три тысячи лет назад в Ниневии, а в конце прошлого года в Ереване или Калькутте. Вместо положенной древнему шумеру лопатоподобной бороды в симметричных кудряшках у мужчины была хилая козлиная городка, и похож он был не то на кардинала Ришелье, не то на дядю Сэма, не то на дедушку Ленина.

Татарский торопливо перевернул страницу и нашел относящийся к фотографии текст:

«Энкиду (Энки создал) — бог-рыбак, слуга бога Энки (владыка земли). Бог-покровитель Великой Лотереи. Заботится о прудах и каналах; кроме того, известны обращенные к Энкиду заговоры от различных болезней пищеварительного тракта. Создан из глины, как ветхозаветный Адам, — считалось, что глиняные таблички с вопросами Лотереи есть плоть Энки, а ритуальный напиток, изготовлявшийся в его храме, — его кровь».

Читать было трудно — смысл плохо доходил, а буквы радужно переливались и подмигивали. Татарский стал рассматривать изображение божества в подробностях. Энкиду был завернут в мантию, покрытую овальными бляшками, а в руках держал два пучка струн, веером расходящихся к земле, чем напоминал Гулливера, которого армия лилипутов пытается удержать за привязанные к рукам канаты. Никаких прудов и каналов, о которых Энкиду полагалось заботиться, вокруг не было — он шел по горящему городу, дома которого в три-четыре этажа высотой доходили ему до пояса. Под его ногами лежали поверженные тела с однообразно раскинутыми руками — поглядев на них, Татарский отметил несомненную связь между шумерским искусством и соцреализмом. Самой интересной деталью изображения были струны, расходившиеся от рук Энкиду. Каждая струна кончалась большим колесом, в центре которого был треугольник с грубо прорисованным глазом. На струны были насажены человеческие тела — как рыбы, которых Татарский сушил когда-то в детстве, развешивая на леске во дворе.

На следующей странице был увеличенный фрагмент барельефа с человечками на струне. Татарский почувствовал легкую тошноту. На барельефе с отвратительным натурализмом было показано, что канат входит каждой человеческой фигурке в рот и выходит из ее зада. Руки некоторых людей были раскинуты в стороны, другие прижимали их к голове, а в пространстве между ними висели большеголовые птицы. Татарский стал читать дальше:

«По преданию, Энду, жена бога Энки (по другой версии — его женская ипостась, что маловероятно; также возможно отождествление с фигурой Иштар), однажды сидела на берегу канала и перебирала четки из радужных бусин, подаренные ей мужем. Ярко светило солнце, и Энду сморил сон. Она выронила четки, которые упали в воду, рассыпались и утонули. После этого радужные бусины решили, что они люди, и расселились по всему водоему. У них появились свои города, цари и боги. Тогда Энки взял комок глины и слепил из него фигурку рыбака. Вдохнув в него жизнь, он назвал его Энкиду. Дав ему веретено с золотой нитью, он велел ему спуститься под воду, чтобы собрать все бусины. Поскольку в имени Энкиду содержится имя самого Энки, оно обладает чрезвычайным могуществом, и бусины, подчиняясь божественной воле, должны сами нанизываться на золотую нить. Некоторые исследователи полагают, что Энкиду собирает души умерших и перено-

сит их на этой нити в царство мертвых, — в этом смысле он подобен транскультурной фигуре загробного паромщика.

В более поздние времена Энкиду стал выполнять функцию покровителя рынков и мелкого служилого люда; сохранилось множество изображений, где торговцы и чиновники обращаются к Энкиду с просьбами о помощи. Эти молитвы содержат повторяющуюся просьбу «поднять выше сильных на золотой нити» и «наделить земным энлильством» (см. «Энлиль»). В мифе об Энкиду заметны и эсхатологические мотивы — как только Энкиду соберет на свою нить всех живущих на земле, жизнь прекратится, потому что они снова станут бусинами на ожерелье великой богини. Это событие, которое должно произойти в будущем, отождествляется с концом света.

В древней легенде присутствует труднообъяснимый мотив: в нескольких источниках подробно описано, как именно люди-бусины ползут вверх по нитям Энкиду. Они не пользуются при этом руками — руки служат им для того, чтобы закрывать глаза и уши или отбиваться от белых птиц, которые стараются сорвать их с нитей. А по нити люди-бусины взбираются, сперва заглатывая ее, а затем попеременно схватываясь за нее ртом и анусом. Не совсем понятно, откуда в мифе об Энкиду взялись такие пантагрюэлистические детали, — возможно, это отголосок другого мифа, не дошедшего до нас.

Следует также обратить внимание на колеса, которыми заканчиваются нити Энкиду. На них изображено подобие глаза, вписанного в треугольник. Здесь реальное пересекается с мифическим: колеса *древнешумерских боевых колесниц действительно укреплялись треугольной бронзовой пластиной, набивавшейся на колесо с внешней стороны. А нарисованная на пластине фигура, напоминающая контуром глаз, символизирует веретено, на которое намотана золотая нить. Колесо — символ движения; таким образом, перед нами самодвижущееся веретено бога Энки (ср., например, нить Ариадны или многоглазые колеса из видения пророка Иезекииля). Могущество имени Энки таково, что, хоть это веретено изначально одно, людям может казаться, что их бесчисленное множество».*

Татарский заметил мерцание в полутьме комнаты. Он решил, что это отблеск какого-то огня на улице, встал и выглянул в окно. Там ничего интересного не происходило. Он увидел отражение своего дивана в стекле и поразился — обрыдлое лежбище, которое ему столько раз хотелось вынести на помойку и сжечь, в зеркальном развороте показалось лучшей частью незнакомого и удивительно красивого интерьера. Вернувшись на место, он опять краем глаза заметил мерцающий свет. Он перевел взгляд, но свет сдвинулся тоже, как будто его источником была точка на роговице. «Так, — радостно подумал Татарский, — пошли глюки». Его внимание переместилось в эту точку и пребывало там всего миг, но этого было достаточно, чтобы в уме отпечаталось событие, которое стало постепенно всплывать и проясняться в памяти, как фотография в ванночке с проявителем.

Он стоял на улице летнего города, застроенного однообразными коттеджами. Над городом поднималась не то коническая заводская труба, не то телебашня — сложно было сказать, что это такое, потому что на вершине этой трубы-башни горел ослепительно белый факел, такой яркий, что дрожащий от жара воздух искажал ее контуры. Было видно, что ее нижняя часть похожа на ступенчатую пирамиду, а выше, в белом сиянии, никаких деталей разобрать было нельзя. Татарский подумал, что эта конструкция напоминала бы газовый факел вроде тех, что бывают на нефтезаводах, не будь пламя таким ярким.

За раскрытыми окнами домов и на улице неподвижно стояли люди — они смотрели вверх, на этот белый огонь. Татарский тоже поднял глаза, и его сразу же рвануло вверх. Он почувствовал, что огонь притягивает его и, если он не отведет взгляда, пламя утащит его вверх и сожжет. Откуда-то он многое знал про этот огонь. Он знал, что многие уже ушли туда перед ним и тянут его за собой. Он знал, что есть много таких, кто сможет пойти туда только вслед за ним, и они давят на него сзади. Татарский заставил себя закрыть глаза. Открыв их, он заметил, что башня переместилась.

Теперь он увидел, что это была не башня — это была огромная человеческая фигура, стоявшая над городом. То, что он принял за пирамиду, теперь выглядело расходящимся одеянием, похожим на мантию. Источником света был конический шлем на голове фигуры. Татарский ясно увидел лицо с чем-то вроде сверкающего стального тарана на месте бороды. Оно было обращено к Татарскому — и он понял, что видит не огонь, а лицо и шлем только потому, что этот огонь на него смотрит, а в действительности ничего человеческого в нем нет. В направленном на Татарского взгляде было ожидание, но, прежде чем он успел задуматься над тем, что он, собственно, хотел сказать или спросить и хотел ли он чего-нибудь вообще, фигура дала ему ответ и отвела от него взгляд. На том месте, где только что было лицо в шлеме, появилось прежнее нестерпимое сияние, и Татарский опустил глаза.

Он заметил рядом с собой двух людей — пожилого мужчину в рубашке с вышитым якорем и мальчика в черной футболке: держась за руки, они смотрели вверх, и было видно, что они почти истаяли и утекли в этот огонь, а их тела, улица вокруг и весь город — просто тени.

Перед тем как картинка окончательно погасла, Татарский догадался, что огонь, который он видел, горит не вверху, а внизу, как будто он загляделся на отражение солнца в луже и забыл, что смотрит не туда, где солнце находится на самом деле. Где находится солнце и что это такое, он так и не успел понять, зато понял нечто другое, очень странное: это не солнце отражалось в луже, а, наоборот, все остальное — улица, дома, другие люди и он сам — отражалось в солнце, которому не было до этого никакого дела, потому что оно даже про это не знало.

Мысль насчет лужи и солнца наполнила Татарского таким счастьем, что от восторга и благодарности он засмеялся. Все проблемы в жизни, все то, что казалось неразрешимым и страшным, просто перестало существовать — мир за мгновение изменился так же, как изменился его диван, отразившись в оконном стекле.

Татарский пришел в себя — он сидел на диване,

держа пальцами страницу, которую так и не успел перевернуть. В его ушах пульсировало непонятное слово — то ли «сиррукх», то ли «сирруф». Это и был ответ, который дала фигура.

— Сиррукх, сирруф, — повторил он. — Непонятно.

Только что испытанное счастье вдруг сменилось испугом. Он подумал, что узнавать такое не положено, потому что непонятно, как с этим знанием жить. «А если я один это знаю, — нервно подумал он, — то ведь не может быть так, чтобы мне позволили это знать и ходить тут дальше? Вдруг я кому-нибудь расскажу? Хотя, с другой стороны, кто может позволить или не позволить, если я один это знаю? Так, секундочку, а что я, собственно, могу рассказать?»

Татарский задумался. Ничего особенного он и не мог никому рассказать. Ведь не расскажешь пьяному Ханину, что это не солнце отражается в луже, а лужа в солнце и печалиться в жизни особо не о чем. То есть рассказать-то, конечно, можно, только вот... Татарский почесал в затылке. Он вспомнил, что это уже второе откровение такого рода в его жизни: наевшись вместе с Гиреевым мухоморов, он постиг нечто невыразимо важное, потом, правда, начисто забытое. В его памяти остались только слова, которым надлежало нести эту истину: «Смерти нет, потому что ниточки исчезают, а шарик остается».

— Господи, — пробормотал он, — как все-таки трудно протащить сюда хоть что-то...

— Вот именно, — сказал тихий голосок. — Откровение любой глубины и ширины неизбежно упрется в слова. А слова неизбежно упрутся в себя.

Голос показался Татарскому знакомым.

— Кто здесь? — спросил он, оглядывая комнату.

— Сирруф прибыл, — ответил голос.

— Это что, имя?

— This game has no name, — ответил голос. — Скорее, это должность.

Татарский вспомнил, где он слышал этот голос — на военной стройке в подмосковном лесу. На этот раз он увидел говорящего, или, скорее, мгновенно и без всяких усилий представил его себе. Сначала ему показалось, что перед ним подобие собаки — вроде гончей, но с мощными когтистыми лапами и длинной вертикальной шеей. У зверя была продолговатая голова с коническими ушами и очень милая, хотя немного хитрая мордочка, над которой завивался кокетливый гребешок. Кажется, к его бокам были прижаты крылья. Приглядевшись, Татарский понял, что зверь был таких размеров и такой странный, что лучше к нему подходило слово «дракон», тем более что он был покрыт радужно переливающейся чешуей (впрочем, к этому моменту радужно переливались почти все предметы в комнате). Несмотря на отчетливые рептильные черты, существо излучало такое добродушие, что Татарский не испугался.

— Да, все упирается в слова, — повторил сирруф. — Насколько я знаю, самое глубокое откровение, которое когда-либо посещало человека под влиянием наркотиков, было вызвано критической дозой эфира. Получатель нашел в себе силы записать его, хотя это было крайне сложно. Запись выглядела так: «Во всей вселенной пахнет нефтью». До таких глубин тебе еще очень далеко. Ну ладно, это все лирика. Ты лучше скажи, где ты марочку-то эту взял?

Татарский вспомнил коллекционера из «Бедных людей» с его альбомом. Он собирался ответить, но сирруф перебил:

— Гриша-филателист. Я так и думал. Сколько у него их было?

Татарский вспомнил страницу альбома и три сиреневых квадратика в прозрачном пластиковом кармане.

— Понятно, — сказал сирруф. — Значит, еще две.

После этого он исчез, и Татарский опомнился. Он понял, что происходит с человеком во время так называемой белой горячки, про которую он столько читал у русских классиков XIX века. Никакого контроля над галлюцинациями у него не было. И было совершенно непонятно, куда его закинет следующая случайная мысль. Ему стало страшно. Встав, он быстро прошел в ванную, подставил голову под струю воды и держал ее так до тех пор, пока не стало больно от холода. Вытерев волосы, он вернулся в комнату и еще раз посмотрел на ее отражение в окне. Теперь знакомая обстановка показалась готической декорацией к какому-то грозному событию, которое должно было вот-вот произойти, а диван стал очень похож на жертвенный алтарь для крупных животных.

«Зачем надо было эту дрянь есть?» — подумал он с тоской.

— Совершенно незачем, — сказал сирруф, опять появляясь в неизвестном измерении его сознания. — Вообще никаких наркотиков человеку принимать не стоит. А особенно психоделиков.

— Да я и сам понимаю, — ответил Татарский тихо. — Теперь.

— У человека есть мир, в котором он живет, — назидательно сказал сирруф. — Человек является человеком потому, что ничего, кроме этого мира, не видит. А когда ты принимаешь сверхдозу ЛСД или объедаешься пантерными мухоморами, что вообще полное безобразие, ты совершаешь очень рискованный поступок. Ты выходишь из человеческого мира, и, если бы ты понимал, сколько невидимых глаз смотрит на тебя в этот момент, ты бы никогда этого не делал. А если бы ты увидел хоть малую часть тех, кто на тебя при этом смотрит, ты бы умер со страху. Этим действием ты заявляешь, что тебе мало быть человеком и ты хочешь быть кем-то другим. Во-первых, чтобы перестать быть человеком, надо умереть. Ты хочешь умереть?

— Нет, — ответил Татарский и искренне прижал руку к груди.

— А кем ты хочешь быть?

— Не знаю, — сокрушенно сказал Татарский.

— Вот о чем я и говорю. Тем более, ладно еще марка из счастливой Голландии. Но то, что ты съел, — это совсем другое. Это номерной пропуск, служебный документ, съедая который ты перемещаешься в такую область, где нет абсолютно никаких удовольствий. И где не положено шататься без дела. А у тебя никакого дела нет. Ведь нет?

— Нет, — согласился Татарский.

— С Гришей-филателистом мы вопрос решим. Больной человек, коллекционер. И пропуск у него случайно оказался. Но ты-то зачем его съел?

— Хотел ощутить биение жизни, — сказал Татарский и всхлипнул.

— Биение жизни? Ну ощути, — сказал сирруф.

Когда Татарский пришел в себя, единственное, чего ему хотелось, — это чтобы только что испытанное переживание, для описания которого у него не было никаких слов, а только темный ужас, больше никогда с ним не повторялось. Ради этого он был готов на все.

— Еще хочешь? — спросил сирруф.

— Нет, — сказал Татарский, — пожалуйста, не надо. Я больше никогда-никогда не буду есть эту гадость. Обещаю.

— Обещать участковому будешь. Если до утра доживешь.

— Что?

— А то самое. Ты хоть знаешь, что этот пропуск на пять человек? А ты здесь один. Или тебя пять?

Когда Татарский снова пришел в себя, он подумал, что действительно вряд ли переживет сегодняшнюю ночь. Только что его было пять, и всем этим пяти было так нехорошо, что Татарский мгновенно постиг, какое это счастье — быть в единственном числе, и поразился, до какой степени люди в своей слепоте этого счастья не ценят.

— Пожалуйста, — взмолился он, — не надо со мной больше этого делать.

— Я с тобой ничего не делаю, — ответил сирруф. — Ты все делаешь сам.

— Можно я объясню? — жалобно попросил Татарский. — Я понимаю, что совершил ошибку. Я понимаю, что на Вавилонскую башню нельзя смотреть. Но я же не...

— При чем тут Вавилонская башня? — перебил сирруф.

175

— Я только что ее видел.

— Вавилонскую башню нельзя увидеть, — ответил сирруф. — На нее можно только взойти — говорю это тебе как ее сторож. А то, что ты видел, — это ее полная противоположность. Можно сказать, что это Карфагенская шахта. Так называемый тофет.

— Что такое «тофет»?

— Это место жертвенного сожжения. Такие ямы были в Тире, Сидоне, Карфагене и так далее, и в них действительно жгли людей. Поэтому, кстати, Карфаген и был уничтожен. Еще эти ямы называли геенной — по имени одной древней долины, где впервые открыли этот бизнес. Я мог бы добавить, что Библия называет это «мерзостью аммонитской» — но ты ведь ее все равно не читал.

— Не понимаю.

— Хорошо. Можешь считать, что тофет — это обычный телевизор.

— Все равно не понимаю. Я что, был в телевизоре?

— В некотором смысле. Ты видел техническое пространство, в котором сгорает ваш мир. Нечто вроде станции сжигания мусора.

Татарский опять заметил на периферии своего внимания фигуру со сверкающими струнами в руках. Продолжалось это долю секунды.

— Разве это не бог Энкиду? — спросил он. — Я про него только что читал. Я даже знаю, что это за струны у него в руках. Когда бусины с ожерелья великой богини решили, что они люди, и расселились по всему водоему...

— Во-первых, это не бог, а, скорее, наоборот. Энкиду — это одно из его редких имен, а больше он известен как Ваал. Или Балу. В Карфагене ему пытались приносить жертвы, сжигая детей, но в этом не было смысла, потому что он не делает скидок и сжигает всех подряд. Во-вторых, это не бусины решили, что они люди, а люди решили, что они бусины. Поэтому тот, кого ты называешь Энкиду, собирает эти бусины и сжигает их, чтобы люди когда-нибудь поняли, что они вовсе не бусины. Понял?

— Нет. Что такое бусины?

Сирруф помолчал немного.

— Как тебе объяснить. Бусины — это то, что твой Че Гевара называет словом *identity*.

— А откуда взялись эти бляшки?

— Они ниоткуда не брались. Их на самом деле нет.

— Что же тогда горит? — недоверчиво спросил Татарский.

— Ничего.

— Не понимаю. Если есть огонь, значит, должно быть что-то, что горит. Какая-то материя.

— Ты Достоевского читал?

— Чего-чего?

— Ну, который про баньку с пауками писал?

— Знаю. Я его, если честно, терпеть не могу.

— А зря. У него в одном из романов был старец Зосима, который с ужасом догадывался о *материальном огне*. Непонятно, почему он так его боялся. Материальный огонь — это и есть ваш мир. Огонь, в котором вы сгораете, надо обслуживать. И ты относишься к обслуживающему персоналу.

— К обслуживающему персоналу?

— Ведь ты копирайтер? Значит, ты один из тех людей, которые заставляют людей глядеть в пламя потребления.

— Пламя потребления? Потребления чего?

— Не чего, а кого. Человек думает, что потребляет он, а на самом деле огонь потребления сжигает его, давая ему скромные радости. Это как безопасный секс, которому вы неустанно предаетесь даже в одиночестве. Экологически чистая технология сжигания мусора. Но ты все равно не поймешь.

— А кто мусор-то, кто? — спросил Татарский. — Человек, что ли?

— Человек по своей природе прекрасен и велик, — сказал сирруф. — Почти так же прекрасен и велик, как сирруф. Но он этого не знает. А мусор — это и есть его незнание. Это identity, которой на самом деле нет. Человек в этой жизни присутствует при сжигании мусора своей identity. Согласись, что лучше греться у этого огонька, чем гореть в нем заживо.

— Зачем человеку глядеть в этот огонь, если в нем сгорает его жизнь?

— Вы все равно не знаете, что с этими жизнями делать. И куда бы вы ни глядели, вы все равно глядите в огонь, в котором сгорает ваша жизнь. Милосердие в том, что вместо крематориев у вас телевизоры и супермаркеты. А истина в том, что функция у них одна. И потом, огонь — это просто метафора. Ты видел его, потому что съел пропуск на станцию сжигания мусора. Большинство видит перед собой просто телеэкран.

После этого он исчез.

— Эй, — позвал Татарский.

Ответа не было. Татарский подождал еще минуту и понял, что остался один на один со своим умом, готовым пойти вразнос. Надо было срочно чем-то себя занять.

— Звонить, — прошептал он. — Кому? Гирееву! Он знает, что делать.

Долгое время трубку никто не брал. Наконец, на пятнадцатом или двадцатом гудке, Гиреев хмуро отозвался:

— Алло.

— Андрюша? Здравствуй. Это Татарский.

— Ты знаешь, сколько сейчас времени?

— Слушай, — торопливо заговорил Татарский, — у меня беда. Я кислоты обожрался. Специалисты сказали, пять доз. Колбасит, короче, по всему мясокомбинату. Что делать?

— Что делать? Не знаю, что делать. Я в таких случаях мантру читаю.

— Можешь мне дать?

— Как я тебе дам. Передача нужна.

— А таких нет, чтобы без передачи?

Гиреев задумался.

— Сейчас, подожди минуту, — сказал он и положил трубку на стол.

Несколько минут Татарский вслушивался в далекие звуки, которые приносил по проводу электрический ветер. Сначала были слышны обрывки разговора, надолго вклинился раздраженный женский голос, а потом все покрыл резкий и требовательный детский плач.

— Записывай, — сказал наконец Гиреев. — Ом мелафефон бва кха ша. Повторяю по буквам: о-эм...

— Записал, — сказал Татарский. — Что это значит?

— Неважно. Концентрируйся чисто на звуке, понял? Водка у тебя есть?

— Вроде была. Две бутылки.

— Можешь смело выпить. С этой мантрой очень хорошо. Через час все пройдет. Завтра позвоню.

— Спасибо. Слушай, а кто это там плачет?

— Сын, — ответил Гиреев.

— У тебя сын есть? Не знал. Как зовут?

— Намхай, — недовольно ответил Гиреев. — До завтра.

Положив трубку, Татарский кинулся на кухню, быстро пришептывая полученное заклинание. Достав бутылку «Абсолюта», он в три приема выпил ее из стакана, запил холодной заваркой и пошел в ванную — в комнату возвращаться было страшно. Сев на край ванны, он уставился в дверь и зашептал:

— Ом мелафефон бва кха ша, ом мелафефон бва кха ша...

Предложение было настолько труднопроизносимым, что ни на какие другие мысли ума уже не хватало. Прошло несколько спокойных минут, и теплая волна опьянения разлилась по телу. Татарский уже почти успокоился и вдруг заметил знакомое мерцание на периферии взгляда, сжал кулаки и зашептал мантру быстрее, но новый глюк уже было не остановить.

В том месте, где только что была дверь ванной, вспыхнуло нечто вроде салюта, а когда красно-желтый огонь чуть угас, он увидел перед собой пылающий куст. Его ветви обвивало яркое пламя, словно он был облит пылающим бензином, но широкие темно-зеленые листья не обгорали в этом огне. Как только Татарский рассмотрел куст в подробностях, из его середины к нему протянулась рука, сжатая в кулак. Татарский покачнулся и чуть не свалился в ванну спиной. Кулак разжался, и Татарский увидел на ладони перед своим лицом маленький мокрый огурец в пупырышках.

Когда куст исчез, Татарский уже не помнил, взял он огурец или нет, но во рту ощущался явственный соленый привкус. Возможно, это была кровь из надкушенной губы.

— Не, Гиреев, не катит твоя мантра, — прошептал Татарский и пошел на кухню.

Выпив еще водки (для этого пришлось сделать усилие), он вернулся в комнату и включил телевизор. Раздалась торжественная музыка, синее пятно на экране расплылось и превратилось в изображение. Передавали какой-то концерт.

«Го-осподи, к Тебе воз-звах!» — вращая выпученными глазами, пропел человек с напудренным лицом, в бабочке и перламутровом жилете под фраком. Во время пения он странно отгребал ладонью, словно его куда-то сносил невидимый поток горнего эфира.

Татарский щелкнул пультом, и человек в бабочке угас. «Помолиться, что ли? — подумал он. — Вдруг поможет...» Ему вспомнился человечек с барельефа, воздевавший руки к звездному небу.

Выйдя в центр комнаты, он с трудом встал на колени, сложил руки на груди и поднял взгляд в потолок.

— Господи, к Тебе воззвах, — сказал он тихо. —

Я так виноват перед Тобой. Я плохо и неправильно живу, я знаю. Но я в душе не хочу ничего мерзкого, честное слово. Я никогда больше не буду есть эту дрянь. Я... Я просто хочу быть счастливым, а у меня никак не получается. Может, так мне и надо. Я ведь ничего больше не умею, кроме как писать плохие слоганы. Но Тебе, Господи, я напишу хороший — честное слово. Они ведь Тебя совершенно неправильно позиционируют. Они вообще не въезжают. Вот хотя бы этот последний клип, где собирают деньги на эту церковь. Там стоит такая бабуля с ящиком, и в него сначала кладут рубль из «запорожца», а потом сто баксов из «мерседеса». Мысль понятная, но как позиционирование это совершенно не катит. Ведь тому, кто в «мерседесе», западло после «запорожца». Коню ясно. А как target group нам нужны именно те, кто в «мерседесах», потому что по отдаче один в «мерседесе» — это как тысяча в «запорожцах». Надо не так. Сейчас...

Кое-как встав с коленей, Татарский добрел до стола, взял ручку и прыгающим паучьим почерком записал:

Плакат (сюжет клипа): длинный белый лимузин на фоне Храма Христа Спасителя. Его задняя дверца открыта, и из нее бьет свет. Из света высовывается сандалия, почти касающаяся асфальта, и рука, лежащая на ручке двери. Лика не видим. Только свет, машина, рука и нога. Слоган:

ХРИСТОС СПАСИТЕЛЬ
СОЛИДНЫЙ ГОСПОДЬ ДЛЯ СОЛИДНЫХ ГОСПОД

Вариант:

ГОСПОДЬ ДЛЯ СОЛИДНЫХ ГОСПОД

Бросив ручку, Татарский поднял заплаканные глаза в потолок.

— Господи, Тебе нравится? — тихо спросил он.

ВОВЧИК МАЛОЙ

Божья любовь к человеку проявляется в великом и невыразимом в словах принципа «все-таки можно». «Все-таки можно» означает огромное количество вещей — например, то, что сам этот принцип, несмотря на свою абсолютную невыразимость, все-таки может быть выражен и проявлен. Мало того, он может быть выражен бесконечное число раз, и каждый раз совершенно по-новому, поэтому и существует поэзия. Вот какова Божья любовь. И чем же отвечает ей человек?

Татарский проснулся в холодном поту, не понимая, за что из окон на его голову рушится безжалостный белый свет. У него осталось смутное воспоминание о том, что во сне он кричал и еще, кажется, перед кем-то оправдывался, — в общем, снился похмельный кошмар. А похмелье было таким глубоким и фундаментальным, что нечего было и надеяться влить в горло спасительные сто грамм. Нельзя было и думать об этом, потому что одна мысль об алкоголе вызывала рвотные спазмы. Но, на его счастье, та иррационально-мистическая ипостась Божьей любви, которую воспел великий Ерофеев, уже осенила его своим дрожащим крылом.

Опохмелиться было все-таки можно. Для этого существовал специальный метод, называемый «паровозиком». Он был отточен поколениями алкоголиков и передан Татарскому одним человеком из эзотерических кругов Санкт-Петербурга наутро после чудовищной пьянки. «Метод, в сущности, гурджиевский, — объяснил человек. — Относится к так называемому «пути хитрого человека». В нем ты рассматриваешь себя как машину. У этой машины есть рецепторы, нервные окончания и высший контрольный центр, который ясно объявляет, что любая попытка принять алкоголь приведет к немедленной рвоте. Что делает хитрый человек? Он обманывает рецепторы машины. Практическая сторона выглядит так. Ты набираешь полный рот лимонада. После этого наливаешь в стакан водки и подносишь его ко рту. Потом глотаешь лимонад, и, пока рецепторы сообщают высшему контрольному центру, что ты пьешь лимонад, ты быстро проглатываешь водку. Тело просто не успевает среагировать, потому что ум у него довольно медлительный. Но здесь есть один нюанс. Если ты перед водкой глотаешь не лимонад, а кока-колу, то сблюешь с вероятностью пятьдесят процентов. А если глотаешь пепси-колу, то сблюешь обязательно».

«Вот это бы в концепцию», — мрачно подумал Татарский, выходя на кухню. В одной из бутылок оставалось немного водки. Он налил ее в стакан и повернулся к холодильнику. Его испугала мысль, что там нет ничего, кроме пепси-колы, которую он обычно покупал из верности идеалам поколения, но, к счастью, на нижней полке стояла банка лимонада «7-Up», принесенная кем-то из гостей.

— Seven-Up, — прошептал Татарский, облизнув пересохшие губы. — The Uncola...

Операция удалась. Вернувшись в комнату, он подошел к столу и обнаружил на нем несколько листов, исписанных кривыми буквами. Оказалось, что вчерашняя волна религиозного чувства выбросила на бумагу целую подборку текстов, момента написания которых он не помнил. Первый был таким:

> Коммерческая идея: объявить тендер на отливку колоколов для Храма Христа Спасителя. Кока-колокол и Пепси-колокол. Пробка у бутылки в виде золотого колокольчика. (Храм Спаса на pro-V: шампунь, инвестиции.)

Дальше, видимо, душа увлеклась привычным промыслом, но устыдилась — под колоколами помещалось зачеркнутое:

> кока-колготки, кока-колбаски, кока-колымские рассказы (нанять команду писателей).

На следующем листе очень аккуратными печатными буквами было выведено:

КОКТЕЙЛЬ «ВЕЧНАЯ ЖИЗНЬ»

ЧЕЛОВЕК! НЕ ХОТИ ДЛЯ СЕБЯ НИЧЕГО.
КОГДА ЛЮДИ ПРИДУТ К ТЕБЕ ТОЛПАМИ,
ОТДАЙ ИМ СЕБЯ БЕЗ ОСТАТКА.
ТЫ ГОВОРИШЬ, ЧТО ЕЩЕ НЕ ГОТОВ?

МЫ ВЕРИМ, ЧТО ЗАВТРА ТЫ СМОЖЕШЬ!
А ПОКА — ДЖИН «BOMBAY SAPHIRE»
С ТОНИКОМ, СОКОМ ИЛИ ПРОСТО
КУБИКОМ ЛЬДА

Самый последний текст, видимо, пришел из огромного рекламного агентства на небесах уже тогда, когда Татарский достиг запредельной стадии опьянения, — только на расшифровку собственных каракулей у него ушло несколько минут. Видимо, слоган был написан, когда пик молитвенного экстаза был пройден и сознание окончательно вернулось к прагматичному рационализму:

DO IT YOURSELF, MOTHERFUCKER[1].
REEBOK

Зазвонил телефон. «Ханин», — с испугом подумал Татарский, поднимая трубку. Но это оказался Гиреев.

— Ваван? Ты как?

— Так, — ответил Татарский.

— Извини за вчерашнее. Поздно позвонил. Жена наехала. Обошлось?

— Более-менее.

— Я тебе знаешь что хотел рассказать? Тебе, наверно, интересно будет как профессионалу. Тут один лама приезжал — Урган Джамбон Тулку Седьмой, из секты гелугпа. Так он целую лекцию прочел о рекламе. У меня кассета есть, я тебе дам послушать. Там всего много было, но главная мысль очень инте-

---

[1] Сделай это сам, засранец (англ.).

ресная. С точки зрения буддизма смысл рекламы крайне прост. Она стремится убедить, что потребление рекламируемого продукта ведет к высокому и благоприятному перерождению, причем не после смерти, а сразу же после акта потребления. То есть пожевал «Орбит» без сахара — и уже асур. Пожевал «Дирол» — и вообще бог с белыми-белыми зубами.

— Я ни слова не понимаю в том, что ты говоришь, — сказал Татарский, морщась от рассасывающихся спазмов тошноты.

— Ну, если по-простому, то он хотел сказать, что главная задача рекламы — это показывать людям других людей, которые сумели обмануться и найти счастье в обладании материальными объектами. На самом деле такие обманувшиеся живут только в клипах.

— Почему? — спросил Татарский, пытаясь угнаться за беспокойной мыслью приятеля.

— Потому что всегда рекламируются не вещи, а простое человеческое счастье. Всегда показывают одинаково счастливых людей, только в разных случаях это счастье вызвано разными приобретениями. Поэтому человек идет в магазин не за вещами, а за этим счастьем, а его там не продают. А потом лама критиковал теорию какого-то Че Гевары. Он сказал, что Че Гевара не вполне буддист и поэтому для буддиста не вполне авторитет. И вообще, он не дал миру ничего, кроме очереди из автомата и своей торговой марки. Правда, мир ему тоже ничего не дал...

— Слушай, — перебил Татарский, — сворачивай. Я все равно сейчас не пойму ничего — голова болит. Ты мне лучше скажи, что это ты мне за мантру дал?

— Это не мантра, — ответил Гиреев. — Это предложение на иврите из учебника. У меня жена учит.

— Жена? — переспросил Татарский, вытирая со лба капли холодного пота. — Хотя конечно. Если сын есть, то и жена. А чего она иврит учит?

— А она валить отсюда хочет. У нее недавно видение было страшное. Без всяких глюкал, просто в медитации. Короче, такой камень, и на нем девушка лежит голая, и эта девушка — Россия. И, значит, склонился над ней такой... Лица не разобрать, но вроде в шинели с погонами. Или плащ такой. И он ей...

— Не грузи, — сказал Татарский. — Вырвет. Давай я тебе потом позвоню.

— Давай, — согласился Гиреев.

— Подожди. Почему ты мне это предложение дал, а не мантру?

— Какая разница. В таком состоянии все равно, что повторять. Главное ум занять и водки больше выпить. А мантру без передачи кто ж тебе даст.

— И что эта фраза значит?

— Сейчас посмотрю. Где это... Ага, вот. «Од мелафефон бва кха ша». Это значит «Дайте, пожалуйста, еще огурец». Прикол, да? Натуральная мантра. Начинается, правда, не с «ом», а с «од», это я поменял. А если в конце еще «хум» поставить...

— Все, — сказал Татарский. — Счастливо. Я за пивом пошел.

Утро было ясным и свежим; в его прохладной чистоте чудился непонятный упрек. Выйдя из подъезда, Татарский остановился в задумчивости. До круглосуточно открытого магазина, куда он обычно ходил за опохмелкой (местные алкаши называли его «кругосветкой»), надо было переться десять минут, и столько же обратно. Совсем рядом, в двух минутах ходьбы, были ларьки, в одном из них он когда-то работал и с тех пор ни разу даже не показывался рядом. Но сейчас было не до смутных страхов. Борясь с нежеланием жить дальше, Татарский пошел к ларькам.

Несколько из них уже открылось; рядом с ними стоял газетный лоток. Татарский купил три банки «Туборга» и аналитический таблоид — он просматривал его из-за рекламных врезов, к которым испытывал профессиональный интерес даже с сильного похмелья. Первую банку он выпил, листая таблоид. Его внимание привлекла реклама Аэрофлота, где по трапу, приставленному к увешанной райскими плодами пальме, поднималась семейная пара. «Вот идиоты, — подумал Татарский. — Кто ж такую рекламу только делает? Допустим, надо человеку в Новосибирск лететь. А ему обещают, что он в рай попадет. А ему, может, в рай еще рано, может, у него в Новосибирске дела... Они бы еще аэробус «Икар» придумали...» Соседнюю страницу занимал красочный плакат шампанского «Вдова Довгань № 57»: ослепительная блондинка катила на водных лыжах мимо заросшего пальмами желтого острова, говоря с кем-то по мобильному телефону. Еще в таблоиде нашлась реклама американского ресторана на площади Восстания — фотография входа, над которым горела веселая неоновая надпись:

BEVERLY KILLS
A CHUCK NORRIS ENTERPRISE

Сложив газету, Татарский расстелил ее на грязном ящике, стоявшем между ларьками, сел на него и открыл вторую банку.

Почти сразу стало легче. Чтобы не смотреть на мир вокруг, Татарский уставился на банку. На ней, под желтым словом «Туборг», был большой рисунок: толстый мужчина в подтяжках вытирал пот со лба белым платком. Над мужчиной пылало синее небо, а сам он стоял на узкой тропинке, которая уводила за горизонт; словом, в рисунке была такая символическая нагрузка, что было непонятно, как ее выдерживает тонкая жесть банки. Татарский автоматически стал сочинять слоган.

«Примерно так, — думал он. — Жизнь — это одинокое странствие под палящим солнцем. Дорога, по которой мы идем, ведет в никуда. И неизвестно, где встретит нас смерть. Когда вспоминаешь об этом, все в мире кажется пустым и ничтожным. И тогда наступает прозрение. Туборг. Подумай о главном!»

Часть слогана можно было бы написать по-латыни, к этому у Татарского оставался вкус с первого дела. Например, «Остановись, прохожий» — что-то там viator, Татарский не помнил точно, надо было посмотреть в «Крылатых латинизмах». Он пошарил по карманам, ища ручку, чтобы записать придуманное. Ручки не было. Татарский решил спросить ее у кого-нибудь из прохожих, поднял глаза и увидел прямо перед собой Гусейна.

Гусейн улыбался краями рта, его руки были засунуты в широкие бархатные штаны, а маслянисто блестящие глаза не выражали ничего — он был на приходе от недавнего укола. Он почти не изменился, разве что немного раздобрел. На его голове была низкая папаха.

Банка с пивом выпала из руки Татарского, и символический желтый ручеек нарисовал на асфальте темное пятно. Чувства, которые за секунду пронеслись сквозь его душу, вполне вписывались в только что придуманную концепцию для «Туборга» — за исключением того, что никакого прозрения не наступило.

— Пойдем, — сказал Гусейн и поманил Татарского пальцем.

Секунду Татарский колебался, не побежать ли прочь, но решил, что разумней этого не делать. Насколько он помнил, Гусейн рефлекторно воспринимал как мишень все быстро движущиеся объекты крупнее собаки и меньше автомобиля. Конечно, за прошедшее время под воздействием морфинов и суфийской музыки в его внутреннем мире могли произойти серьезные изменения, но Татарского не очень тянуло проверять это на практике.

Вагончик, где жил Гусейн, тоже почти не изменился — только на окнах теперь были плотные занавески, а над крышей — зеленая тарелка спутниковой антенны. Гусейн открыл дверь и мягко подтолкнул Татарского в спину.

Внутри было полутемно. Работал огромный телевизор, на его экране застыли три фигуры под развесистым деревом. Изображение чуть подрагивало — телевизор был подключен к видеомагнитофону, стоящему на «паузе». Напротив телевизора была лавка. На ней, откинувшись к стене, сидел давно не бривший человек в мятом клубном пиджаке с золотыми пуговицами. От него пованивало. Его правая нога была сцеплена с рукой пропущенными под лавкой наручниками, из-за чего тело застыло в трудноописуемом полулежачем положении, напомнившем Татарскому вау-анальную позу пассажира бизнес-класса с рекламы «Кореан Эйр» (только на рекламе «Кореан Эйр» тело было повернуто таким образом, что наручники были незаметны). При виде Гусейна человек дернулся. Гусейн вынул из кармана сотовый телефон и показал его прикованному к лавке. Тот отрицательно помотал головой, и Татарский заметил, что его рот заклеен широкой полосой скотча телесного цвета, на котором красным маркером нарисована улыбка.

— Вот зануда, — пробормотал Гусейн. Взяв со стола дистанционный пульт, он нажал на кнопку. Фигуры на экране телевизора вяло зашевелились — магнитофон работал на замедленном воспроизведении. Татарский узнал незабываемые по своей политкорректности кадры из «Кавказского пленного» — кажется, так назывался этот фильм. Русский десантник в мятой униформе весело и неуверенно озирался по сторонам, двое огнеглазых кавказцев в национальной одежде держали его под руки, а третий, в такой же папахе, как на Гусейне, подносил к его горлу длинную музейную саблю. На экране сменилось несколько крупных планов — глаза десантника, приставленное к натянувшейся коже лезвие (Татарский подумал, что это сознательная цитата из «Андалузского пса» Бунюэля, вставленная в расчете на каннское жюри), а затем рука убийцы резко рванула саблю на себя. Немедленно за этим на экране возникло начало сцены: убийца вновь подносил свою саблю к горлу жертвы. Фрагмент был закольцован. Только теперь до Татарского дошло, что он смотрит подобие рекламного ролика, который крутят на выставочном стенде. Даже не подобие — это и был рекламный ролик: Гусейна тоже затронули информационные технологии, и теперь он с помощью визуального ряда позиционировал себя в сознании клиента, объясняя, какие услуги предлагает его предприятие. Возможно, кадр с крупным планом сабли у горла был даже подмонтирован — Татарский не помнил такого в фильме. Клиент, видимо, был хорошо знаком и с этим клипом, и с предприятием Гусейна — закрыв глаза, он уронил голову на грудь.

— Да ты смотри, смотри, — сказал Гусейн, схватил его за волосы и повернул лицом к экрану. — Весельчак гребаный. Ты у меня долыбишься...

Несчастный тихо замычал, но из-за того, что на его лице по-прежнему сияла широкая улыбка, Татарский почувствовал к нему иррациональную неприязнь.

Гусейн отпустил его, поправил папаху и повернулся к Татарскому:

— Один всего раз по телефону позвонить надо, а не хочет. И себя мучит, и других. Вот люди... Ты как сам-то? Кумарит тебя, я вижу?

— Нет, — сказал Татарский. — Похмелье.

— Так я тебе налью, — сказал Гусейн.

Подойдя к несгораемому шкафу, он достал из него бутылку «Хеннесси» и пару не особо чистых граненых стаканов.

— Гостю рады, — сказал он, разливая коньяк.

Татарский чокнулся с ним и выпил.

— Что делаешь по жизни? — спросил Гусейн.

— Работаю.

— И где?

Надо было что-то сказать, причем такое, чтобы Гусейн не смог потребовать отступного за выход из бизнеса. Денег у Татарского сейчас не было. Его глаза остановились на экране телевизора, где в очередной раз наступала смерть. «Прибьют вот так, — подумал он, — и цветов никто на могилу не положит...»

— Так где? — переспросил Гусейн.

— В цветочном бизнесе, — неожиданно для себя сказал Татарский. — С азербайджанцами.

— С азербайджанцами? — недоверчиво переспросил Гусейн. — С какими азербайджанцами?

— С Рафиком, — вдохновенно ответил Татарский, — и с Эльдаром. Арендуем самолет, сюда цветы возим, а туда... Сам понимаешь что. Арендую, конечно, не я. Я так, на подхвате.

— Да? А чего тогда как человек объяснить не мог? Зачем ключи бросил?

— Запой был, — ответил Татарский.

Гусейн задумался.

— Даже не знаю, — сказал он. — Цветы дело хорошее. Я б тебе ничего не сказал, объяви ты как мужчина мужчине. А так... Надо с твоим Рафиком говорить.

— Он в Баку сейчас, — сказал Татарский. — И Эльдар тоже.

На поясе у него запищал пейджер.

— Кто это? — спросил Гусейн.

Татарский поглядел на экран и увидел номер Ханина.

— Это просто знакомый. Он никакого отношения...

Гусейн молча протянул руку, и Татарский покорно положил в нее свой пейджер. Гусейн достал телефон, набрал номер и значительно поглядел на Татарского. На том конце линии взяли трубку.

— Але, — сказал Гусейн, — с кем я говорю? Ханин? Здравствуй, Ханин. Это из кавказского землячества звонят. Меня зовут Гусейн. Я тебя чего беспокою — у нас тут сидит твой друг Вова. У него проблема — он нам денег должен. Не знает, где взять. Вот просил тебе позвонить — может, ты поможешь. Ты с ним тоже цветы возишь?

Подмигнув Татарскому, он молча слушал минуту или две.

— Что? — спросил он, наморщась. — Ты скажи, ты с ним цветы возишь? Как это — метафорически возишь? Какая роза персов? Какой Ариосто? Кто? Кого? Давай своего друга... Слушаю...

По выражению лица Гусейна Татарский понял, что на том конце линии сказали что-то немыслимое.

— Да мне все равно, кто ты, — ответил Гусейн после долгой паузы. — Да посылай кого хочешь... Да... Да хоть полк вашего ОБЗДОНа на танках. Только ты предупреди их на всякий случай, что тут не раненый пионер из Белого дома лежит, понял, нет? Что? Сам приедешь? Приезжай... Пиши адрес...

Сложив телефон, Гусейн вопросительно посмотрел на Татарского.

— Я же говорил, не стоит, — сказал Татарский.

Гусейн ухмыльнулся:

— За меня боишься? Ценю, что добрый. Но не надо.

Вынув из несгораемого шкафа две лимонки, он чуть разогнул усики на взрывателях и положил по гранате в каждый карман. Татарский сделал вид, что смотрит в другую сторону.

Через полчаса в нескольких метрах от вагончика остановился фольклорный «Мерседес-600» с зачерненными стеклами, и Татарский припал к просвету между занавесками. Из машины вылезли два человека — первым был взъерошенный Ханин, а второго Татарский не знал.

По всем вау-идентификаторам это был представитель так называемого среднего класса — типичный бык, красномордый пехотинец откуда-нибудь из комиссионного в Южном порту. На нем был черный кожаный пиджак, тяжелая золотая цепь и спортивные штаны. Но, судя по машине, он олицетворял тот редкий случай, когда солдату удается дослужиться до генерала. Перебросившись с Ханиным парой слов, он пошел к двери. Ханин остался на месте.

Дверь открылась. Незнакомец грузно вошел в вагончик, поглядел сначала на Гусейна, потом на Татарского, а потом на прикованного к лавке. На его лице изобразилось изумление. Секунду он стоял неподвижно, словно не веря своим глазам, а потом шагнул к прикованному, схватил его за волосы и два раза сильно ударил лицом о колено. Тот попытался защититься свободной рукой, но не успел.

— Так вот ты где, сука! — надсаживаясь, выкрикнул вошедший, и его лицо побагровело еще сильнее. — А мы тебя две недели по всему городу ищем.

Что, спрятаться захотел? Бинтуешься, коммерсант ебаный?

Татарский с Гусейном переглянулись.

— Эй, ты не очень, — неуверенно сказал Гусейн. — Он, конечно, коммерсант, базара нет, но это все-таки мой коммерсант.

— Чего? — спросил неизвестный, отпуская окровавленную голову. — Твой? Он моим коммерсантом был, когда ты еще коз в горах пас.

— Я в горах не коз пас, а козлов, — спокойно ответил Гусейн. — А если ты быковать приехал, так я тебе кольцо в нос продену, реально говорю.

— Как ты сказал? — наморщился неизвестный и расстегнул пиджак, под левой полой которого что-то бугрилось. — Какое кольцо?

— Вот это, — сказал Гусейн, вынимая из кармана гранату.

Вид сведенных усиков мгновенно успокоил неизвестного.

— Мне этот гад деньги должен, — сообщил он.

— Мне тоже, — сказал Гусейн, убирая гранату.

— Мне он первому должен.

— Нет. Первому он должен мне.

Минуту они глядели друг на друга.

— Хорошо, — сказал неизвестный. — Завтра встретимся и обсудим. В десять вечера. Где?

— А прямо сюда приходи.

— Забились, — сказал неизвестный и ткнул пальцем в Татарского: — Молодого я с собой беру. Он подо мной ходит.

Татарский вопросительно посмотрел на Гусейна. Тот ласково улыбнулся:

— К тебе базаров больше нет. Друг твой на себя все стрелки перевел. А так, по-человечески, — заходи. Цветов принеси, роз. Я их люблю.

Выйдя на улицу вслед за всеми, Гусейн закурил сигарету и оперся спиной о стену вагончика. Сделав два шага, Татарский обернулся.

— Я пиво забыл, — сказал он.

— Иди возьми, — ответил Гусейн.

Татарский вернулся в вагончик и взял со стола последнюю банку «Туборга». Прикованный к лавке замычал и поднял свободную руку. Татарский заметил в ней квадратик цветной бумаги, взял его и торопливо сунул в карман. Пленник издал тихий стон октавой выше, покрутил пальцем диск невидимого телефона и прижал ладонь к сердцу. Татарский кивнул и вышел. Куривший у крыльца Гусейн, кажется, ничего не заметил. Незнакомец и Ханин были уже в машине; как только Татарский сел на переднее сиденье, она сразу тронулась.

— Познакомьтесь, — сказал Ханин. — Ваван Татарский, один из наших лучших специалистов. А это, — Ханин кивнул на незнакомца, выруливавшего на дорогу, — Вовчик Малой, почти твой тезка. Еще Ницшеанцем зовут.

— Да ну это так, хуйня, — быстро пробормотал Вовчик, смаргивая. — Давно это было.

— Это, — продолжал Ханин, — человек с очень важной экономической функцией. Можно сказать, ключевое звено либеральной модели в странах с низкой среднегодовой температурой. Ты в рыночной экономике понимаешь немного?

— Децул, — ответил Татарский и свел два пальца, оставив между ними миллиметровый зазор.

— Тогда ты должен знать, что на абсолютно свободном рынке в силу такого определения должны быть представлены услуги ограничителей абсолютной свободы. Вовчик — как раз такой ограничитель. Короче, наша крыша...

Когда машина затормозила у светофора, Вовчик Малой поднял на Татарского маленькие невыразительные глаза. Непонятно было, отчего его называли «малым», — он был мужчиной крупных размеров и изрядного возраста. Его лицо было типичной бандитской пельмениной невнятных очертаний, не вызывавшей, впрочем, особого отвращения. Оглядев Татарского, он сказал:

— Короче, ты в русскую идею въезжаешь?

Татарский вздрогнул и выпучил глаза.

— Нет, — сказал он. — Не думал на эту тему.

— Тем лучше, — влез Ханин. — Как говорится, со свежей головой...

— А зачем это нужно? — спросил Татарский, оборачиваясь к нему.

— Тебе заказ на разработку, — ответил Ханин.

— От кого?

Ханин кивнул на Вовчика.

— Вот тебе ручка и блокнот, — сказал он, — слушай его внимательно и делай пометки. Потом по ним распишешь.

— А че тут слушать, — буркнул Вовчик. — И так все ясно. Скажи, Ваван, когда ты за границей бываешь, унижение чувствуешь?

— Я там не был никогда, — признался Татарский.

— И молодец. Потому что поедешь — почувствуешь. Я тебе точно говорю — они нас там за людей не считают, как будто мы все говно и звери. То есть когда ты в каком-нибудь «Хилтоне» весь этаж снимешь, тогда к тебе, конечно, в очередь встанут минет делать. Но если на каком-нибудь фуршете окажешься или в обществе, так просто как с обезьяной говорят. Чего, говорят, у вас крест такой большой — вы что, богослов? Я б тебе, блядь, такое богословие в Москве показал...

— А почему такое отношение? — перебил Ханин. — Мнение есть?

— Есть, — сказал Вовчик. — Все потому, что мы у них на пансионе. Их фильмы смотрим, на их тачках ездим и даже хавку ихнюю едим. А сами производим, если задуматься, только бабки... Которые тоже по всем понятиям ихние доллары, так что даже неясно, как это мы их производить ухитряемся. Хотя, с другой стороны, производим же — на халяву-то никто не дал бы... Я вообще-то не экономист, но точно чувствую — дело гнилое, какая-то тут лажа зарыта.

Вовчик замолчал и тяжело задумался. Ханин собирался что-то вставить, но Вовчик вдруг взорвался:

— Но они-то думают, что мы культурно опущенные! Типа как чурки из Африки, понимаешь? Словно мы животные с деньгами. Свиньи какие или быки. А ведь мы — Россия! Это ж подумать даже страшно! Великая страна!

— Да, — сказал Ханин.

— Просто потеряли на время корни из-за всей этой байды. Сам знаешь, какая жизнь, — пернуть некогда. Но это ж не значит, что мы забыли, откуда мы родом, как негры эти козлиные...

— Давай без эмоций, — сказал Ханин. — Объясни парню, чего ты от него хочешь. И попроще, без лирики.

— Короче, я тебе сейчас ситуацию просто объясню, на пальцах, — сказал Вовчик. — Наш национальный бизнес выходит на международную арену. А там крутятся всякие бабки — чеченские, американские, колумбийские, ну ты понял. И если на них смотреть просто как на бабки, то они все одинаковые. Но за каждыми бабками на самом деле стоит какая-то национальная идея. У нас раньше было православие, самодержавие и народность. Потом был этот коммунизм. А теперь, когда он кончился, никакой такой идеи нет вообще, кроме бабок. Но ведь не могут за бабками стоять просто бабки, верно? Потому что тогда чисто непонятно — почему одни впереди, а другие сзади?

— Во как, — сказал Ханин. — Учись, Ваван.

— И когда наши русские доллары крутятся где-нибудь в Карибском бассейне, — продолжал Вовчик, — даже на самом деле не въедешь, почему это именно русские доллары. Нам не хватает национальной и-ден-тич-ности...

Последнее слово Вовчик выговорил по складам.

— Понял? У чеченов она есть, а у нас нет. Поэтому на нас как на говно и смотрят. А надо, чтобы была четкая и простая русская идея, чтобы можно было любой суке из любого Гарварда просто объяснить:

тыр-пыр-восемь-дыр, и нефига так глядеть. Да и сами мы знать должны, откуда родом.

— Ты давай задачу ставь, — сказал Ханин и подмигнул Татарскому в зеркальце. — Это ж мой главный криейтор. У него минута времени больше стоит, чем мы с тобой вместе в неделю зарабатываем.

— Задача простая, — сказал Вовчик. — Напиши мне русскую идею размером примерно страниц на пять. И короткую версию на страницу. Чтоб чисто реально было изложено, без зауми. И чтобы я любого импортного пидора — бизнесмена там, певицу или кого угодно — мог по ней развести. Чтоб они не думали, что мы тут в России просто денег украли и стальную дверь поставили. Чтобы такую духовность чувствовали, бляди, как в сорок пятом под Сталинградом, понял?

— А где я ее... — начал Татарский, но Ханин перебил:

— А это уж, родной, твое дело. Сроку у тебя день, работа срочная. Потом ты мне для других дел нужен будешь. И учти: кроме тебя, мы эту идею еще одному человеку заказали. Так что старайся.

— Кому, если не секрет? — спросил Татарский.

— Саше Бло. Слышал про такого?

Татарский промолчал. Ханин сделал знак Вовчику, и машина остановилась. Протянув Татарскому сотенную бумажку, Ханин сказал:

— Это тебе на такси. Езжай домой работать. И больше сегодня не пей.

Выйдя на тротуар, Татарский дождался, пока машина уедет, и достал визитку кавказского пленного. Она выглядела странно — в центре была нарисована секвойя, а все остальное место занимали звезды, полосы и орлы. Поверх этого римского великолепия было напечатано кудрявыми золотыми буквами:

ОТКРЫТОЕ АКЦИОНЕРНОЕ ОБЩЕСТВО
«ТАМПОКО»
ПРОХЛАДИТЕЛЬНЫЕ НАПИТКИ И СОКИ
Менеджер по размещению акций
МИХАИЛ НЕПОЙМАН

— Ага, — пробормотал Татарский. — Помним-помним.

Спрятав визитку в карман, он повернулся к потоку машин и поднял руку. Такси остановилось почти сразу.

Таксист был толстощеким увальнем с выражением сосредоточенной обиды на лице. У Татарского мелькнула мысль, что он похож на переполненный водой презерватив, которого достаточно слегка коснуться чем-нибудь острым, чтобы он выплеснулся на окружающих одноразовым водопадом.

— Скажите, — спросил Татарский неожиданно для себя, — вы случайно не знаете, что такое русская идея?

— Ха, — сказал водитель, словно только и ждавший этого вопроса. — Я тебе сейчас расскажу. Я же сам мордвин наполовину. Так вот, когда я в армии служил, в первый год, в учебке, там один сержант был по фамилии Харлей. «Я, — говорил, — мордву и чурок ненавижу!»

Посылал меня зубной щеткой очко драить. Два месяца, сука, надо мной издевался. А потом вдруг приходят к нам в учебку сразу три брата-мордвина — и все штангисты, ты себе можешь представить? Кто здесь, говорят, мордву не любит?

Водитель счастливо засмеялся, и машина широко вильнула на дороге, чуть не выскочив на встречную полосу.

— А при чем здесь русская идея? — вжавшись в сиденье, спросил испуганный Татарский.

— А при том. Этот Харлей таких пиздянок получил, что потом две недели в медсанбате отлеживался. Во как. И еще потом раз пять его метелили, пока до дембеля дотянул. Если б только метелили...

— Вот здесь, пожалуйста, остановите, — не выдержал Татарский.

— Здесь нельзя, — сказал шофер, — развернуться надо. Я говорю, если бы его только били... Не-ет!..

Татарский смирился, и, пока машина везла его домой, шофер посвятил его в такие подробности судьбы сержанта-шовиниста, которые уничтожили даже малейшую возможность сострадания — ведь за ним, в сущности, всегда стоит короткий миг отождествления, а здесь оно было невозможно, потому что на него не решались ни ум, ни душа. Впрочем, это была обычная армейская история. Когда Татарский вылез, водитель сказал ему вслед:

— А насчет идеи этой я тебе прямо скажу — хрен его знает. Мне бы на бензин заработать да на хань. А там — что Дудаев, что Мудаев, лишь бы лично меня мордой об стол не били.

Возможно, из-за этих слов Татарский снова вспомнил о прикованном менеджере, который набирал в пустоте телефонный номер. Войдя в подъезд, он остановился. Только тут до него дошло, чего требует ситуация на самом деле. Вытащив из кармана визитку, он записал на ее обороте:

АКЦИИ ТАМПОКО!
СЕГОДНЯ — ЛИСТ БУМАГИ,
А ЗАВТРА — ВЕДРА СОКА!

«Хвойное дерево, значит, — подумал он. — Ладно. Дадим человеку последний шанс. Позвоню, когда Гусейн его отпустит. А пока пусть сворачивает доллары трубочками».

ИНСТИТУТ ПЧЕЛОВОДСТВА

Часто бывает: выходишь летним утром на улицу, видишь перед собой огромный, прекрасный, спешащий куда-то мир, полный невнятных обещаний и растворенного в небе счастья, и вдруг мелькает в душе пронзительное чувство, спрессованное в долю секунды, что вот лежит перед тобой жизнь, и можно пойти по ней вперед без оглядки, поставить на карту самого себя и выиграть, и промчаться на белом катере по ее морям, и пролететь на белом «мерседесе» по ее дорогам. И сами собой сжимаются кулаки, и выступают желваки на скулах, и даешь себе слово, что еще вырвешь зубами много-много денег у этой враждебной пустоты, и сметешь с пути, если надо, любого, и никто не посмеет назвать тебя американским словом loser.

Так действует в наших душах оральный вау-фактор. Но Татарский, бредя к метро с папкой под мышкой, был равнодушен к его требовательным позывам. Он ощущал себя именно «лузером», то есть не просто полным идиотом, а вдобавок к этому военным преступником и неудачным звеном в биологической эволюции человечества.

Вчерашняя попытка сочинить русскую идею кончилась первым в карьере Татарского полным провалом. Сначала задание показалось ему несложным, но, сев за стол, он с ужасом понял, что ничего, абсолютно ничего не приходит в голову. Не помогла даже планшетка, к которой он в отчаянии обратился, когда стрелки часов переехали за полночь. Че Гевара, правда, отозвался, но в ответ на вопрос о русской идее выдал какой-то странный кусок:

Россияне!

Правильнее было бы говорить об орально-анальном вау-воздействии, так как эти влияния сливаются в один импульс, и именно этот комплекс эмоций, этот их конгломерат и считается социально ценной проекцией человека. Отметим, что реклама изредка предпочитает квазиюнгианский подход квазифрейдистскому: бывает, что за приобретением материального объекта стоит не голый акт монетаристического совокупления, а поиск магического свойства, способного убрать орально-анальную стимуляцию на второй план. Например, сине-зеленая зубная щетка гарантирует каким-то образом возможность безопасно перелезать с верхнего балкона на нижний, холодильник защищает от гибели под обломками сорвавшегося с крыши рояля, а банка маринованных киви спасает от авиакатастрофы, — но это подход, который большинство профессионалов считает устаревшим. Аминь.

О русской идее здесь напоминало только блатное обращеньице «россияне», всегда казавшееся Татарскому чем-то вроде термина «арестанты», которым воры в законе открывают свои письменные послания на зону, так называемые «малявы». Но даже несмотря на это сходство, Вовчик Малой вряд ли остался бы доволен получившимся отрывком. Попытки Татарского выйти на связь с каким-нибудь более компетентным в вопросе духом кончились ничем. Правда, после обращения к духу Достоевского, на которого Татарский возлагал особые надежды, возникли некоторые побочные эффекты: планшетка мелко затряслась и запрыгала, словно ее дергало во все стороны несколько одинаково сильных присутствий, но оставшиеся на бумаге кривые загогулины тоже не годились заказчику, хотя, конечно, можно было тешить себя мыслью, что искомая идея настолько трансцендентна, что это единственный способ как-то зафиксировать ее на бумаге. Но, как бы там ни было, работу Татарский не сделал.

Страничку с отрывком про зубную щетку и киви, которая лежала в его папочке, нельзя было показывать Ханину ни при каких обстоятельствах, а показать что-то было необходимо, и ум Татарского был занят самобичеванием. Он переделывал все брэнднэймы, в названии которых встречалось слово «loser», и сладостно применял их к себе; «Loser-Jet» и «Loser-Max» хлестко ударяли по душе и позволяли забыть на секунду о надвигающемся позоре.

Впрочем, ближе к метро Татарский немного отвлекся. Там творилось что-то странное. Стояло оцеп-

Виктор Пелевин

ление — десятка два ментов с автоматами, которые переговаривались друг с дружкой по рациям, делая героические и таинственные лица. В центре оцепленного пространства небольшой кран грузил на платформу тягача обгоревшие остатки лимузина. Вокруг остова машины ходило несколько людей в штатском, которые внимательно оглядывали асфальт, подбирали с него что-то и укладывали в пластиковые пакеты вроде мусорных. Все это Татарский разглядел с возвышенности, а когда он спустился к станции, происходящее скрыла толпа, через которую не было никакой возможности пробиться. Потыкавшись в потные спины сограждан, Татарский вздохнул и пошел дальше.

Ханин был не в духе. Уронив лоб в ладонь, он чертил кончиком сигареты в пепельнице какие-то каббалистические знаки. Татарский сел на край стула напротив и, прижимая к груди папочку, сбивчиво заговорил:

— Я, конечно, написал. Как мог. Но я, по-моему, облажался, и Вовчику это давать не надо. Дело в том, что это такая тема... Такая, оказывается, непростая тема... Может быть я могу придумать слоган, или дополнить brand essence русской идеи, или как-то расширить то, что напишет Саша Бло, но концепцию мне делать рано. Я это не из скромности говорю, а объективно. В общем...

— Забудь, — перебил Ханин.

— А что такое?

— Завалили Вовчика.

— Как? — откинулся Татарский на стуле.

— А очень просто, — сказал Ханин. — У него вчера стрелка была с чеченами. Как раз возле твоего дома, кстати. Он на двух машинах подкатил, с бойцами, достойно все. Думал, как у людей будет. А эти гады за ночь окоп вырыли на холме напротив. И, как он подъехал, долбанули из двух огнеметов «шмель». А это вещь страшная. Дает объемный взрыв с температурой две тысячи градусов. У Вовчика машина бронированная была, только она ведь от нормальных людей бронированная, а не от выродков...

Ханин махнул рукой.

— Вовчика сразу, — добавил он тихо. — А остальных бойцов, кто после взрыва жив остался, из пулемета добили, когда они из машин повыскакивали. Я не понимаю, как с такими людьми бизнес вести. И люди ли они вообще. Н-да... Укатали сивку крутые урки...

Вместо приличествующей моменту скорби Татарский, к своему стыду, испытал облегчение, граничащее с эйфорией.

— Да, — сказал он, — теперь понимаю. Я сегодня одну из этих машин видел. Он прошлый раз на другой был, так что я ничего плохого не подумал даже. Мало ли, думаю, кого грохнули — каждый день ведь кого-то... А теперь вижу — все один к одному. И что это для нас значит в практическом плане?

— Отпуск, — сказал Ханин. — На неопределенный срок. Очень большой вопрос надо решать. Гамлетовский. Мне уже звонили с утра два раза.

— Из милиции? — спросил Татарский.

— Да. А потом из кавказского землячества. Пронюхали, гады, что коммерсант освободился. Как акулы. По запаху крови. Так что вопрос стоит теперь чисто конкретный. Черножопые крышу дают реально, а мусора просто деньги тянут. Чтоб на стрелку поехали, надо все сапоги им вылизать. Но грохнуть могут те и эти. А мусора, между прочим, особенно. Как они на меня сегодня наехали... Мы, говорят, знаем, что у тебя бриллианты. А какие у меня бриллианты? Скажи, какие?

— Не знаю, — ответил Татарский, вспомнив фотографию бриллиантового колье с обещанием вечности, виденную у Ханина в туалете.

— Ладно, ты не бери в голову. Живи, люби, работай... Тебя, кстати, ждут в соседней комнате.

— Кто? — вздрогнул Татарский.

— Да какой-то знакомый твой. Говорит, у него к тебе дело.

Морковин выглядел так же, как во время последней встречи, только в его проборе стало больше седых волос, а глаза сделались печальней и мудрее. На нем был строгий темный костюм, полосатый галстук и такой же платок в нагрудном кармане. Увидев Татарского, он встал со стула, широко улыбнулся и раскрыл руки для объятий.

— Ух, — сказал он, хлопая Татарского по спине, — ну и морда у тебя, Ваван. Давно пьешь-то?

— Только из штопора выхожу, — виновато ответил Татарский. — Мне тут такое задание дали, что иначе невозможно.

— Это ты о нем по телефону рассказывал?

— Когда?

— Не помнишь, что ли? Я так и думал. Ты сильно не в себе был. Говорил, что концепцию пишешь для Бога, а на тебя за это древний змей наезжает. Еще работу просил новую найти — говорил, что устал от мирского...

— Хватит, — сказал Татарский, поднимая ладонь. — Не гони волну. Я и так в говне по уши.

— Так тебе правда работа нужна?

— Еще как. Нас за одну ногу мусора тянут, а за другую чечены. Всех в отпуск гонят.

— Ну так пойдем. У меня, кстати, в машине пиво есть.

Морковин приехал на крошечном синем «БМВ», похожем на торпеду на колесах. Сидеть в нем было непривычно — тело принимало полулежачее положение, колени поднимались к груди, а дно кузова неслось так близко к асфальту, что мышцы живота непроизвольно сжимались каждый раз, когда машина подпрыгивала на очередной выбоине.

— Тебе на такой ездить не страшно? — спросил Татарский. — Вдруг кто-нибудь лом забудет в люке. Или железный прут из асфальта будет торчать...

Морковин ухмыльнулся.

— Я понимаю, о чем ты говоришь, — сказал он. — Но к этому ощущению я давно привык на работе.

Машина затормозила на перекрестке. Справа остановился красный джип с шестью мощными фарами на крыше. Татарский покосился на водителя — это был низколобый мужчина с мощными надбровными дугами, практически вся кожа которого была покрыта густой черной шерстью. Одна его рука поглаживала руль, а в другой была пластиковая бутылка «Пепси». Татарский вдруг сообразил, что машина Морковина гораздо круче, и испытал крайне редкое в своей жизни воздействие анального вау-фактора. Чувство, надо признать, было захватывающим. Высунув локоть в окно, он отхлебнул пива и поглядел на водителя джипа примерно так, как моряки с кормы авианосца смотрят на пигмея, подплывшего на плоту торговать гнилыми бананами. Водитель поймал взгляд Татарского, и некоторое время они смотрели друг другу в глаза. Татарский почувствовал, что мужчина в джипе воспринимает этот затянувшийся обмен взглядами как приглашение к схватке — когда машина Морковина наконец тронулась, на неглубоком дне его глаз уже закипала ярость. Татарский отметил, что уже видел где-то это лицо. «Наверно, киноактер», — подумал он.

Морковин выехал на свободную полосу и поехал быстрее.

— Понимаю, зачем ты на такой машине ездишь, — задумчиво сказал Татарский, косясь на красные угли приборной доски.

— Ну и зачем?

— Как бы это сказать... Для баланса ощущений.

Морковин поднял брови:

— А что. Можно и так сказать.

Татарский выкинул пустую банку в окно.

— Слушай, — спросил он, — а куда мы едем?

— В нашу организацию.

— Что за организация?

— Увидишь. Не хочу портить впечатление.

Через несколько минут машина затормозила у ворот в высокой решетчатой ограде. Ограда выгляде-

ла солидно — ее прутья походили на циклопические
чугунные копья с позолоченными наконечниками.
Морковин показал милиционеру в будке какую-то
карточку, и ворота медленно раскрылись. За ними
был огромный сталинский дом конца сороковых годов, похожий на что-то среднее между ступенчатой
мексиканской пирамидой и приземистым небоскре-
бом, выстроенным в расчете на низкое советское небо. Верхняя часть фасада была покрыта лепными
украшениями — склоненными знаменами, мечами,
звездами и какими-то зазубренными пиками; это
напоминало о древних войнах и забытом запахе по-
роха и славы. Сощурив глаза, Татарский прочитал
лепную надпись под самой крышей: «Вечная слава
героям!»

«Вечная слава — это им многовато будет, — мрачно подумал он. — Хватило бы и пенсии».

Татарский много раз проходил мимо этого здания; давным-давно кто-то говорил ему, что это сек-
ретный институт, где разрабатывают новые виды
оружия. Это было похоже на правду, потому что у
ворот висела казавшаяся приветом из античности
доска с гербом СССР и золотой надписью «Институт
пчеловодства». Татарский успел рассмотреть под ней
неброскую металлическую табличку со словами:
«Межбанковский комитет по информационным тех-
нологиям».

Место для парковки было плотно заставлено ма-
шинами; Морковин с трудом втиснулся между огромным белым «линкольном» и серебристой гоноч-
ной «маздой».

— Я хочу представить тебя своему начальству, —

сказал Морковин, запирая машину. — Веди себя естественно. Но не говори лишнего.

— А что значит «лишнее»? С чьей точки зрения?

Морковин покосился на него:

— Например, вот это твое высказывание. Оно совершенно лишнее.

Пройдя через двор, они вошли в боковой подъезд и оказались в сером мраморном зале с ненатурально высоким потолком, где сидело несколько охранников в черной униформе. Они выглядели куда серьезнее, чем обычные менты, и дело было не в чешских «скорпионах», которые висели у них на плечах. Менты просто не годились для сравнения — их синяя форма, излучавшая когда-то государственный гнет всеми своими пуговицами и лычками, давно уже вызывала у Татарского презрительное недоумение; за ней до такой степени ничего не стояло, что делалось все непонятнее — с какой стати эти люди постоянно останавливают машины на дорогах и требуют денег. Зато черная униформа охраны била наотмашь: дизайнер (Морковин сказал, что это Юдашкин) гениально соединил в ней эстетику зондеркоманды СС, мотивы фильмов-антиутопий о тоталитарном обществе будущего и ностальгические темы гей-моды времен Фредди Меркьюри. Подбитые ватой плечи, глубокий вырез на груди и раблезианский гульфик смешивались в такой коктейль, что связываться с одетыми в эту форму людьми не хотелось. Message был очевиден даже идиоту.

В лифте Морковин вынул маленький ключ, вставил его в скважину на панели и нажал самую верхнюю кнопку.

— И вот еще что, — сказал он, поворачиваясь к зеркальной стене и поправляя волосы. — Не бойся показаться дураком. Наоборот, бойся показаться очень умным.

— Почему?

— Потому что тогда немедленно возникнет вопрос: если ты такой умный, то почему ты нанимаешься на работу, а не нанимаешь на нее?

— Логично, — сказал Татарский.

— А вот цинизма побольше.

— Это легко.

Двери лифта открылись. За ними был коридор, выстланный серой ковровой дорожкой с желтыми звездами. Татарский вспомнил, что так же выглядит мостовая какого-то бульвара в Лос-Анджелесе. Коридор кончался черной дверью без таблички, над которой висела маленькая телекамера. Морковин дошел до середины коридора, достал из кармана телефон и набрал номер. Две или три минуты прошли в тишине. Морковин терпеливо ждал. Наконец на том конце линии ответили.

— Здорово, — сказал Морковин. — Это я. Да, привел. Вот он.

Морковин повернулся и поманил к себе Татарского, который оробело стоял у дверей лифта. Татарский подошел и по-собачьи поднял глаза на объектив камеры. Видимо, собеседник Морковина сказал что-то смешное, потому что Морковин захихикал и потрепал Татарского по плечу.

— Ничего, — сказал он, — обкатаем.

Замок щелкнул, и Морковин подтолкнул Татарского вперед. Дверь за ними сразу же закрылась. Они оказались в приемной, на стене которой висело старинное бронзовое зеркало с ручкой, а над ним — удивительной красоты венецианская карнавальная маска золотого цвета. «Где-то это было уже, — подумал Татарский, — маска и зеркало. Или нет? Весь день сегодня глючит...» Под маской помещался стол, за которым сидела секретарша холодной птичьей красоты.

— Здравствуй, Алла, — сказал Морковин.

Секретарша помахала ручкой и нажала кнопку на столе. Раздался тихий зуммер, и высокая звукоизолированная дверь в другом конце приемной открылась.

В первый момент Татарскому показалось, что просторный кабинет с зашторенными окнами пуст. Во всяком случае, за огромным письменным столом со сверкающими металлическими тумбами никого не было. Над столом — там, где в советское время полагалось быть портрету вождя, — висела картина в тяжелой круглой раме. Расположенный в центре белого поля цветной квадратик было трудно как следует разглядеть от двери, но Татарский узнал его по цветам — у него был такой же на бейсболке. Это был стандартный лэйбл с американским флагом и надписью «Made in USA. One size fits all». На другой стене была смонтирована строгая инсталляция — линия из пятнадцати консервных банок с портретами Энди Уорхолла в характерном для свиной тушенки картуше.

Татарский опустил глаза. Пол был покрыт настоящим персидским ковром с удивительной красоты рисунком, похожим на виденные когда-то в дет-

стве орнаменты из старинного издания «Тысячи и
одной ночи». Следуя за линиями узора, глаза Татарского по прихотливой спирали двинулись к центру
ковра и наткнулись на хозяина кабинета.

Это был молодой еще человек, коренастый толстячок с зачесанными назад остатками рыжеватых
волос и довольно располагающим лицом, который
лежал на ковре в самой непринужденной позе. Он
был труднозаметен из-за своей одежды, почти сли-
вавшейся по тону с ковром. На нем был пиджак типа
«оргазм плебея» — не деловая униформа и даже не
пижама, а нечто карнавально-запредельное, наряд,
который надевают особо расчетливые бизнесмены,
когда хотят вызвать у партнеров ощущение, будто
дела у них идут настолько хорошо, что им уже не надо заботиться о бизнесе и даже самое чудаковатое
поведение не в состоянии причинить им никакого
ущерба. Яркий ретро-галстук с развратной обезьян-
кой на пальме выбивался из-под его пиджака и розовым языком расстилался по ковру.

Но Татарского поразил не столько наряд молодого человека, сколько то, что его лицо было ему зна-
комо, причем очень хорошо, хотя он ни разу в жизни
с ним не встречался. Он видел это лицо в сотне мелких телевизионных сюжетов и рекламных клипов,
как правило на вторых ролях, но кто такой этот человек, он не знал. Последний раз это произошло
прошлым вечером, когда Татарский, раздумывая о
русской идее, рассеянно смотрел телевизор. Хозяин
кабинета появился в рекламе каких-то таблеток —
он был одет в белый халат и шапочку с красным кре-
стом, а на его полное лицо были наклеены светлая

бородка и усы, делавшие его похожим на доброго молодого Троцкого. Сидя на кухне в окружении охваченного непонятной эйфорией семейства, он назидательно говорил:

— В море рекламы легко заблудиться. А часто она еще и недобросовестна. Не так страшно, если вы ошибетесь при выборе кастрюли или стирального порошка, но, когда речь идет о лекарствах, вы ставите на карту свое здоровье. Подумайте, кому вы поверите — бездушной рекламе или вашему семейному доктору? Конечно! Ответ ясен! Только вашему семейному доктору, который советует принимать пилюли «Санрайз»!

«Понятно, — подумал Татарский, — это, значит, наш семейный доктор».

Семейный доктор между тем поднял руку в приветственном жесте, и Татарский заметил в его пальцах короткую пластиковую соломинку.

— Подсаживайтесь, — сказал он глуховатым голосом.

— Давно подсели, — ответил Морковин. Видимо, слова Морковина были обычной в этом месте присказкой, потому что хозяин кабинета с долей снисходительности кивнул головой.

Морковин взял со стола две соломинки, протянул одну Татарскому и прилег на ковер. Татарский последовал его примеру. Опустившись на ковер, он вопросительно поглядел на хозяина кабинета. Тот ласково улыбнулся в ответ. Татарский заметил на его запястье часы с браслетом из необычных звеньев разного размера. Заводная головка часов была украшена маленьким брильянтом; вокруг циферблата тоже были три спиральных брильянтовых кольца. Татарский вспомнил редакционную статью о дорогих часах, прочитанную в каком-то радикально-кислотном журнале, и уважительно сглотнул. Хозяин кабинета заметил его взгляд и посмотрел на свои часы.

— Нравятся? — спросил он.

— Еще бы, — сказал Татарский. — Если не ошибаюсь, «Piaget Possession»? Кажется, стоят семьдесят тысяч?

— Пеже позесьон? — Тот поглядел на циферблат. — Да, действительно. Не знаю, сколько стоят.

— Господин Пеже со своими пацаками, — сказал Морковин.

Хозяин кабинета явно не понял шутки.

— Вообще, — быстро добавил Морковин, — ничто так не выдает принадлежность человека к низшим классам общества, как способность разбираться в дорогих часах и автомобилях.

Татарский покраснел и опустил взгляд.

Участок ковра перед его лицом был покрыт узором, изображавшим разноцветные фантастические цветы с длинными лепестками. Татарский заметил, что ворсинки ковра густо, как инеем, покрыты крошечными белыми катышками, похожими на цветочную пыльцу. Он покосился на Морковина. Морковин вставил трубочку в ноздрю, зажал другую пальцем и провел свободным концом трубочки по лепестку небывалой фиолетовой ромашки. Татарский понял наконец, в чем дело.

Несколько минут тишину в комнате нарушало только сосредоточенное сопение. Наконец хозяин кабинета приподнялся на локте.

— Ну как? — спросил он, глядя на Татарского. Татарский оторвался от бледно-пурпурной розы, которую он самозабвенно обрабатывал. Обида успела совершенно отпустить.

— Отлично, — сказал он, — просто отлично!

Говорить было легко и приятно; если он и чувствовал некоторую скованность, когда входил в этот огромный кабинет, то теперь она исчезла без следа. Кокаин был настоящим и почти не разбодяженным — разве что чувствовался слабый привкус анальгина.

— Вот только я не понимаю, — продолжил Татарский, — почему такая технология? Это, конечно, изысканно, но как-то необычно!

Морковин с хозяином кабинета переглянулись.

— Ты вывеску на нашей конторе видел? — спросил хозяин. — «Институт пчеловодства»?

— Видел, — сказал Татарский.

— Ну вот. А мы тут вроде пчелок.

Все трое засмеялись, и смеялись очень долго, даже тогда, когда причина смеха успела забыться. «Эх, — с умилением подумал Татарский, — есть же на свете хорошие люди!»

Наконец веселье угасло. Хозяин кабинета поглядел по сторонам, как бы вспоминая, зачем он здесь, и, видимо, вспомнил.

— Так, — сказал он, — к делу. Морковка, подожди у Аллы. Я с человеком поговорю.

Морковин торопливо обнюхал пару райских васильков, поднялся и вышел. Встав, хозяин кабинета потянулся, прошел за письменный стол и опустился в кресло.

— Присаживайся, — сказал он.

Татарский сел в кресло напротив стола. Оно было очень мягким и таким низким, что он провалился в него, как в сугроб. Подняв глаза, Татарский обомлел. Стол нависал над ним, как танк над окопом, и это сходство явно не было случайным. Две тумбы, украшенные пластинами из гофрированного никеля, выглядели точь-в-точь как широкие гусеничные траки, а картина в круглой раме, висевшая на стене, оказалась прямо за головой хозяина кабинета и напоминала теперь крышку люка, из которого он высунулся, — сходство усиливалось тем, что над столом были видны только его голова и плечи. Несколько секунд он наслаждался произведенным эффектом, а потом встал, перегнулся над своим танком и протянул Татарскому руку:

— Леонид Азадовский.

— Владимир Татарский, — сказал Татарский, приподнимаясь и пожимая пухлую вялую ладонь.

— Ты не Владимир, а Вавилен, — сказал Азадовский. — Я про это знаю. Только и я не Леонид. У меня папаша тоже мудак был. Он меня знаешь как назвал? Легионом. Даже не знал, наверно, что это слово значит. Сначала я тоже горевал. Зато потом выяснил, что про меня в Библии написано, и успокоился. Значит, так...

Азадовский зашелестел разбросанными по столу бумагами.

— Что там у нас... Ага. Посмотрел я твои работы. Мне понравилось. Молодец. Такие нам нужны. Только вот местами... не до конца верю. Вот, например, ты пишешь: «коллективное бессознательное». А ты знаешь, что это такое?

Татарский пошевелил в воздухе пальцами, подбирая слова.

— На уровне коллективного бессознательного, — ответил он.

— А ты не боишься, что найдется кто-то, кто знает отчетливо?

Татарский шмыгнул носом.

— Господин Азадовский, — сказал он, — я этого не боюсь. Потому не боюсь, что все, кто отчетливо знает, что такое «коллективное бессознательное», давно торгуют сигаретами у метро. В той или иной форме, я хочу сказать. Я и сам у метро сигаретами торговал. А в рекламный бизнес ушел, потому что надоело.

Азадовский несколько секунд молчал, обдумывая услышанное. Потом он усмехнулся.

— Ты хоть во что-нибудь веришь? — спросил он.

— Нет, — сказал Татарский.

— Ну хорошо, — сказал Азадовский и снова заглянул в бумаги, на этот раз в какую-то разграфленную анкету. — Так... Политические взгляды — что там у нас? Написано «upper left»[1]. Не понимаю. Вот, блядь, дожили — скоро в документах вообще все по-английски будет. Ты по политическим взглядам кто?

— Рыночник, — ответил Татарский, — довольно радикальный.

— А конкретнее?

— Конкретнее... Скажем так, мне нравится, когда у жизни большие сиськи. Но во мне не вызывает ни малейшего волнения так называемая кантовская

---

[1] Верхнелевые (*англ.*).

сиська в себе, сколько бы молока в ней ни плескалось. И в этом мое отличие от бескорыстных идеалистов вроде Гайдара...

Зазвонил телефон, и Азадовский жестом остановил разговор. Взяв трубку, он несколько минут слушал, и его лицо постепенно сложилось в гримасу отвращения.

— Ищите дальше, — буркнул он, бросил трубку на рычаг и повернулся к Татарскому: — Так чего там про Гайдара? Только короче, а то сейчас опять звонить будут.

— Если короче, — сказал Татарский, — в гробу я видел любую кантовскую сиську в себе со всеми ее категорическими императивами. На рынке сисек нежность во мне вызывает только фейербаховская сиська для нас. Такое у меня видение ситуации.

— Вот и я так думаю, — совершенно серьезно сказал Азадовский, — пусть лучше небольшая, но фейербаховская...

Телефон зазвонил опять. Азадовский взял трубку, послушал немного, и его лицо расцвело широкой улыбкой:

— Вот это я хотел услышать! Контрольный сделали? Хвалю.

Видимо, новость была очень хорошей — встав, Азадовский потер руки, пружинисто пошел к встроенному в стену шкафу, достал из него большую клетку, на дне которой что-то быстро заметалось, и перенес ее на стол. Клетка была старой, со следами ржавчины, и походила на скелет абажура.

— Что это? — спросил Татарский.

— Ростропович, — ответил Азадовский.

Он открыл дверцу, и из клетки на стол вылез маленький белый хомячок. Посмотрев на Татарского маленькими красными глазками, он спрятал мордочку в лапки и потер нос. Азадовский сладко вздохнул, достал из стола что-то вроде сумочки для инструментов, раскрыл ее и выложил на стол пузырек японского клея, пинцет и маленькую баночку.

— Подержи его, — велел он. — Да не бойся, не укусит.

— Как его держать? — вставая с кресла, спросил Татарский.

— Возьми за лапки и разведи их в стороны. Как исусика. Ага, вот так.

Татарский заметил на грудке хомячка несколько зубчатых металлических кружков, похожих на часовые шестеренки. Вглядевшись, он увидел, что это маленькие копии орденов, выполненные с удивительным искусством, — кажется, в них даже мерцали крошечные камни, что усиливало сходство с деталями часов. Ни одного из орденов он не узнал — они явно относились к другой эпохе и напоминали регалии с мундира екатерининского полководца.

— Кто это ему дал? — спросил он.

— А кто ж ему даст, если не я, — пропел Азадовский, вынимая пинцетом из баночки короткую ленточку из синего муара. — Держи крепче.

Выдавив на лист бумаги каплю клея, он ловко провел по ней ленточкой и приложил ее к брюшку хомяка.

— Ой, — сказал Татарский, — он, кажется...

— Обосрался, — констатировал Азадовский,

окуная в клей зажатую в пинцете бриллиантовую снежинку, — это он от радости. Оп...

Бросив пинцет на стол, он наклонился к хомячку и несколько раз сильно дунул ему на грудь.

— Сохнет мгновенно, — сообщил он. — Можешь отпускать.

Хомячок суетливо забегал по столу — подбегая к краю, он опускал мордочку, словно пытаясь разглядеть далекий пол, мелко тряс ею и пускался на другой край, где повторялось то же самое.

— За что ему орден? — спросил Татарский.

— А настроение хорошее. Что, завидно?

Поймав хомячка, Азадовский кинул его назад в клетку, запер ее и отнес обратно в шкаф.

— Почему у него имя такое странное?

— Знаешь, Вавилен, — сказал Азадовский, садясь за стол, — чья бы корова мычала, а твоя б молчала.

Татарский вспомнил совет не говорить и не спрашивать лишнего. Азадовский убрал наградные принадлежности в стол, смял испачканный клеем лист и швырнул его в корзину.

— Короче, мы тебя берем с испытательным сроком в три месяца, — сказал он. — У нас сейчас свой отдел рекламы, но мы не столько ее сами разрабатываем, сколько координируем работу нескольких крупных агентств. Типа не играем, а счет ведем. Так что будешь пока сидеть в отделе внутренних рецензий, на третьем этаже в соседнем подъезде. Мы к тебе приглядимся, подумаем, а потом, если подойдешь, переведем на более ответственный участок. Видел, сколько у нас этажей?

— Видел, — сказал Татарский.

— Вот то-то. Пространство для роста не ограничено. Вопросы есть?

Татарский решился задать вопрос, мучивший его с первого момента встречи.

— Скажите, господин Азадовский, я вчера видел клип про какие-то пилюли — это не вы там играли доктора?

— Ну я, — сухо сказал Азадовский. — А что, нельзя?

Отведя взгляд от Татарского, он взял трубку и открыл записную книжку. Татарский понял, что аудиенция окончена. Нерешительно переступив с ноги на ногу, он поглядел на ковер.

— А можно ли...

Азадовский понял его с полуслова. Улыбнувшись, он вытащил соломинку из вазочки и кинул ее на стол.

— Говно вопрос, — сказал он и принялся набирать номер.

ОБЛАКО В ШТАНАХ

Стержневым элементом офисного пространства был пронзительный голос кухарки с Западной Украины, доносившийся почти весь день из небольшого буфета. На него, как на веревку, нанизывались все остальные звенья звуковой реальности: звонки телефонов, голоса, пищание факса и жужжание принтера. И уже вокруг этого сгущались материальные предметы и люди, населявшие комнату, — так, во всяком случае, казалось Татарскому вот уже несколько месяцев.

— Короче, еду я вчера по Покровке, — тенорком рассказывал секретарше залетевший с улицы сигаретный критик, — торможу у перекрестка. Пробка. А рядом со мной «Чайка». И, значит, выходит из нее реально крутой чечен и глядит по сторонам с таким видом, словно ему насрать на всех с высокой колокольни. Стоит он так, знаешь, наслаждается, и тут вдруг рядом останавливается такой реальный «кадиллак». И вылазит из него такая девчушка, в рваных джинсах и кедах, и шнырь к ларьку за пепсиколой. Представляешь себе этого чечена? Такое проглотить!

— Ну! — отвечала секретарша, не отрываясь от компьютерных клавиш.

За спиной Татарского тоже говорили, причем очень громко. Выслуживался один его подчиненный, пожилой редактор из партийных журналистов, — он взвинченным басом распекал кого-то через селектор. Татарский чувствовал, что редактор говорит так оглушительно, безжалостно и бодро исключительно в расчете на его уши. Это раздражало, и отвечавший из селектора голос, печальный и тонкий, рождал сочувствие.

— Одну исправил, а другую нет, — тихо говорил этот голос. — Так произошло.

— Ну и ну, — рявкал редактор. — Ты о чем вообще думаешь на работе? У тебя идут два материала — один называется «Узник совести», а другой «Евнухи гарема», да?

— Да.

— Ты берешь оба заголовка в карман, меняешь

фонт, а потом на странице тридцать пять находишь «Узника гарема», да?

— Да.

— Так можно, наверно, догадаться, что на странице семьдесят четыре у тебя будут «Евнухи совести»? Или ты совсем мудак?

— Совсем мудак, — соглашался печальный голос.

«Оба вы мудаки», — подумал Татарский. С самого утра его мучила депрессия — скорее всего, из-за затяжного дождя. Он сидел у окна и глядел на поток автомобилей, катящих по проспекту сквозь мутные струи. Старые, собранные еще при советской власти «Лады» и «Москвичи» ржавели вдоль тротуаров как мусор, выброшенный рекой времени на грязный берег. Сама река времени состояла в основном из ярких иномарок, из-под шин которых били фонтаны воды.

На столе перед Татарским лежала пачка «Золотой Явы» в рекламной картонной оправе и стопка бумаги. Он медленно вывел на верхнем листе слово «mercedes».

«Вот, взять хотя бы «мерседес», — вяло подумал он. — Машина, конечно, классная, ничего не скажешь. Но почему-то наша жизнь так устроена, что проехать на нем можно только из одного говна в другое...»

Наклонив голову к окну, он поглядел на стоянку. Там белела крыша купленного им месяц назад белого «мерседеса» второй свежести, который уже начинал понемногу барахлить.

Вздохнув, он поменял местами «с» и «d». Получилось «merdeces».

«Правда, — поплелась его мысль дальше, — где-то начиная с пятисотого или, пожалуй, даже с триста восьмидесятого турбодизеля это уже не имеет значения. Потому что к этому моменту сам становишься таким говном, что ничего вокруг тебя уже не испачкает. То есть говном, конечно, становишься не потому, что покупаешь шестисотый «мерседес». Наоборот. Возможность купить шестисотый «мерседес» появляется именно потому, что становишься говном...»

Он еще раз посмотрел в окно и дописал:

«Merde-SS. В смысле магического ордена ездунов-изуверов».

Неожиданно его мысли приняли радикально другое направление, и по душе прокатилась волна профессиональной бодрости. Он выхватил из стопки новый лист и быстро написал на нем:

Плакат: золотой двуглавый орел с короной над головами, висящий в воздухе. Под ним — черный лимузин с двумя мигалками по бокам крыши (головы орла расположены точно над мигалками). Фон — цвета триколора. Слоган:

«МЕРСЕДЕС-600»
СТИЛЬНЫЙ, ДЕРЖАВНЫЙ

Однако пора было возвращаться к работе. Вернее, не возвращаться, а начинать ее. Надо было писать внутреннюю рецензию на рекламную кампанию «Золотой Явы», а потом на сценарии роликов для мыла «Камэй» и мужских духов «Гуччи». С «Явой» была настоящая засада. Татарский так и не понял, хорошего отзыва от него ждут или нет, и было неясно, в каком направлении сдвигать мысли. Поэтому он решил начать со сценариев. Мыльный текст занимал шесть страниц убористым шрифтом. Брезгливо открыв последнюю страницу, Татарский прочел финальный абзац:

Затемнение. Героиня засыпает, и ей снятся волны блестящих светлых волос, которые жадно впитывают льющуюся на них с неба голубую жидкость, полную протеинов, витамина B-5 и бесконечного счастья.

Поморщившись, он взял со стола красный карандаш и написал под текстом:

Литературщина. Сколько раз повторять: нам тут нужны не творцы, а криэйторы. Бесконечное счастье не передается посредством визуального ряда. Не пойдет.

Сценарий для «Гуччи» был намного короче:

В кадре — дверь деревенского сортира. Жужжат мухи. Дверь медленно открывается, и мы видим сидящего над дырой худенького мужичка с похмельным лицом, украшенным усиками подковой. На экране титр: «Литературный обозреватель Павел Бисинский». Мужичок поднимает взгляд в камеру и, как бы продолжая давно начатую беседу, говорит:

— Спор о том, является ли Россия частью Европы, очень стар. В принципе настоящий профессионал без труда может сказать, что думал по этому поводу Пушкин в любой период своей жизни, с точностью до нескольких месяцев. Например, в 1833 году в письме князю Вяземскому он писал...

В этот момент раздается громкий треск, доски под мужичком подламываются, и он обрушивается в яму. Слышен громкий всплеск. Камера наезжает на яму, одновременно поднимаясь (модель движения камеры — облет «Титаника»), и показывает сверху поверхность темной жижи. Из нее выныривает голова обозревателя, которая поднимает глаза и продолжает прерванную погружением фразу:

— Возможно, истоки надо искать в разделе церквей. Крылов не зря говорил Чаадаеву: «Посмотришь иногда по сторонам, и кажется, что живешь не в Европе, а просто в каком-то...»

Что-то сильно дергает обозревателя вниз, и он с бульканьем уходит на дно. Наступает тишина, нарушаемая только гудением мух. Голос за кадром:

GUCCI FOR MEN
БУДЬ ЕВРОПЕЙЦЕМ. ПАХНИ ЛУЧШЕ

Татарский вооружился синим карандашом.

Очень хорошо, — написал он под текстом. — Утвердить, только заменить мух Машей Распутиной, литературного обозревателя — новым русским, а Пушкина, Крылова и

Чаадаева — другим новым русским. Сортир обтянуть розовым шелком. Переписать монолог — говорящий вспоминает драку в ресторане на Лазурном берегу. Пора завязывать с литературоведением и думать о реальном клиенте.

Сценарий вдохновил Татарского, и он решил наконец разобраться с «Явой». Взяв в руку рецензируемый объект, он еще раз внимательно его оглядел. Это была пачка сигарет, к ней была приклеена полая картонная коробка такого же размера. На картонке был изображен Нью-Йорк с высоты птичьего полета, на который боеголовкой пикировала пачка «Золотой Явы». Под рисунком была подпись: «Ответный Удар». Подтянув к себе чистый лист, Татарский некоторое время колебался, какой карандаш выбрать — красный или синий. Положив их рядом, он закрыл глаза, покрутил над ними ладонью и ткнул вниз пальцем. Выпал синий.

Большой удачей, — застрочил Татарский синей скорописью, — следует, несомненно, признать использование в рекламе идеи и символики ответного удара. Это отвечает настроениям широких слоев люмпен-интеллигенции, являющейся основным потребителем этих сигарет. В средствах массовой информации уже долго муссируется необходимость противопоставления чего-то здорового и национального засилью американской поп-культуры и пещерного либерализма. Проблема заключается в нахождении этого «чего-то». Во внутренней рецензии, не предназначенной для посторонних глаз, мы можем констатировать, что оно начисто отсутствует. Авторы рекламной концепции затыкают эту смысловую брешь пачкой «Золотой Явы», что, несомненно, приведет к чрезвычайно благоприятной психологической кристаллизации у потенциального потребителя. Она выразится в следующем: потребитель будет подсознательно считать, что с каждой выкуренной сигаретой он чуть приближает планетарное торжество русской идеи...

После короткого колебания Татарский переписал «русскую идею» с заглавных букв.

С другой стороны, необходимо рассматривать совокупное воздействие всей символики, сливающейся в brand essence. В этой связи представляется, что сочетание слогана «Ответный Удар» с логотипом компании «British-American Tobaccos Co.», выпускающей эти сигареты, может вызвать у части target group своего рода умственное короткое замыкание. Возникает закономерный вопрос: падает ли пачка на Нью-Йорк или, наоборот, стартует оттуда? В последнем случае (а это предположение кажется более логичным, так как пачка расположена крышкой вверх) неясно, почему удар называется ответным.

Из-за окна донесся быстрый перезвон колокола с расположенной неподалеку церквушки. Несколько секунд Татарский задумчиво слушал, а потом написал:

И поневоле задумываешься об изначальном превосходстве западной пропаганды, в более широком смысле — о невозможности информационной конкуренции интровертного общества с экстравертным.

Перечитав последнее предложение, Татарский нашел, что от него разит закомплексованным русопятством, зачеркнул его и решительно закрыл тему:

Впрочем, к таким сложным аналитическим умозаключениям способна лишь самая низкообеспеченная часть target group, так что вряд ли эта промашка существенно скажется на объемах продаж. Поэтому проект следует утвердить.

На столе зазвонил телефон, и Татарский снял трубку:

— Алло.

— Татарский! К шефу на ковер, — сказал Морковин.

Велев секретарше перепечатать написанное, Татарский спустился вниз. Дождь еще шел. Подняв воротник, он помчался через двор к другому крылу. Дождь был сильным, и он промок почти насквозь, пока добежал до входа в мраморный холл. «Неужели нельзя было внутри переход сделать, — подумал он с

234

раздражением, — дом-то один. Весь ковер изгажу». Но вид охраны с автоматами подействовал на него успокаивающе. Один из охранников со «скорпионом» на плече ждал его у лифта, поигрывая ключом на цепочке.

В приемной Азадовского сидел Морковин.

Увидев мокрого Татарского, он довольно засмеялся:

— Чего, ноздри раскатал, да? Обломайся. Леня в отъезде, так что сегодня никакого пчеловодства.

Татарский почувствовал, что в приемной чего-то не хватает. Оглядев комнату, он заметил, что со стены пропали круглое зеркало и золотая маска.

— Куда это он поехал?

— В Багдад.

— А зачем?

— Там развалины Вавилона рядом. Чего-то его пробило на башню эту подняться, которая там осталась. Он мне фотографию показывал — очень круто.

Татарский не подал виду, что на него как-то подействовало услышанное. Стараясь, чтобы его движения выглядели естественно, он взял со стола сигареты и закурил.

— А чего это ему интересно так? — спросил он.

— Говорит, душа высоты хочет. Что это ты побледнел?

— Не курил два дня, — сказал Татарский. — Бросить хотел.

— Купи пластырь никотиновый.

Татарский уже пришел в себя.

— Слушай, — сказал он, — а я вчера Азадовского опять в двух клипах видел. Я его каждый раз вижу, как телевизор включу. Или в кордебалете танцует, или прогноз погоды объявляет. Что это все значит? Почему так часто? Сниматься любит?

— Да, — сказал Морковин, — есть у него такая слабость. Мой тебе совет — ты в это пока не суйся. Потом, может быть, узнаешь. Идет?

— Ладно.

— Давай к делу. Что у нас нового по сценарию для «калашникова»? Только что их брэнд-менеджер звонил.

— Нового ничего. Все то же самое: два деда сбивают Бэтмена над Москворецким рынком. Бэтмен, короче, падает на жаровню для шаурмы и бьет по пыли перепончатым крылом, а потом его закрывает хоровод баб в сарафанах.

— А почему два деда?

— У одного укороченный, а у другого — нормальный. Они весь спектр моделей просили.

Морковин немного подумал.

— Лучше, наверно, не два деда, а отец и сын. У отца нормальный, а у сына — укороченный. И тогда уж давай не только Бэтмена, а сразу Спауна, Найтмена и всю эту ихнюю пиздабратию. Бюджет огромный, надо закрывать.

— Если по уму, — сказал Татарский, — то у сына нормальный, а у отца укороченный.

Морковин подумал еще немного.

— Правильно, — согласился он. — Рубишь. Только не надо матери с подствольником, будет перебор. Ладно, я тебя не для этого вызвал. У меня хорошие новости.

Он сделал интригующую паузу.

— Это какие? — спросил Татарский с вялым энтузиазмом.

— Первый отдел тебя наконец проверил. Так что идешь на повышение — Азадовский велел тебя в курс ввести. Что я сейчас и сделаю.

В буфете было пустынно и тихо. В углу на штанге висел большой телевизор с отключенным звуком, передававший программу новостей. Кивнув Татарскому на столик у телевизора, Морковин подошел к стойке и вернулся с двумя стаканами и бутылкой «Smirnoff citrus twist».

— Выпьем. А то ты мокрый — простудишься.

Сев за столик, он каким-то особым образом потряс бутылку и долго разглядывал возникшие в жидкости мелкие пузырьки.

— Нет, ну надо же, — сказал он с изумлением. — Я понимаю, в ларьке на улице... Но даже тут поддельная. Точно говорю, самопал из Польши... Во как прыгает! Вот что значит апгрейд...

Татарский понял, что последняя фраза относится не к водке, а к телевизору, и перевел взгляд с мутной от пузырьков водки на экран, где румяный хохочущий Ельцин быстро-быстро резал воздух беспалой ладонью и что-то взахлеб говорил.

— Апгрейд? — спросил Татарский. — Это что, стимулятор такой?

— И кто только такие слухи распускает, — покачал головой Морковин. — Зачем. Просто частоту подняли до шестисот мегагерц. Кстати, сильно рискуем.

— Опять не понял, — сказал Татарский.

— Раньше такой сюжет два дня считать надо было. А теперь за ночь делаем. Поэтому и жестов больше можем посчитать, и мимики.

— А что считаем-то?

— Да вот его и считаем, — сказал Морковин и кивнул на телевизор. — И всех остальных тоже. Трехмерка.

— Трехмерка?

— Если по науке, то «три-дэ модель». А мужики их «трехмерзостью» называют.

Татарский уставился на приятеля, стараясь понять, шутит тот или говорит всерьез. Тот молча выдержал его взгляд.

— Ты что мне такое рассказываешь?

— То и рассказываю, что Азадовский велел. В курс ввожу.

Татарский посмотрел на экран. Теперь показывали думскую трибуну, на которой стоял мрачный, как бы только что вынырнувший из омута народного остервенения оратор. Неожиданно Татарскому показалось, что депутат действительно неживой — его тело было совершенно неподвижным, шевелились только губы и изредка веки.

— И этот тоже, — сказал Морковин. — Только его погрубей просчитывают, их много слишком. Он эпизодический. Это полубобок.

— Чего?

— Ну, мы так думских трехмеров называем. Динамический видеобарельеф — проработка вида под одним углом. Технология та же, но работы меньше на два порядка. Там два типа бывает — бобок и полубобок. Видишь, ртом шевелит и глазами? Значит, полубобок. А вон тот, который спит над газетой, — это бобок. Такой вообще на винчестер влазит. У нас, кстати, отдел законодательной власти недавно премию получил. Азадовский смотрел вечером новости, а там депутаты про телевидение говорят, что продажное, блядское и так далее. Азадовский, натурально, в обиду — разбор хотел начинать, трубку даже снял. Уже номер набирает и вдруг думает — с кем разбираться-то? Не, хорошо работаем, раз самих пробивает.

— Так что, они все — того?

— Все без исключения.

— Да ладно, не гони, — неуверенно сказал Татарский. — Их же столько народу каждый день видит.

— Где?

— По телевизору... А, ну да... То есть как... Но ведь есть же люди, которые с ними встречаются каждый день.

— Ты этих людей видел?

— Конечно.

— А где?

Татарский задумался.

— По телевизору, — сказал он.

— То есть понимаешь, к чему я клоню?

— Начинаю, — ответил Татарский.

— Вообще-то чисто теоретически ты можешь встретить человека, который скажет тебе, что сам их видел или даже знает. Есть специальная служба, «Народная воля». Больше ста человек, бывшие гэбисты, всех Азадовский кормит. У них работа такая — ходить и рассказывать, что они наших вождей только что видели. Кого у дачи трехэтажной, кого с блядью-малолеткой, а кого в желтой «ламборджини» на Рублевском шоссе. Но «Народная воля» в основном по пивным и вокзалам работает, а ты там не бегаешь.

— Ты правду говоришь? — спросил Татарский.

— Правду, правду.

— Но ведь это же грандиозное надувательство.

— Ой, — наморщился Морковин, — только этого не надо. Надуем — громче хлопнут. Да ты чего? По своей природе любой политик — это просто телепередача. Ну, посадим мы перед камерой живого человека. Все равно ему речи будет писать команда спичрайтеров, пиджаки выбирать — группа стилистов, а решения принимать — Межбанковский комитет. А если его кондрашка вдруг хватит — что, опять всю бодягу затевать по новой?

— Ну допустим, — сказал Татарский. — Но как это можно делать в таком объеме?

— Тебя технология интересует? Могу рассказать в общих чертах. Сначала нужен исходник. Восковая модель или человек. С него снимается облачное тело. Знаешь, что такое облачное тело?

— Это что-то типа астрального?

— Нет. Это тебя какие-то лохи запутали. Облачное тело — это то же самое, что цифровое облако. Просто облако точек. Его снимают или щупом, или лазерным сканером. Потом эти точки соединяют — накладывают на них цифровую сетку и сшивают щели. Там сразу несколько процедур — stitching, clean-up и так далее.

— А чем сшивают?

— Цифрами. Одни цифры сшивают другими. Я вообще сам не все до конца понимаю — гуманитарий, сам знаешь. Короче, когда мы всё сшили и зачистили, получаем модель. Они бывают двух видов — полигональные и так называемый nurbs patch. Полигональные — из треугольничков, а «нурбс» — из кривых, это продвинутая технология, для серьезных трехмеров. Депутаты все полигональные — возни меньше и лица народнее. Ну вот, когда модель готова, в нее вставляют скелет. Тоже цифровой. Это как бы палочки на шарнирах — действительно, выглядит на мониторе как скелет, только без ребер. И вот этот скелет анимируют, как мультфильм, — ручка сюда, ножка туда. Вручную, правда, мы уже не делаем. У нас специальные люди есть, которые скелетами работают.

— Скелетами?

Морковин поглядел на часы.

— Сейчас как раз съемка в третьем павильоне. Пойдем посмотрим. А то я тебе до вечера объяснять буду.

Помещение, куда Татарский робко вошел вслед за Морковиным через несколько минут, походило на мастерскую художника-концептуалиста, получившего большой грант на работу с фанерой. Это был зал высотой в два этажа, заставленный множеством фанерных конструкций разной формы и не очень ясного назначения, — тут были ведущие в никуда лестницы, недоделанные трибуны, фанерные плоскости, спускавшиеся к полу под разными углами, и даже длинный фанерный лимузин. Ни камеры, ни софитов Татарский не заметил — зато у стены громоздилось множество непонятных электрических ящиков, похожих на музыкальную аппаратуру, возле которых сидело на стульях четверо человек, по виду инженеров. На полу возле них стояла полупустая бутылка водки и множество пивных банок. Один из инженеров, в наушниках, глядел в монитор. Морковину приветственно помахали руками, но никто не стал отвлекаться от работы.

— Эй, Аркаша, — позвал человек в наушниках. — Ты будешь смеяться, но придется еще раз.

— Что? — раздался сиплый голос из центра зала.

Татарский обернулся на голос и увидел странное приспособление — фанерную горку вроде тех, что бывают на детских площадках, только выше. Скат горки обрывался над гамаком, растянутым на деревянных стойках, а на ее вершину вела алюминиевая стремянка. Рядом с гамаком сидел на полу пожилой грузный человек с лицом милицейского ветерана. На нем были тренировочные штаны и майка с надписью «Sick my duck»[1]. Надпись показалась Татарскому слишком сентиментальной и не вполне грамотной.

— То, Аркаша, то. Давай по новой.

— Сколько ж можно, — пробормотал Аркаша. — Голова кружится.

— Да ты накати еще стакан. У тебя как-то зажато выходит. Серьезно, накати.

— До меня еще прошлый стакан не доехал, — отозвался Аркаша, поднялся с пола и побрел к инженерам.

Татарский заметил, что к его запястьям, локтям, коленям и щиколоткам прикреплены небольшие

---

[1] Больная моя уточка (*англ.*).

диски из черной пластмассы. Такие же были и на его теле — всего Татарский насчитал четырнадцать.

— Кто это? — шепотом спросил он.

— Это Аркаша Коржаков. Не, не думай. Просто однофамилец. Он скелетоном Ельцина работает. Та же масса, те же габариты. К тому же актер — раньше в ТЮЗе работал на шекспировских ролях.

— А что он делает?

— Сейчас увидишь. Хочешь пива?

Татарский кивнул. Морковин принес две банки «Туборга» и какую-то фотографию. Со странным чувством Татарский увидел на банке знакомого человека в белой рубахе — Tuborg man все так же вытирал платком пот со лба, страшась продолжить свое окончательное путешествие.

Выпив, Аркаша вернулся к горке, вскарабкался по стремянке вверх и замер над фанерным скатом.

— Начинать? — спросил он.

— Подожди, — сказал человек в наушниках, — сейчас откалибруем заново.

Аркаша присел на корточки и взялся рукой за край площадки, сделавшись похожим на огромного жирного голубя.

— Что это на нем за шайбы? — спросил Татарский.

— Это датчики, — ответил Морковин. — Технология «Motion capture». Они у него там же, где у скелетона шарниры. Когда Аркаша двигается, снимаем их траекторию. Потом ее фильтруем чуть-чуть, совмещаем с моделью, и машина все считает. Это новая система, «Star Trak». Самая сейчас крутая на рынке. Без проводов, тридцать два датчика, работает где угодно — но и стоит, сам понимаешь...

Человек в наушниках оторвался от монитора.

— Готово, — сказал он. — Значит, повторяю по порядку. Сначала обнимаешь, потом приглашаешь спуститься, потом спотыкаешься. Только когда рукой вниз будешь делать, величественнее и медленнее. А падай по полной, наотмашь. Понял?

— Понял, — пробурчал Аркаша и осторожно встал. Его чуть покачивало.

— Начали.

Аркаша повернулся влево, развел руки и медленно сомкнул их в пустоте. Татарский поразился — его движения мгновенно наполнились государственным величием и державной неспешностью. Сначала Татарский вспомнил про систему Станиславского, но сразу же понял, что Аркаша просто с трудом балансирует на пятачке высоко над полом, изо всех сил стараясь не упасть. Разжав объятия, Аркаша широким жестом указал своему невидимому спутнику на скат, шагнул к нему, качнулся на краю фанерной бездны и безобразно обрушился вниз. За время падения он два раза перекувырнулся, и, если бы не гамак, в который приземлилось его грузное тело, не обошлось бы без членовредительства. Упав, Аркаша так и остался лежать в гамаке, обхватив руками голову. Инженеры столпились вокруг монитора и стали тихо о чем-то спорить.

— Что это такое будет? — спросил Татарский.

Морковин молча протянул ему фотографию.

Татарский увидел какой-то кремлевский зал с малахитовыми колоннами, в который спускалась широкая мраморная лестница с красной ковровой дорожкой.

— Слушай, а почему его бухим показывают, если он виртуальный?

— Рейтинг повышаем.

— У него от этого рейтинг растет?

— Да не у него. Какой у электромагнитной волны рейтинг. У канала. Почему в новостях в праймтайм минута сорок тысяч стоит, прикидывал?

— Уже прикинул. А давно его... того?

— После танца в Ростове. Когда он со сцены упал. Пришлось в коды переводить в аварийном режиме. Помнишь, операцию делали по шунтированию? Проблем была куча. Когда доцифровывали, все уже в респираторах работали. С тех пор под фанеру и пашем.

— А как лицо делают? — спросил Татарский. — Жесты, мимику?

— То же самое. Только не магнитная система, а оптическая, «Adaptive optics». А для рук — перчатки «CyberGlove». Два пальца на одной отрезали — и порядок.

— Эй, мужики, — сказал кто-то из инженеров, — вы бы потише, а? Аркаше сейчас опять прыгать. Пусть отдохнет.

— Что? — спросил Аркаша, приподнимаясь в гамаке. — Да вы чего, опухли?

— Пойдем, — сказал Морковин.

Следующее помещение, куда Морковин привел Татарского, называлось «Виртуальной студией». Несмотря на название, в ней стояли самые настоящие камеры и софиты, которые приятно грели. Студия была большой комнатой с зелеными стенами и полом, где снимали нескольких человек в модном сельскохозяйственном прикиде. Обступив пустое пространство, они вдумчиво кивали головами, а один мял в руках спелый пшеничный колос. Морковин объяснил, что это зажиточные фермеры, которых дешевле снимать на «кодак», чем анимировать.

— Говорим им, куда глядеть примерно, — сказал он, — и когда вопросы задавать. Потом с кем угодно свести можно. Смотрел «Starship troopers»[1]? Где космический десант с жуками воюет?

— Смотрел.

— То же самое. Только вместо десантников — фермеры или там малый бизнес, вместо автоматов — хлеб-соль, а вместо жука — Зюганов или Лебедь. Потом сводим, сзади накладываем Храм Христа Спасителя или космодром Байконур, перегоняем на «бетакам» — и в эфир... Пойдем еще в аппаратную зайдем.

Аппаратный зал, находившийся за дверью с игривой надписью «Машинное отделение», не произвел на Татарского особого впечатления. Произвели впечатление два автоматчика, стоявшие у входа. Само помещение выглядело скучно — это была комната со скрипучим паркетом и пыльными обоями в зеленых гладиолусах, которые явно помнили еще советское время. Никакой мебели в комнате не было; на одной стене висела цветная фотография Гагарина с голубем в руках, а у другой стояли металлические стеллажи со множеством однообразных синих ящи-

---

[1] «Звездный десант» (англ.).

ков, единственным украшением которых была похожая на снежинку эмблема «Silicon Graphics». Внешне ящики мало отличались от аппарата, когда-то виденного Татарским в «Драфт Подиуме». Никаких интересных лампочек или индикаторов на этих ящиках не было — так же могла бы выглядеть какая-нибудь банальная трансформаторная подстанция. Но Морковин вел себя чрезвычайно торжественно.

— Азадовский говорил, что ты любишь, когда у жизни большие сиськи, — сказал он. — Вот это самая большая. И если она тебя пока не возбуждает, то это просто с непривычки.

— Что это такое?

— Рендер-сервер 100/400. Их «Силикон Графикс» специально для этих целей гонит — хай энд. По американским понятиям в принципе уже старье, но нам хватает. Да и вся Европа на таких пашет. Позволяет просчитывать до ста главных и четырехсот вспомогательных политиков.

— Крутой компьютер, — без энтузиазма сказал Татарский.

— Это даже не компьютер. Это стойка, где двадцать четыре компьютера, которыми управляют с одной клавиатуры. В каждом по четыре процессора, частота восемьсот мегагерц. Кадры каждый блок считает по очереди, а вся система работает примерно как авиационная пушка, у которой стволы крутятся. Американцы с нас бабок взяли немеряно. Но что делать — когда все начиналось, у нас таких не было. А теперь, как ты сам понимаешь, уже никогда и не будет. Американцы, кстати, и есть наша главная проблема. Опускают нас, как козлов.

— Это как?

— Да на мегагерцы. Сначала за Чечню на двести опустили. На самом деле, конечно, из-за нефтепровода, ты ведь понимаешь. Потом за то, что кредит украли. И так по любому поводу. Мы, конечно, разгоняем по ночам, но они же в посольстве тоже телевизор смотрят. Как только мы чуть-чуть частоту поднимем, они просекают и инспектора шлют. В общем, позор. Великая страна, а сидим на четырехстах мегагерцах. Да и те не наши.

Морковин подошел к стойке, выдвинул из нее узкий синий блок и откинул вверх его крышку, на которой оказался жидкокристаллический монитор. Под ним была клавиатура с трэк-болом.

— С этой клавиатуры и управляют? — спросил Татарский.

— Да ты что, — махнул рукой Морковин. — Чтобы в систему войти, нужен допуск. Все терминалы наверху. Это просто контрольный монитор — хочу посмотреть, что считаем.

Он потыкал в кнопки, и в нижней части монитора появилось окно с прогресс-индикатором и несколькими малопонятными надписями: memory used 5184 M, time elapsed 23:11:12 и что-то еще очень мелким шрифтом. Потом выскочил набранный крупными буквами путь:

C:/oligarchs/berezka/excesses/vo_pole/slalom. prg.

— Понятно, — сказал Морковин. — Это Березовский в Швейцарии.

Экран стал покрываться квадратиками с фрагментами цветного рисунка, как будто кто-то собирал головоломку. Через несколько секунд Татарский увидел знакомое лицо, в котором чернело несколько недосчитанных дыр, — его особенно поразила сумасшедшая радость, которой сиял правый, уже посчитанный глаз.

— На лыжах катается, сука, — сказал Морковин, — а мы тут с тобой пылью дышим.

— А почему каталог «excesses»? Что в этом такого — на лыжах покататься?

— А у него по сюжету вместо этих палок с флажками голые балерины стоят, — ответил Морковин. — У одних синие банты, у других красные. Девок на «кодак» снимали, прямо на трассе. Вот они довольны-то были — на халяву в Швейцарию съездить. Две там до сих пор еще вертятся.

Он выключил монитор, закрыл его и задвинул контрольный блок обратно. Татарскому пришла в голову тревожная мысль.

— Слушай, — спросил он, — а что, у американцев то же самое?

— Конечно. И гораздо раньше началось. Рейган со второго срока уже анимационный был. А Буш... Помнишь, когда он у вертолета стоял, у него от ветра зачес над лысиной все время вверх взлетал и дрожал так? Просто шедевр. Я считаю, в компьютерной графике рядом с этим ничего не стояло. Америка...

— А правда, что у нас на политике их копирайтеры работают?

— А вот это вранье. Они для себя-то ничего хорошего придумать не в состоянии. Разрешающая способность, число точек, спецэффекты — это да. Но страна бездуховная. Криэйторы у них на политике —

говно полное. Кандидатов в президенты двое, а команда сценаристов одна. И работают в ней только те, кого с Мэдисон-авеню поперли, потому что деньги в политике маленькие. Я недавно их предвыборные материалы пересматривал — просто ужас. Если один про мост в прошлое заговорит, то другой через два дня обязательно про мост в будущее скажет. Бобу Доулу просто найковский слоган переделали — из «just do it» в «just don't do it». А позитивного ничего придумать не могут, кроме минета в Оральном офисе... Нет, наши сценаристы раз в десять круче. Ты посмотри, какие характеры выпуклые. Что Ельцин, что Зюганов, что Лебедь. Чехов. «Три сестры». Так что пускай все люди, которые говорят, что в России своих брэндов нет, этим базаром подавятся. У нас здесь такие таланты, что ни перед кем не стыдно. Да вон, например, видишь?

Он кивнул на фотографию Гагарина. Татарский поглядел на нее внимательнее и понял, что на ней изображен не Гагарин, а генерал Лебедь в парадном мундире, и в руках у него не голубь, а поджавший уши белый кролик. Фотография до такой степени напоминала снимок-прототип, что возникал своеобразный обман зрения: кролик в руках Лебедя в первую минуту казался неприлично разжиревшим голубем.

— Шахтерский парнишка один сделал, — сказал Морковин. — Это на обложку «Плейбоя». Слоган к нему — «Россия будет красивой и толстой». Для голодных районов — в десятку. Раньше парень, бывало, ел раз в два дня, а теперь один из главных криэйторов. Правда, у него все как-то вокруг еды вертится... Помнишь, у Ахматовой: «Когда б вы знали, из какого сора...»

— Погоди, — сказал Татарский, — у меня мысль хорошая. Дай запишу.

Вынув из кармана свою книжечку, он написал:

```
Silicon Graphics/большие сиськи —
новая эмблема. Вместо снежинки — контур
огромной сиськи, как бы раздутой силико-
новым протезом (небрежно прочерченный
пером, т.к. graphics). В динамике (клип) —
из соска выползает кремнийорганический
червяк и сгибается в виде $ (модель — spe-
cies-II). Подумать.
```

— Потный вал вдохновения? — спросил Морковин. — Даже завидно. Ладно, экскурсия кончена. Пошли в буфет.

В буфете было по-прежнему пусто. Так же беззвучно работал телевизор, а на столе под ним стояла недопитая бутылка «Smirnoff citrus twist» и два стакана. Морковин наполнил их, молча чокнулся со стаканом Татарского и выпил. После экскурсии Татарский ощущал какое-то смутное беспокойство.

— Слушай, — сказал он, — я чего понять не могу. Вот, допустим, копирайтеры им всем тексты пишут. Но кто за тексты-то отвечает? Откуда мы берем темы и как мы определяем, куда завтра повернет национальная политика?

— Большой бизнес, — коротко ответил Морковин. — Про олигархов слышал?

— Ага. И что они, собираются и решают? Или в письменном виде концепции присылают?

Морковин зажал большим пальцем горлышко бутылки, потряс ее и стал вглядываться в пузырьки — видимо, его что-то захватывало в этом зрелище. Татарский молча ждал ответа.

— Ну как они могут где-то собираться, — отозвался наконец Морковин, — когда их всех этажом выше делают. Ты же сейчас сам Березовского видел.

— Ага, — вдумчиво ответил Татарский. — Ну да, конечно. А по олигархам кто сценарии пишет?

— Копирайтеры. Все то же самое, только этаж другой.

— Ага. А как мы выбираем, что эти олигархи решат?

— Исходя из политической ситуации. Это ведь только говорят — «выбираем». На самом деле особого выбора нет. Кругом одна железная необходимость. И для тех, и для этих. Да и для нас с тобой.

— Так что, олигархов тоже нет никаких? Но ведь у нас снизу доска висит — «Межбанковский комитет»...

— Да это чтоб мусора уважали, — ответил Морковин, — и с крышей своей не лезли. Комитет-то мы межбанковский, это да, только все банки эти — межкомитетские. А комитет — это мы. Во как.

— Понял, — сказал Татарский. — Кажется, понял... То есть как, подожди... Выходит, что те определяют этих, а эти... Эти определяют тех. Но как же тогда... Подожди... А на что тогда все опирается?

Не договорив, он взвыл от боли — Морковин изо

всех сил ущипнул его за кисть руки — так сильно, что даже оторвал маленький лоскуток кожи.

— А вот про это, — сказал он, перегибаясь через стол и заглядывая в глаза Татарскому почерневшим взглядом, — ты не думай никогда. Никогда вообще, понял?

— А как? — спросил Татарский, чувствуя, что боль только что откинула его от края какой-то глубокой и темной пропасти. — Как не думать-то?

— Техника такая, — сказал Морковин. — Ты как бы понимаешь, что вот-вот эту мысль подумаешь в полном объеме, и тут же себя щипаешь или колешь чем-нибудь острым. В руку, в ногу — неважно. Надо там, где нервных окончаний больше. Типа как пловец в икру, когда у него судорога. Чтобы не утонуть. И потом, постепенно, у тебя вокруг этой мысли образуется как бы мозоль, и ты ее уже можешь без особых проблем обходить стороной. То есть ты чувствуешь, что она есть, но никогда ее не думаешь. И постепенно привыкаешь. Восьмой этаж опирается на седьмой, седьмой опирается на восьмой, и везде, в каждой конкретной точке в каждый конкретный момент, есть определенная устойчивость. А завалит делами, нюхнешь кокоса и будешь конкретные вопросы весь день решать на бегу. На абстрактные времени не останется.

Татарский залпом выпил остаток водки и несколько раз подряд ущипнул себя за ляжку. Морковин грустно усмехнулся.

— Вот Азадовский, — сказал он, — почему он здесь всех разводит и грузит? Да потому, что ему в голову даже не приходит, что во всем этом есть что-то странное. Такие люди раз в сто лет рождаются. У человека, можно сказать, чувство жизни международного масштаба...

— Хорошо, — сказал Татарский и еще раз ущипнул себя за ногу. — Но ведь, наверно, нужно не только грузить и разводить, но еще и регулировать? Ведь общество — вещь сложная. А для регулирования нужны какие-то принципы?

— Принцип очень простой, — сказал Морковин. — Чтобы все в обществе было нормально, мы должны всего лишь регулировать объем денежной массы, которая у нас есть. А все остальное автоматически войдет в русло. Поэтому ни во что нельзя вмешиваться.

— А как этот объем регулировать?

— А чтобы он у нас был максимальный.

— И все?

— Конечно. Если он у нас максимальный, это и значит, что все вошло в русло.

— Да, — сказал Татарский, — логично. Но кто-то ведь должен всем этим командовать?

— Чего-то быстро ты все понять хочешь, — нахмурился Морковин. — Я говорю, погоди. Это, братец, большая проблема — понять, кто всем этим командует. Скажу тебе пока так — миром правит не «кто», а «что». Определенные факторы и импульсы, о которых знать тебе еще рано. Хотя, Ваван, не знать про них ты просто не можешь. Такой вот парадокс...

Морковин замолчал и о чем-то задумался. Татарский закурил сигарету — больше говорить не хотелось. В буфете тем временем появился новый посетитель, которого Татарский сразу узнал, — это был известный телеаналитик Фарсук Сейфуль-Фарсейкин.

В жизни он выглядел намного старше, чем на экране. Видимо, он возвращался с эфира: его лицо покрывали крупные капли пота, а знаменитое пенсне сидело на носу как-то косо. Татарский подумал, что Фарсейкин сразу кинется к буфету за водкой, но тот подошел к их столу.

— Можно звук включить? — спросил он, кивая на телевизор. — Этот клип сынишка мой делал. А я не видел еще.

Татарский поднял глаза. На экране происходило что-то странно знакомое: на поляне посреди березового леса стоял хор морячков немного подозрительного вида (Татарский сразу узнал Азадовского — тот стоял в самом центре группы и был единственным, у кого на груди блестела медалька). Обнявшись за плечи и раскачиваясь из стороны в сторону, морячки неслышно подпевали желтоволосому солисту, похожему на Есенина в кубе. Сначала Татарскому показалось, что солист стоит на пне гигантской березы, но по идеально цилиндрической форме этого пня и маленьким желтым лимонам, нарисованным на его поверхности, он догадался, что это увеличенная во много раз банка софт-дринка, раскрашенная то ли под березу, то ли под зебру. Вылизанный видеоряд свидетельствовал, что клип из очень дорогих.

«Бом-бом-бом», — глухо выдали раскачивающиеся морячки. Солист протянул руку от сердца к камере и тенором пропел:

> И Родина щедро
> Поила меня
> Березовым Спрайтом,
> Березовым Спрайтом!

Татарский резким движением раздавил в пепельнице сигарету.

— Суки, — сказал он.

— Кто? — спросил Морковин.

— Если б знать... Слушай, а меня на какое направление хотят поставить?

— Старшим криэйтором в отдел компромата. Еще на подхвате будешь во время авралов. Так что стоять теперь будем, опираясь друг на друга. Вот как эти морячки. Плечом к плечу... Ты извини, брат, что я тебя в это впутал. Ботве ведь, кто этого не знает, им жить легче. Они даже думают, что есть разные телеканалы, какие-то там телекомпании... Но на то они и ботва.

ИСЛАМСКИЙ ФАКТОР

Часто бывает — проезжаешь в белом «мерседесе» мимо автобусной остановки, видишь людей, бог знает сколько времени остервенело ждущих своего автобуса, и вдруг замечаешь, что кто-то из них мутно и вроде бы даже с завистью глядит на тебя. И на секунду веришь, что этот украденный у неведомого бюргера аппарат, еще не до конца растаможенный в братской Белоруссии, но уже подозрительно стучащий мотором с перебитыми номерами, и правда трофей, свидетельствующий о полной и окончательной победе над жизнью. И волна горячей дрожи проходит по телу; гордо отворачиваешь лицо от стоящих на остановке и решаешь в своем сердце, что не зря прошел через известно что и жизнь удалась.

Так действует в наших душах анальный вау-фактор. Но Татарскому никак не удавалось испытать его сладостной щекотки. Возможно, дело было в какой-то особой последождевой апатичности представителей среднего класса, жавшихся на своих остановках. Или, может быть, Татарский просто слишком нервничал — предстоял просмотр его работы, на котором должен был присутствовать сам Азадовский.

А может, дело было в сбоях, которые в последнее время стал давать социальный локатор в его душе.

«Если смотреть на происходящее с точки зрения чистой анимации, — думал он, оглядывая экипажи соседей по пробке, — то все понятия у нас перевернуты. Для небесного «Силикона», который обсчитывает весь этот мир, мятый «Запорожец» куда более сложная работа, чем новый «БМВ», который три года обдували в аэродинамических трубах. Так что все дело в криэйторах и сценаристах. Но какая же гадина написала этот сценарий? И кто тот зритель, который жрет свою пиццу, глядя на этот экран? И самое главное, неужели все это происходит только для того, чтобы какая-то жирная надмирная тушка наварила себе что-то вроде денег на чем-то вроде рекламы? А похоже. Ведь известно: все в мире держится на подобии...»

Пробка наконец стала рассасываться. Татарский включил радио. В машину ворвался гнусавый, с подвываниями голос, похожий на гул в печной трубе:

> Ни иконы, ни Бердяев,
> ни программа «Третий глаз»
> не спасут от негодяев,
> захвативших нефть и газ!
>
> *Рекламная служба Русского Радио!*

Виктор Пелевин

Инфернальная веселость, которой дышал голос, не оставляла сомнений в том, что говоривший и сам был не последним человеком среди этих негодяев. Татарский нервно выключил радио и взялся за ручку сцепления.

Его настроение совсем ухудшилось; захотелось живого человеческого тепла. Вырулив из потока машин к автобусной остановке, он нажал на тормоз. Разбитое боковое стекло будки было заделано рекламным щитом телеканала СТС с аллегорическим изображением четырех смертных грехов с пультами дистанционного управления в руках. На лавке под навесом сидели неподвижная старуха с корзиной на коленях и кудрявый мужик лет сорока в подмокшем военном ватнике, с бутылкой пива в руке. Отметив, что в мужике еще достаточно жизненной силы, Татарский опустил стекло и высунул локоть наружу.

— Простите, господин военный, — сказал он, — вы не подскажете, где тут магазин «Мужские сорочки»?

Мужчина поднял на него взгляд. Видимо, он обо всем догадался, потому что его глаза заволокло холодной белой яростью. Короткий обмен взглядами оказался очень информативным — Татарский понял, что мужик понял. А мужик, видимо, понял даже то, что Татарский понял, что понят.

— Под Кандагаром было круче, — сказал мужик.

— Извините, что вы сказали?

— То и сказал, — ответил мужик, перехватывая бутылку за горлышко, — что круче было под Кандагаром. А извинить не проси даже.

Что-то подсказало Татарскому, что мужик идет к его автомобилю не для того, чтобы подсказать дорогу к магазину, и он вдавил педаль газа в днище. Чутье не обмануло — через секунду по заднему стеклу что-то сильно ударило, и оно покрылось сеткой трещин, по которой потекла вниз белая пена. Под действием адреналиновой волны Татарский резко увеличил скорость. «Вот мудак, — подумал он, оглядываясь. — Правильно таких братва на квартиры ставит».

Когда он припарковался во дворе Межбанковского комитета, рядом с его машиной затормозил красный «рэйнджровер» последней модели с немыслимыми фарами над крышей и веселым рисунком на двери: восход солнца над прерией и голова индейца в уборе из перьев. «Кто это, интересно, на таких ездит?» — подумал Татарский и чуть задержался у дверцы.

Из «рэйнджровера» вылез полный и низенький мужчина в подчеркнуто буржуазном полосатом костюме, повернулся, и Татарский с изумлением узнал в нем Сашу Бло — разжиревшего, еще сильнее облысевшего, но с той же гримасой мучительного непонимания на лице.

— Саша, — сказал Татарский, — ты?

— А, Ваван, — сказал Саша Бло. — Тоже здесь? В компромате?

— Откуда ты знаешь?

— А оттуда все начинают. Чтоб руку набить. Креативный штат-то не особо большой. Все друг с другом знакомы. Так что, если я тебя раньше не видел, а теперь ты у этого подъезда паркуешься, значит, ты в отделе компромата. Да и то — недели две, не больше. Элементарно, Ватсон.

— Месяц уже, — ответил Татарский. — А ты кем работаешь?

— Я? Я завотделом русской идеи. Это во флигеле. Идеи будут — заходи.

— От меня толку мало, — ответил Татарский. — Я пробовал думать — не выходит. Ты бы поездил по окраинам, поспрашивал у мужиков.

Саша Бло недовольно наморщился.

— Да я пробовал вначале, — сказал он. — Стакан нальешь, в глаза заглянешь, а тебе в ответ: «Да разъебись ты на хуй, Мерседес козлиный». Они круче «мерседеса» ничего представить не могут... И все так деструктивно... Твоя?

Вопрос относился к машине Татарского.

— Ну, моя, — с достоинством ответил он.

— Понятно, — сказал Саша Бло, запирая дверь «рэйнджровера». — Сорок минут позора, и ты на работе. Да ты не комплексуй. Все еще впереди.

Кивнув, он вприпрыжку побежал ко входу, отмахивая на ходу пухлой засаленной папочкой. Татарский проводил его долгим взглядом, потом поглядел на заднее стекло своей машины и вынул записную книжку.

Главное зло в том, — записал он на последней странице, — что люди строят общение друг с другом на бессмысленно-отвлекающей болтовне, в которую они жадно, хитро и бесчеловечно вставляют свой анальный импульс в надежде, что для кого-то он станет оральным. Если это случается, человек приходит в оргиастическое содрогание и несколько секунд ощущает так называемое «биение жизни».

Азадовский с Морковиным сидели в просмотровом зале с самого утра. Перед входом прохаживалось несколько человек, которые болтали о политике и яростно ругали правительство. Татарский решил, что это копирайтеры политического отдела, практикующие корпоративное неделание. Их вызывали по одному; в среднем они проводили с начальством минут по десять, а вопросы, которые там решались, явно были государственного значения: Татарский понял это по несколько раз долетевшему из зала голосу Ельцина, включенному на максимальную громкость. Первый раз он недоуменно пробубнил:

— Зачем нам столько пилотов? Нам нужен один пилот, но готовый на все! Вот у меня внук на Play Station играет — я как поглядел, так сразу и понял...

Второй раз, видимо, крутили фрагмент из обращения к нации, потому что голос Ельцина был торжественным и размеренным:

— Впервые за многие десятилетия у населения России появилась возможность выбирать между сердцем и разумом...

Один проект завернули, что было ясно по лицу выходящего из зала высокого усатого мужчины с ранней сединой, который держал в руках багровый скоросшиватель с золотой надписью «Царь». Потом в зале стала играть музыка — сначала долго тренькала балалайка и кто-то громко ухал, а потом раздался высокий голос Азадовского:

— К чертовой матери! Будем с эфира снимать. По мне, так пусть лучше Лебедь. У него хоть лысины нет. Следующий.

Очередь Татарского подошла не скоро — он был

последним. Полутемный зал, где ждал Азадовский, был мрачно-шикарным, но несколько архаичным, словно его оборудовали и обставили еще в тридцатые или сороковые годы. Войдя, Татарский почему-то пригнулся, трусцой добежал до первого ряда и пристроился на краю стула слева от Азадовского, который пускал дымные струи в луч видеопроектора. Азадовский пожал ему руку не глядя — он явно был не в духе. Татарский знал, в чем дело, — Морковин объяснил еще вчера.

«Опустили до трехсот, — мрачно сказал он. — За Косово. Помнишь, при коммунистах сливочного масла не хватало? А сейчас — машинного времени. Есть в истории этой страны что-то фатальное. Азадовский теперь лично все болванки смотрит. На главный рендер пускают только после письменного распоряжения, так что старайся».

Как выглядит так называемая болванка, то есть непросчитанный эскиз, Татарский увидел в первый раз. Не будь он сам автором сценария, он никогда бы не догадался, что зеленый контур, пересеченный тонкими желтыми пунктирами, — это стол, на котором разложена «монополия». Фишки были одинаковыми красными стрелками, а игральные кости — двумя синими пятнышками. В нижней части экрана парами выскакивали цифры от одного до шести, выданные генератором случайных чисел, и ходы соответствовали выпавшим очкам, — игра была смоделирована честно. Но самих игроков пока не существовало: вместо них за столом сидели скелетоны из проградуированных линий с кружками-шарнирами. Были видны только лица, составленные из грубых полигонов, — борода Салмана Радуева походила на рыжий кирпич, приделанный к нижней части лица, а Березовского можно было узнать только по сиреневым треугольникам бритых щек. Как и следовало ожидать, выигрывал Березовский.

— Да, — заговорил он, перетряхивая кости зелеными стрелками пальцев, — с «монополией» в России-матушке проблема. Купишь пару улиц, а потом выясняется, что там люди живут.

Радуев засмеялся:

— Это не только в России. Это везде. И я тебе больше скажу, Борис, люди не просто там живут, а часто еще и думают, что это их улицы.

Березовский бросил кости. У него снова выпало две шестерки.

— Не совсем так, — сказал он. — В наше время люди узнают о том, что они думают, по телевизору. Поэтому, если ты хочешь купить пару улиц и не иметь потом бледный вид, надо сначала сделать так, чтобы над ними торчала твоя телебашня.

Раздался писк, и в углу стола возникла анимационная вставка: военная рация с длинной антенной. Радуев поднес ее к головному шарниру, что-то коротко сказал по-чеченски и поставил назад.

— А я своего теледиктора продаю, — сказал он и щелчком пальца отправил фишку в центр стола. — Не люблю телевидение.

— Покупаю, — быстро отозвался Березовский. — А почему ты его не любишь?

— Там происходит слишком частое соприкосновение мочи с кожей. Как ни включаю телевизор, так сразу же моча начинает соприкасаться с кожей.

— Так ведь не с твоей кожей, Салман.

— Вот именно, — раздраженно сказал Радуев, — тогда почему они соприкасаются у меня в голове? Им что, больше негде?

Верхнюю часть лица Березовского закрыл прямоугольник с подробно просчитанной парой глаз. Они беспокойно покосились на Радуева, несколько раз моргнули, и прямоугольник исчез.

— А действительно, чья моча? — повторил Радуев таким тоном, словно эта мысль только что пришла ему в голову.

— Да брось, Салман, — примирительно сказал Березовский. — Давай лучше ходи.

— Подожди, Борис. Я хочу узнать, чья моча и кожа соприкасаются друг с другом в моей голове, когда я смотрю твой телевизор.

— А почему он мой?

— Труба проходит по моему полю, значит, за трубу отвечаю я. Ты сам это сказал. Так? Значит, если на твоих клетках все теледикторы, ты отвечаешь за телевизор. Вот и скажи, чья моча плещется в моей голове, когда я его смотрю?

Березовский почесал подбородок.

— Моча твоя, Салман, — решительно сказал он.

— Почему?

— А чья же она может быть? Подумай сам. За твою отвагу тебя называют «человек с пулей в голове». Я думаю, что тот, кто решился бы облить тебя мочой, когда ты смотришь телевизор, прожил бы не долго.

— Правильно думаешь.

— Значит, Салман, это твоя моча.

— А как она попадает мне в голову, когда я смотрю телевизор? Поднимается вверх из мочевого пузыря?

Березовский протянул руку к костям, но Радуев закрыл их ладонью.

— Объясни, — потребовал он. — Тогда будем играть дальше.

На лбу Березовского вылез анимационный квадратик, в котором появилась глубокая морщина.

— Хорошо, — сказал он, — я попробую объяснить.

— Говори.

— Когда Аллах сотворил этот мир, — начал Березовский, быстро взглянув вверх, — он сначала его помыслил. А потом уже создал предметы. Все священные книги говорят, что в начале было слово. Что это значит на юридическом языке? На юридическом языке это значит, что в первую очередь Аллах создал понятия. Грубые предметы — это удел людей, а у Аллаха, — он опять быстро посмотрел вверх, — вместо них идеи. Так вот, Салман, когда по телевизору ты смотришь рекламу прокладок и памперсов, в голове у тебя не жидкая человеческая моча, а понятие мочи. Идея мочи соприкасается с понятием кожи. Понял?

— Круто, — сказал Радуев задумчиво. — Но я не до конца понял. В моей голове соприкасаются идея мочи и понятие кожи. Так?

— Так.

— А у Аллаха вместо вещей идеи. Так?

— Так, — сказал Березовский и нахмурился. На его иссиня-бритых скулах появились анимационные заплаты, в которых напряглись желваки.

— Значит, в моей голове происходит соприкосновение мочи Аллаха с кожей Аллаха, да будет благословенно его имя? Так?

— Наверно, можно сказать и так, — сказал Березовский, и на его лбу опять появилась вставка с морщиной. (Татарский обозначил это место в сценарии словами: «Березовский чувствует, что разговор идет не туда».)

Радуев погладил рыжий кирпич бороды.

— Истинно говорил аль-Халладж, — сказал он, — самое большое чудо — это человек, не видящий вокруг себя чудесного. Но скажи мне, почему так часто? Один раз на моей памяти моча соприкасалась с кожей семнадцать раз за один час.

— Ну, это, наверно, для отчета в «Гэллап Медиа», — снисходительно ответил Березовский. — Сначала проворовались, а потом бюджет закрывали. А что такого? Сколько времени продадим, столько раз и поставим.

Скелетон Радуева качнулся к столу.

— Подожди-подожди. Ты хочешь сказать, что сколько тебе дадут денег, столько раз моча соприкоснется с кожей?

— Ну да.

— И ты можешь решать это лично?

— Естественно, — ответил Березовский. — Я, конечно, в мелочи не вхожу, но замыкается на мне. А как?

— И ты собираешься делать это и дальше?

— Конечно, — сказал Березовский. — Это ведь у кого моча соприкасается с кожей. А у кого деньги со счетом.

Скелетон Радуева закрыла вставка с довольно

грубо прорисованным туловищем в иорданской военной форме. Он сунул руку за спинку стула, вытащил оттуда «калашников» и навел его в лицо компаньону.

— Ты что, Салманчик? — тихо спросил Березовский, рефлекторно поднимая руки.

— Ты говоришь, что Аллах вначале сотворил понятия, — сказал Радуев, — так вот, по всем понятиям человек, который за деньги готов брызгать мочой на кожу Аллаха, не должен поганить эту землю.

Вставка с иорданским туловищем исчезла, на экран вернулись тонкие линии скелета, а «калашников» превратился в покачивающийся пунктир. Верхняя часть головы Березовского, в которую уперся этот пунктир, скрылась за анимационной заплатой с мохнатым сократовским лбом, покрывшимся за секунду крупными каплями пота.

— Спокойно, Салманчик, спокойно, — сказал Березовский. — Два человека с пулей в голове за одним столом — это будет перебор. Не волнуйся.

— Как не волнуйся? Каждую каплю мочи, которую ты уронил на Аллаха за деньги, ты будешь смывать ведром своей крови, я тебе отвечаю.

В сощуренных глазах Березовского отразилась бешено работающая мысль. В сценарии так и было написано — «бешено работающая мысль», и Татарский даже не представлял, какая технология помогла аниматорам достичь настолько буквальной точности.

— Слушай, — сказал Березовский, — мне сейчас тревожно станет. Башка у меня, конечно, не бронированная, базара нет. Но ведь и у тебя тоже, как ты хорошо знаешь. А здесь везде моя пехота... Ага... Вот чего тебе по рации сказали.

Радуев засмеялся:

— В журнале «Форбс» написали, что ты все схватываешь на лету. Но каждый человек, который все схватывает на лету, пишет дальше «Форбс», должен быть готов к тому, что когда-нибудь на лету схватят его самого. Отдыхает твоя пехота.

— Выписываешь «Форбс»?

— А то. Чечня теперь часть Европы.

— Так если ты такой культурный, чего ты ствол хватаешь? — сказал Березовский с раздражением. — Давай как два европейца перетрем, без этих волчьих понтов.

— Ну давай.

— Вот ты сказал, что каждую каплю мочи я буду смывать ведром крови.

— Сказал, — с достоинством подтвердил Радуев. — И повторю.

— Но ведь мочу нельзя отмыть кровью. Это тебе не «Тайд».

(Татарскому пришло в голову, что фраза «Мочу нельзя отмыть кровью» — прекрасный слоган для общенациональной рекламы «Тайда», но он постеснялся доставать записную книжку при Азадовском.)

— Это верно, — согласился Радуев.

— И потом, ты согласен, что ничего в мире не происходит без воли Аллаха?

— Согласен.

— Так, едем дальше. Неужели ты думаешь, что я

смог бы... смог бы... ну, смог бы сделать то, что сделал, если бы на это не было воли Аллаха?

— Нет.

— Едем еще дальше, — уверенно продолжал Березовский. — Попробуй посмотреть на вещи так: я просто орудие в руках Аллаха, а что и почему делает Аллах, уразуметь нельзя. И потом, если бы не воля Аллаха, я не собрал бы все телебашни и теледикторов на своих трех клетках. Так?

— Так.

— Еще базары есть?

Радуев ткнул Березовского стволом в лоб.

— Есть, — сказал он. — Мы поедем еще дальше. Я тебе скажу, как говорят у нас в селе старые люди. По замыслу Аллаха, этот мир должен быть подобен тающей во рту малине. А люди вроде тебя из-за своей алчности превратили его в мочу, соприкасающуюся с кожей. Может быть, воля Аллаха была и на то, чтобы в мир пришли такие люди, как ты. Но Аллах милостив, поэтому его воля есть и на то, чтобы грохнуть людей, из-за которых жизнь не кажется малиной. А после разговора с тобой она кажется мне не малиной, а мочой, которая разъела мне весь мозг, понял, нет? Поэтому оптимальным решением для тебя будет помолиться.

Березовский вздохнул.

— Я вижу, ты хорошо подготовился к беседе. Ну, ладно. Допустим, я сделал ошибку. Как я могу ее загладить?

— Загладить? Загладить такое оскорбление? Не знаю. Нужно сделать какое-нибудь богоугодное дело.

— Какое, например?

— Не знаю, — повторил Радуев. — Построить мечеть. Или медресе. Но это должна быть очень большая мечеть. Такая, чтобы в ней можно было отмолить грех, который я совершил, сев за стол с человеком, брызжущим мочой на кожу Неизъяснимого.

— Ясно, — сказал Березовский, чуть опуская руки. — А если конкретно, насколько большая?

— Думаю, первый взнос — миллионов десять.

— А не много?

— Я не знаю, много это или нет, — рассудительно сказал Радуев, огладив бороду рукой, — потому что категории «много» и «мало» мы познаём в сравнении. Но ты, может быть, заметил стадо козлов, когда подъезжал к моему штабу?

— Заметил. А какая связь?

— Пока эти двадцать миллионов не придут на мой счет в Исламский банк, тебя будут каждый час семнадцать раз окунать в бочку с козлиной мочой, и она будет соприкасаться с твоей кожей, и ты будешь думать, много это или мало — семнадцать раз в час.

— Эй-эй-эй, — сказал Березовский, опуская руки. — Ты что? Только что было десять миллионов.

— Ты про перхоть забыл.

— Послушай, Салманчик, так дела не делают.

— Ты хочешь заплатить еще десять за запах пота? — спросил Радуев и тряхнул автоматом. — Хочешь?

— Нет, Салман, — устало сказал Березовский. — За запах пота я платить не хочу. Кстати, кто это нас снимает на скрытую камеру?

— Какую камеру?

— А что это за портфель на подоконнике? — Березовский ткнул пальцем в экран.

— Ах ты, шайтан, — пробормотал Радуев и поднял автомат.

По экрану прошел белый зигзаг, все затянула серая рябь, и в зале зажегся свет.

Азадовский крякнул и переглянулся с Морковиным.

— Ну как? — робко спросил Татарский.

— Скажи мне, ты где работаешь? — брезгливо спросил Азадовский. — В пи-ар отделе «Логоваза»? Или у меня в группе компромата?

— В группе компромата, — ответил Татарский.

— Какое у тебя было задание? Сценарий переговоров Радуева с Березовским, где Березовский передает чеченским террористам двадцать миллионов долларов. А ты что написал? Он что, передает? Он у тебя мечеть строит! Спасибо, что не Храм Христа Спасителя. Если бы не мы сами этого Березовского делали, я бы решил, что ты у него зарплату получаешь. А Радуев? Он у тебя вообще какой-то профессор богословия! Читает журналы, про которые даже я не слышал.

— Но ведь должна же быть логика развития сюжета...

— Мне нужна не логика, а компромат. А это не компромат, а говно. Понял?

— Понял, — потупившись, ответил Татарский.

Азадовский несколько смягчился.

— Вообще-то, — сообщил он, — здравое зерно есть. Первый плюс — вызывает ненависть к телевидению. Хочется его смотреть и ненавидеть, смотреть и ненавидеть. Второй плюс — «монополия». Это ты сам придумал?

— Сам, — приободрился Татарский.

— Это удача. Террорист и олигарх делят народное добро за игорным столом... Ботва от злобы просто взвоет.

— А не слишком ли... — вмешался Морковин, но Азадовский перебил:

— Нет. Главное, чтоб у людей мозги были заняты и эмоции выгорали. Так что эта телега насчет «монополии» ничего. Она нам рейтинг новостей минимум на пять процентов поднимет. Значит, минуту в прайм-тайм...

Азадовский вытащил из кармана калькулятор и стал что-то подсчитывать.

— ...поднимет тысяч на девять, — досчитав, сказал он. — И что у нас будет за час? Множим на семнадцать... Нормально. Так и сделаем. Короче, пускай они играют в «монополию», а режиссеру скажешь перебить монтажом: очереди в сберкассы, шахтеры, старушки, дети голодные, солдатики раненые. Все дела. Только ты про теледикторов убери, а то в ответ надо будет вой поднимать. Лучше сделай в их «монополии» такую фишку — телевизионно-бурильную установку. И пусть Березовский говорит, что он хочет таких вышек всюду понастроить, чтобы снизу нефть прокачивали, а сверху — рекламу. И монтаж — Шаболовская телебашня с буром. Как тебе?

— Гениально, — с готовностью сказал Татарский.

— А тебе? — спросил Азадовский у Морковина.

— Присоединяюсь на все сто.

— А вы думали. Я один тут вас всех заменить могу... Значит, диагноз такой. Ты, Морковин, дай ему в усиление этого нового, который по еде. Толковый паренек. Радуева в целом так и оставляем, только сделайте ему феску вместо этой кепки, надоела уже. Заодно на Турцию намекнем. И потом, давно спросить хочу, что это за халтура? Почему он все время в черных очках? Что, глаза просчитать долго?

— Долго, — сказал Морковин. — Радуев у нас все время в новостях, а в очках на двадцать процентов быстрее. Убираем всю мимику.

Азадовский чуть помрачнел.

— С частотой, даст Бог, решим. А по Березовскому чичирок добавить, понял?

— Понял.

— И прямо сейчас, материал срочный.

— Сделаем, — ответил Морковин. — Досмотрим, и сразу ко мне.

— Чего у нас следующее?

— Теперь ролики по телевизорам. Новый тип.

Татарский приподнялся со стула, собираясь выйти, но Морковин рукой остановил его.

— Давай, — махнул рукой Азадовский. — Еще есть минут двадцать.

Свет снова погас. С экрана заулыбалась миловидная маленькая японка в кимоно. Отвесив поклон, она сказала с заметным акцентом:

— Сейчас перед вами выступит Йохохори-сан. Йохохори-сан — старейший сотрудник фирмы «Панасоник», поэтому ему и доверена такая честь. Из-за ран, полученных во время войны, он страдает нарушениями речи. Пожалуйста, добрые телезрители, простите ему эти недостатки.

Девушка отошла в сторону. В кадре оказался круглый зал со стенами, выкрашенными в белый цвет. В центре зала стоял длинный кованый сундук, на котором неподвижно сидели двенадцать фигур в белых саванах. Перед ними появился плотный седой японец с открытой бутылкой рома в руке. Он был в пиджаке, но отчего-то перепоясан мечом. Отхлебнув из бутылки, он щелкнул пальцами, и фигуры в саванах, соскочив с сундука, разбежались в стороны. Сундук раскрылся, и из его глубин поднялся черный телевизор обтекаемых форм, похожий на вырванный глаз огромного чудовища, — такое сравнение пришло Татарскому в голову из-за того, что крышка сундука была обита изнутри алым бархатом.

— «Панасоник» представляет революционное изобретение в мире телевидения, — слегка заикаясь, выговорил японец. — Первый в мире телевизор с голосовым управлением на всех языках планеты, включая русский. «Панасорд ви-ту»!

На экране появилась надпись «Panasword V-2».

Японец с напряженным недружелюбием посмотрел в глаза зрителю и вдруг выхватил из ножен меч.

— Меч, выкованный в Японии! — прокричал он, приставив острие прямо к линзам камеры. — Меч, которым перережет себе горло выродившийся мир! Да здравствует император!

По экрану заметались люди в саванах — мистера Йохохори куда-то поволокли, побледневшая девушка в кимоно стала бить извиняющиеся поклоны, и на всем этом безобразии нарисовался логотип «Панасоника». Низкий голос произнес: «Панасоник. Япона мать!»

Татарский услышал трель телефона.

— Але, — сказал в темноте голос Азадовского. — Чего? Лечу!

Встав, Азадовский заслонил собой часть экрана.

— Ух, — сказал он, — кажется, Ростропович сегодня орден получит. Сейчас из Америки звонить будут. Я им вчера факс послал, что демократия в опасности, просил частоту на двести мегагерц поднять. Вроде доперло до людей, что одно дело делаем.

Татарскому вдруг показалось, что тень Азадовского на экране не настоящая, а элемент видеозаписи, силуэт вроде тех, что бывают в пиратских копиях, снятых камерой прямо с экрана. Для Татарского эти черные тени уходящих из зала зрителей, которых хозяева подпольных видеоточек называли бегунками, служили своеобразным индикатором качества: под действием вытесняющего вау-фактора с хорошего фильма уходило больше народа, чем с плохого, поэтому он обычно просил оставлять ему «фильмы с бегунками». Но сейчас он почти испугался, подумав, что, если бегунком вдруг оказывается человек, который только что сидел рядом, это вполне могло означать, что и сам ты точно такой же бегунок. Чувство было сложное, глубокое и новое, но Татарский не успел в нем разобраться: напевая какое-то смутное танго, Азадовский добрел до края экрана и исчез.

Следующий ролик начался в более традиционной манере. Перед большим камином, горевшим в странной зеркальной стене, сидела семья — отец, мать, дочка с киской и бабушка с недовязанным чулком. Они глядели в пылающий за решеткой огонь, делая быстрые и немного карикатурные движения — бабушка вязала, мать объедала по бокам кусок пиццы, девочка гладила киску, а отец прихлебывал пиво. Камера проехала вокруг них и прошла сквозь зеркальную стену. С другой стороны стена оказалась прозрачной; когда камера закончила движение, на семью наложилось каминное пламя и решетка. Яростно и грозно заиграл орган; камера отъехала назад, и прозрачная стена превратилась в плоский экран телевизора со стереодинамиками по бокам и игривой надписью «Tofetissimo» на черном корпусе. На экране телевизора пылал огонь, в котором быстро-быстро дергались четыре черных тела за решеткой. Орган стих, и раздался вкрадчивый голос диктора:

— Вы думаете, что за абсолютно плоским стеклом трубки «Блэк Тринитрон» вакуум? Нет! Там горит огонь, который согреет ваше сердце! «Сони Тофетиссимо». It's a Sin[1].

Татарский мало что понял в увиденном, только подумал, что коэффициент вовлечения можно было бы сильно увеличить, заменив чисто английский слоган на смешанный: «It's а Сон». Еще он почему-то вспомнил, что была такая вьетнамская деревня Сонгми, ставшая культовой после американского авианалета.

— Что это такое? — спросил он, когда зажегся свет. — На рекламу не очень похоже.

Морковин довольно улыбнулся.

— Вот то-то и оно, что не похоже, — сказал он. —

---

[1] Это грех (*англ.*).

Если по науке, то это новая рекламная технология, отражающая реакцию рыночных механизмов на сгущающееся человеческое отвращение к рыночным механизмам. Короче, у зрителя должно постепенно возникать чувство, что где-то в мире — скажем, в солнечной Калифорнии — есть последний оазис не стесненной мыслью о деньгах свободы, где и делают такую рекламу. Она глубоко антирыночна по форме и поэтому обещает быть крайне рыночной по содержанию...

Он оглянулся по сторонам, чтобы убедиться, что в зале больше никого нет, и перешел на шепот:

— К делу. Здесь вроде не прослушивают, но говори на всякий случай тихо. Молодец, все отлично. Как по нотам. Вот твоя доля.

В его руке появились три конверта — один пухлый и желтый, два других потоньше.

— Прячь быстрее. Здесь двадцать от Березовского, десять от Радуева и еще две от ваххабитов. От них самый толстый, потому что мелкими купюрами. Собирали по аулам.

Татарский сглотнул, взял конверты и быстро распихал их по внутренним карманам куртки.

— Азадовский не просек, как ты думаешь? — прошептал он.

Морковин отрицательно помотал головой.

— Слушай, — зашептал Татарский, еще раз оглядевшись, — а как так может быть? Насчет ваххабитов я еще понимаю. Но ведь Березовского нет, и Радуева тоже нет. Вернее, они есть, но ведь это просто нолики и единички, нолики и единички. Как же это от них бабки могут прийти?

Морковин развел руками.

— Сам до конца не понимаю, — прошептал он в ответ. — Может, какие-то люди заинтересованы. Работают в каких-то там структурах, вот и корректируют имидж. Наверно, если разобраться, все в конечном счете на нас самих и замкнется. Только зачем разбираться? Ты где еще тридцать штук зараз заработаешь? Нигде. Так что не бери в голову. Про этот мир вообще никто ничего по-настоящему не понимает.

В зал заглянул киномеханик:

— Мужики, вы долго сидеть будете?

— Говорим про клипы, — шепнул Морковин.

Татарский прочистил горло.

— Если я правильно понял разницу, — сказал он ненатурально громким голосом, — то обычная реклама и та, что мы видели, — это как поп-музыка и альтернативная?

— Именно, — так же громко ответил Морковин, поднимаясь с места и глядя на часы. — Только что это такое — альтернативная музыка? Какой музыкант альтернативный, а какой — попсовый? Как ты это определяешь?

— Не знаю, — ответил Татарский. — По ощущению.

Они прошли мимо застрявшего в дверях киномеханика и направились к лифтам.

— Есть четкая дефиниция, — сказал Морковин назидательно. — Альтернативная музыка — это такая музыка, коммерческой эссенцией которой является ее предельно антикоммерческая направленность. Так сказать, антипопсовость. Поэтому, чтобы правильно просечь фишку, альтернативный музыкант должен прежде всего быть очень хорошим поп-коммерсантом, а хорошие коммерсанты в музыкальный бизнес идут редко. То есть идут, конечно, но не исполнителями, а управляющими... Все, расслабься. У тебя текст с собой?

Татарский кивнул.

— Пойдем ко мне. Дадим тебе соавтора, как Азадовский велел. А соавтору я штуки три суну, чтобы сценарий не испортил.

Татарский никогда еще не поднимался на седьмой этаж, где работал Морковин. Коридор, в который они вышли из лифта, выглядел скучно и напоминал о канцелярии советских времен — пол был покрыт обшарпанным паркетом, а двери обиты звукоизоляцией под черным дерматином. На каждой двери, правда, была изящная металлическая табличка с маркировкой, состоявшей из цифр и букв. Букв было всего три — «А», «О» и «В», но они встречались в разных комбинациях. Морковин остановился возле двери с табличкой «1 — А-В» и набрал код на цифровом замке.

Кабинет Морковина впечатлял размерами и убранством. Один только письменный стол явно стоил в несколько раз больше, чем «мерседес» Татарского. Этот шедевр мебельного искусства был почти пуст — на нем лежала папка с бумагами и стояли два телефона без циферблатов, красный и белый. Еще на нем помещалось какое-то странное устройство — небольшая металлическая коробка со стеклянной панелью сверху. Над столом висела большая картина, которая сначала показалась Татарскому гибридом соцреалистического пейзажа с дзенской каллиграфией. Она изображала угол тенистого сада, где поверх кустов шиповника, вырисованных с фотографической точностью, был небрежно намалеван сложный иероглиф, покрытый одинаковыми зелеными кружками.

— Что это такое?

— Президент на прогулке, — сказал Морковин. — Азадовский подарил для государственного настроя. Вон, видишь, на скелетоне галстук? И еще значок какой-то — он прямо на фоне цветка, так что приглядеться надо. Но это уже фантазия художника.

Оторвавшись от картины, Татарский заметил, что они с Морковиным в кабинете не одни. На другом конце просторной комнаты помещалась стойка с тремя плоскими мониторами и эргономическими клавишными досками, провода от которых уходили в обитую пробкой стену. За одним из мониторов сидел паренек с пони-тэйлом и неторопливыми движениями руки пас мышку на скудном сером коврике. Уши парня были проткнуты не меньше чем десятью мелкими серьгами, и еще две проходили через левую ноздрю. Вспомнив совет Морковина колоть себя чем-нибудь острым при появлении мысли об отсутствии какой-либо опоры у всеобщего порядка вещей, Татарский решил, что дело тут не в чрезмерном увлечении пирсингом, а в том, что из-за близости к техническому эпицентру происходящего парень с пони-тэйлом просто ни на секунду не вынимает из себя булавок.

Сев за стол, Морковин поднял трубку белого телефона и отдал короткое распоряжение.

— Сейчас твой соавтор подойдет, — сказал он Татарскому. — Ты здесь еще не был? Вот эти терминалы идут на главный рендер. А этот юноша — наш главный дизайнер Семен Велин. Ощущаешь ответственность?

Татарский несмело подошел к парню за компьютером и поглядел на экран, где дрожала тонкая сетка синих линий. Линии соединялись в подобие проволочного каркаса двух ладоней, сложенных домиком, так, что соприкасались только их средние пальцы. Они медленно вращались вокруг невидимой вертикальной оси. Чем-то неуловимым картинка напоминала кадр из малобюджетного фантастического фильма восьмидесятых годов. Парень с пони-тэйлом двинул мышь по коврику, потыкал стрелкой курсора в колонки меню, возникшие в верхней части экрана, и наклон рук изменился.

— Я ведь говорил, сразу надо было золотое сечение забить, — сказал он, поворачиваясь к Морковину.

— Ты про что? — спросил Морковин.

— Про угол между ладонями. Надо было его сделать таким же, как в египетских пирамидах. У зрителя будет возникать безотчетное ощущение гармонии, мира и счастья.

— Чего ты с этим старьем возишься? — спросил Морковин.

— Идея хорошая была насчет крыши. Все равно вернемся.

— Ладно, — согласился Морковин, — забивай свое золотце. Пусть ботва расслабится. Только в сопроводительных документах про это не пиши.

— Почему?

— Потому, — сказал Морковин. — Мы-то с тобой знаем, что такое золотое сечение. А в бухгалтерии, — он кивнул головой вверх, — могут смету не утвердить. Решат, что, раз золотое, дорого. На Черномырдине сейчас экономят.

— Понял, — сказал парень. — Я тогда просто углы заложу. Позвони, чтоб корневую открыли.

Морковин подтянул к себе красный телефон.

— Алла? Это Морковин из анально-вытесняющего. Открой корневую директорию на пятый терминал. У нас там косметический ремонт. Хорошо...

Он положил ладонь на прозрачную панель странного прибора, и по стеклу прошла полоса яркого света.

— Есть, — сказал Морковин. — Подожди, Алла, у тебя Семен что-то спросить хочет.

Парень в белом халате перехватил трубку:

— Аллочка, привет! Посмотри уж заодно, какая у Черномырдина волосатость? Чего? Нет, в том-то и дело — мне для полиграфии. Хочу сразу цветопробы сделать. Так, пишу — тридцать два эйч-пи-ай, курчавость ноль три. Доступ дала? Тогда все.

— Слушай, — тихо спросил Татарский, когда Семен вернулся за свой терминал, — а что это значит — «из анально-вытесняющего»?

— Так наш отдел называется.

— А почему такое название странное?

— Ну, это общая теория выборов, — наморщился Морковин. — Короче, всегда должно быть три вау-кандидата — оральный, анальный и вытесняющий. Только ты меня не спрашивай, что это значит, у тебя допуска пока нет. Да я и сам плохо помню. Могу только сказать, что в нормальных странах обходятся оральным и анальным, потому что вытеснение завершено, а у нас все только начинается и вытесняющий нужен. Мы на него кладем пятнадцать процентов в первом туре. Если тебе интересно, могу допуск выписать. Зайдешь к Марлену в отдел народной души, он тебе объяснит.

— Ладно, — сказал Татарский, — Бог с ним.

— Правильно. На фиг тебе надо мозги размножать за такую зарплату. Чем меньше знаешь, тем легче дышишь.

— Точно, — сказал Татарский, отметив про себя, что, если «Давидофф» начнет выпускать брэнд «ultra lights», лучше слогана не найти.

Морковин раскрыл папку и вооружился карандашом. Из деликатности Татарский отошел к стене и стал изучать пришпиленные к ней кнопками бумаги и картинки — их было множество. Сначала его внимание привлек большой плакат с Антонио Бандерасом в голливудском шедевре «Степан Бандера». Бандерас, романтически небритый, с футляром от огромной бандуры в руке, стоял на окраине условной Жмеринки и грустно смотрел на разбитую «тридцатьчетверку» в крапивно-подсолнуховом чаппарале. С первого взгляда на толпу вислоусых селян в расшитых петушками пончо, которые жмурились на красно-желтое фотографическое солнце, делалось ясно, что фильм снимали в Мексике. Плакат был не настоящим — это был коллаж. Неизвестный шутник аккуратно подмонтировал жопастую пару девичьих ног в темных колготках к торсу Бандераса в тяжелом кожаном жупане. Под изображением был слоган:

SAN-PELEGRINO
ЭТУ СВЯЗЬ НЕ РАЗОРВЕТ НИЧТО

Прямо на плакат скотчем был приклеен факс на бланке компании «Янг энд Рубикам». Он был коротким:

Серега! Перетер. Окончательная коррекция брэнд-эссенций на два квартала:

Чубайс — отвага на пожаре / зеленые в банке

Лебедь — правда в камуфляже / порядок в бабочке

Явлинский — think different / think doomsday. (Apple не возражает)

Ельцин — стабильность в коме / демократия в гробу

Hi there,

Эдик.

— Для Чубайса слабовато они придумали, — сказал Татарский, поворачиваясь к Морковину, — а коммунисты где?

— Их в оральном отделе сочиняют, — ответил Морковин. — И слава Богу. Я бы за две зарплаты не стал.

— А там что, больше платят?

— Так же. А есть ребята, которые у них за бесплатно вкалывать готовы. Одного, кстати, сейчас увидишь.

Рядом с Бандерасом висела сделанная на цветном принтере открытка с золотым двуглавым орлом, сжимающим в одной когтистой лапе «калашников», а в другой — пачку «Мальборо». Под лапами орла была золотая надпись:

SANTA BARBARA FOREVER[1].
ОТДЕЛ РУССКОЙ ИДЕИ ПОЗДРАВЛЯЕТ
КОЛЛЕГ С ДНЕМ СВЯТОЙ ВАРВАРЫ!

Справа от открытки висел еще один рекламный плакат — Ельцин, склонившийся над шахматной доской с еще не пришедшими в движение фигурами. Смотрел он на нее почему-то сбоку (видимо, мизансцена подчеркивала его роль верховного арбитра), а вместо белого и черного королей стояли маленькие бутылочки с надписями «Обычное виски» и «Black Label». Подпись гласила:

BLACK LABEL
МОЩНЕЙШАЯ РОКИРОВКА!

В дверь постучали. Татарский повернулся и замер. Такое количество встреч со старыми знакомыми за один день казалось неправдоподобным — в кабинет вошел Малюта, копирайтер-антисемит, с которым они работали когда-то в агентстве Ханина. Он был одет в турецкую косоворотку, перехваченную солдатским ремнем, на котором висела целая батарея оргтехники: сотовый телефон, пейджер, зажигалка «Зиппо» в кожаном футляре и шило в узких черных ножнах.

— Малюта! Чего ты здесь делаешь?

Малюта, однако, не проявил удивления.

— Я здесь всему кагалу имидж-меню сочиняю, — ответил он. — Про квасок ядреный с хренком слышал? Или про блины с тешкой? Это всё мои хиты.

---

[1] Санта-Барбара навсегда (*англ.*).

Еще в оральном отделе работаю на полставки. А ты по компромату?

Татарский промолчал.

— Знакомы? — с любопытством спросил Морковин. — Ну да, у Ханина вместе сидели. Значит, без проблем сработаетесь.

— Работать я один предпочитаю, — сухо сказал Малюта. — Чего делать-то надо?

— Азадовский просил, чтобы ты проект доработал. По Березовскому с Радуевым. Радуева не трогать, а вот по Березовскому надо чичирок добавить. Я тебе вечерком позвоню, дам кое-какие инструкции. Сделаешь?

— По Березовскому-то? — спросил Малюта. — Чичирок? Это да. Когда нужно?

— Вчера, как всегда.

— А где исходник?

Морковин посмотрел на Татарского. Тот пожал плечами и протянул Малюте папочку с распечаткой сценария.

— Ты с автором не хочешь поговорить? — спросил Морковин. — Чтоб он тебя в курс ввел?

— Сам по тексту разберусь. Завтра в десять будет готово.

— Ну, как знаешь.

Когда Малюта вышел, Морковин сказал:

— Не очень он тебя любит.

— Да ерунда, — сказал Татарский. — Поспорили как-то о геополитике. Слушай, а кто будет вышки менять? На бурильно-телевизионные?

— Вот черт, забыл. Хорошо, что напомнил, — я ему вечером объясню. Ты, кстати, с ним помирись.

Сам знаешь, что у нас сейчас с тактовой частотой, а Леня ему все равно одного 3-D генерала выделил. Говорит, эфир оживляет. Так что кадр он перспективный, а какая завтра коррекция придет и откуда, никто не знает. Может, он вместо меня завотделом будет, тогда...

Морковин не договорил. Дверь распахнулась, и в комнату ворвался Азадовский. Следом за ним вошли двое охранников со «скорпионами» на ремнях. Лицо Азадовского было белым от ярости, а пальцы быстро сжимались и разжимались с такой силой, что Татарский вспомнил когти орла с поздравительной открытки. Таким Татарский никогда его не видел.

— Кто Лебедя последний раз сводил? — закричал Азадовский от двери.

— Как обычно, — испуганно ответил Морковин, — Семен. А что случилось?

Азадовский повернулся к парню с пони-тэйлом.

— Ты? — спросил он. — Это ты сделал?

— Что? — спросил Семен.

— Ты Лебедю сигареты заменил? С «Кэмела» на «Житан»?

— Я, — сказал Семен, — а что такое? Я просто подумал, что так будет актуальнее. Мы же его собирались с Аленом Делоном монтировать.

— Увести, — скомандовал Азадовский.

— Подождите, подождите, — испуганно выставил перед собой руки Семен, — я объясню...

Но охранники уже волокли его в коридор. Азадовский повернулся к Морковину и несколько секунд сверлил его глазами.

— Я ничего не знал, — сказал Морковин, — клянусь.

— А кто про это знать должен? Я? А ты знаешь, откуда мне сейчас звонили? Из «Джей-Ар Рейнольде тобакко», которые нам «Кэмел» у Лебедя на два года вперед проплатили. И знаешь, что они сказали? Что они нас через своего конгрессмена на пятьдесят мегагерц опускают. И опустят еще на пятьдесят, если Лебедь в следующем эфире опять с «Житаном» будет. Я не знаю, сколько этот Семен наварил на черном пи-аре, но потеряем мы много, очень. Мы что, блядь, в двадцать первый век на ста мегагерцах въехать хотим? Когда следующий эфир с Лебедем?

— Завтра. Интервью о русской идее. Уже все досчитано.

— Ты материал смотрел?

Морковин схватился за голову.

— Смотрел, — ответил он. — Ах ты... Точно. У него там «Житан». Я заметил, но решил, что это сверху утверждено. Ты же знаешь, я эти вопросы не решаю. Я и подумать не мог.

— Где у него сигареты? На столе?

— Если бы. Он пачкой все интервью машет.

— Пересчитать успеем?

— Целиком — нет.

— А текстуры поменять на пачке?

— Тоже нет. У «Житана» габариты другие. А пачка все время перед камерой.

— Что будем делать?

Азадовский остановил взгляд на Татарском, словно только что его заметив. Татарский прокашлялся.

— А может быть, — сказал он робко, — добавить пэтч с пачкой «Кэмела» на столе? Это ведь просто.

— И что же, он будет одной пачкой в воздухе махать, а другая перед ним лежать будет? Бред.

— А руку, — продолжал Татарский, повинуясь внезапной волне вдохновения, — в гипс закатать. Так, чтобы пачка ушла.

— В гипс? — задумчиво переспросил Азадовский. — А что скажем?

— Покушение, — сказал Морковин.

— Чего, в руку попали?

— Нет, — сказал Татарский. — Пытались взорвать в машине.

— А что ж он, про покушение в интервью ничего не скажет? — спросил Морковин.

Азадовский секунду думал.

— Это как раз нормально. Непоколебимый такой чувачок... — Он потряс кулаком в воздухе. — Даже не обмолвился. Солдат. Про покушение дадим в новостях. А в пэтч на столе вставляем не пачку «Кэмела», а целый блок. Пусть эти гады подавятся.

— Что в новостях будем давать?

— По минимуму. Чеченский след, исламский фактор, ведется расследование и так далее. На чем Лебедь по легенде ездит? На старом «мерседесе»? Сейчас посылай съемочную группу за город, возьми наряд ментов, найдите старый «мерседес», взорвите и снимите. К десяти должно быть в эфире. Скажете, что генерал сразу уехал по делам и работает по графику. Да, и чтобы на месте преступления феску нашли, типа как у Радуева будет. Мысль ясна?

— Гениально, — сказал Морковин. — Нет, правда гениально.

Азадовский криво улыбнулся — эта улыбка была больше похожа на нервную судорогу.

— А где мы старый «мерседес» найдем? — спросил Морковин. — У нас же все новые.

— Кто-то у нас на таком ездит, — сказал Азадовский, — я на парковке видел.

Морковин поднял глаза на Татарского.

— Ды... Ды... — пробормотал Татарский, но Морковин отрицательно покачал головой.

— Нет, — сказал он, — даже не думай. Давай ключи.

Татарский вынул из кармана ключи от машины и покорно положил их в ладонь Морковина.

— Там чехлы новые, — сказал он жалобно, — может, я сниму?

— Да ты че, охуел? — взорвался Азадовский. — Если нас еще на пятьдесят мегагерц опустят, нам что, опять правительство распускать и Думу разгонять? Какие чехлы? О чем ты думаешь?

У него в кармане запищал телефон.

— Але, — сказал он, поднося трубку к уху. — Как? Я скажу, что с ним делать. Сейчас за город съемочная группа поедет — взорванную машину снимать. Возьмете этого козла, посадите на место шофера и взорвете. Чтоб кровь была и лоскуты, их засснимете. Другим урок будет насчет черного пи-ара... Как? Ты ему скажи, что важнее того, что с ним сейчас будет, ничего в мире нет. Чтобы он не отвлекался на мелочи. И не считал, что сказать мне что-то может, чего я сам не знаю.

Сложив телефон, Азадовский кинул его в карман, несколько раз глубоко вздохнул и взялся за сердце.

— Болит, — пожаловался он. — Вы что, гады, хотите, чтобы у меня инфаркт был в тридцать лет?

По-моему, в этом комитете один я не ворую. Всем живо за работу. А я пойду в Штаты звонить. Может, отмажемся.

Когда Азадовский вышел, Морковин значительно поглядел Татарскому в глаза, вытащил из кармана маленькую жестяную коробочку и высыпал на стол горку белого порошка.

— Давай, — сказал он, — присоединяйся.

Когда процедура была закончена, Морковин намусолил палец, собрал оставшиеся на столе белые крупинки и слизнул их.

— А ты спрашивал — да как это, да на что все опирается, да кем все управляется, — сказал он. — Я ж говорю, тут только о том и думаешь, чтобы жопу свою уберечь и дело сделать. На другие мысли времени не остается. Кстати, ты вот что: деньги в карман переложи, а конвертики эти, в которых они пришли, спусти прямо сейчас в унитаз. На всякий случай. Туалет по коридору налево...

Запершись в кабинке, Татарский распихал пачки банкнот по карманам — он никогда еще не видел такой кучи денег одновременно. Разорвав конверты на мелкие клочки, он бросил обрывки в унитаз. Из одного конверта выпала записка — поймав ее в воздухе, Татарский прочитал:

Ребята! Спасибо вам огромное, что иногда позволяете жить параллельной жизнью. Без этого настоящая была бы настолько мерзка!

Удачи в делах,

Б. Б.

Текст был отпечатан на лазерном принтере, а подпись была синим факсимильным отпечатком. «Опять Морковин шуткует, — подумал Татарский. — А может, и не Морковин...»

Перекрестившись, он сильно ущипнул себя за ляжку и спустил воду.

КРИТИЧЕСКИЕ ДНИ

Стреляли, как водится в Москве, с моста. Старенькие «Т-80» работали с большими интервалами — похоже, у спонсоров не хватало денег на снаряды и они боялись, что все кончится слишком быстро, так и не попав в мировые новости. Был, кажется, какой-то негласный лимит на сообщения из России — показывать начинали не то с трех, не то с четырех танков, ста убитых и что-то там еще, Татарский не помнил точно. Но в этот раз, видимо, было сделано исключение из-за крайней живописности происходящего: хоть танков было всего два, вдоль набережной плотно стояли телевизионные команды со своими оптическими базуками и били из них мегатоннами осовелого человеческого внимания по Москве-реке, танкам, бронзовому Петру I и по окну, за которым прятался Татарский.

Стоящий на мосту танк долбанул из пушки, и одновременно Татарскому в голову пришла интересная идея — предложить людям из имидж-службы группы «Мост» силуэт танка на мосту как перспективный символ вместо их непонятного орла. За долю секунды — быстрей, чем снаряд долетел до цели, — сознание Татарского взвесило возможные перспективы («образ танка символизирует агрессивную мощь группы и вместе с тем вносит традиционно русскую ноту в космополитический финансовый контекст»), и идея была отброшена. «Обоссутся, — констатировал Татарский. — А жаль».

Снаряд попал Петру в голову — но не взорвался, а прошел ее насквозь, улетев куда-то в сторону парка Горького. Вверх ударил высокий плюмаж пара. Татарский вспомнил, что в голове монумента был маленький ресторан со всеми надлежащими коммуникациями, и решил, что болванка перебила систему отопления. С набережной долетели восторженные крики телевизионщиков. Из-за клубящегося плюмажа Петр стал похож на монстра-рыцаря из романа Стивена Кинга. Вспомнив, как по плечам чудовища из «Талисмана» растекался гниющий мозг, Татарский подумал, что сходство будет полным, если следующий снаряд разорвет канализационную трубу.

Голову Петра защищал комитет «Оборона Севастополя». В новостях говорили, что имеется в виду не город, а гостиница «Севастополь», за которую борются две мафии — чеченская и солнцевская. Еще говорили, что солнцевские наняли каскадеров с «Мосфильма» и забили такую странную стрелку, чтобы привлечь телевидение и вообще нагнать антикавказских эмоций (судя по обилию пиротехники и спецэффектов, это было правдой). Простодушные чечены, мало разбирающиеся в PR-кампаниях, не поняли, в чем дело, и наняли под Москвой два танка.

Каскадеры пока держались и даже отстреливались — в дыре возле вывороченного петровского глаза пыхнул дымок, и на мосту разорвалась граната. Танк выстрелил в ответ. В голову Петра ударила болванка, и вниз полетели вырванные клочья бронзы. Почему-то каждое новое попадание делало императора чуть пучеглазее.

Из всех участников драмы Татарский сочувствовал разве что бронзовому истукану, медленно умиравшему под стеклянными глазами телекамер. Да и то не очень — работа была не закончена, и энергию эмоционального центра надо было беречь. Татарский опустил жалюзи, полностью отрезав себя от происходящего, сел за компьютер и перечитал цитату, написанную маркером прямо по обоям над монитором:

Чтобы подействовать на воображение русского заказчика и внушить ему доверие (в качестве заказчиков рекламы в России, как правило, выступают представители бывшего КГБ, ГРУ и партноменклатуры), рекламная концепция должна по возможности ссылаться на гипотетические полузакрытые или закрытые разработки западных спецслужб по программированию сознания, отдающие невероятным цинизмом и бесчеловечностью. К счастью, на эту тему импровизировать несложно — достаточно помнить слова Оскара Уайльда о том, что жизнь имитирует искусство.

«The Final Positioning».

— Ну да, — пробормотал Татарский, — несложно.

Напрягшись, как перед прыжком в холодную воду, он зажмурился, вдохнул, задержал воздух в легких, сосчитал до трех и обрушил пальцы на клавиатуру:

Обобщая вышесказанное, можно сказать, что основным каналом внедрения шизоблоков заказчика в сознание россиян в течение достаточно долгого обозримого периода будет оставаться телевидение. В связи с этим представляется крайне опасной тенденция, наметившаяся в последнее время среди т.н. среднего класса — прослойки зрителей, наиболее перспективной с точки зрения социальных результатов телевизионного шизоманипулирования. Речь идет о полном отказе или сознательном ограничении объема просматриваемых телевизионных передач с целью экономии нервной энергии для работы. Так поступают даже профессиональные телесценаристы, поскольку в постфрейдизме принято считать, что в информационную эпоху сублимации подлежит не столько сексуальность, сколько та энергия, которая растрачивается на бесцельный ежедневный просмотр телепрограмм.

Чтобы в корне пресечь наметившуюся тенденцию, в рамках настоящей концепции предлагается воспользоваться методикой, разработанной Ми-5 совместно с Центральным разведывательным управлением США для нейтрализации остатков национально мыслящей интеллигенции в странах третьего мира. (Мы исходим из того, что средний класс в России формируется как раз из интеллигенции, переставшей мыслить национально и задумавшейся о том, где взять денег.)

Методика чрезвычайно проста. Поскольку в программе любого телеканала содержится достаточное количество синапсдеструктивного материала на единицу времени...

За окном грохнуло, и по крыше забарабанили осколки. Татарский втянул голову в плечи. Перечитав написанное, он зачеркнул «синапс» и заменил его на «нейро».

...задача шизосуггестирования будет выполнена в результате удержания нейтрализуемого лица у телеэкрана в течение достаточно длительного промежутка времени. Чтобы добиться этого результата, предполагается использовать такую типическую черту национально мыслящего интеллигента, как сексуальная неудовлетворенность.

Внутренние рейтинги и данные закрытых опросов показывают, что наибольшим вниманием у представителей национально мыслящей интеллигенции пользуются ночные эротические каналы. Но максимальный эффект был бы получен, если бы не определенный набор передач, а сам телеприемник как таковой получил в сознании обрабатываемого лица статус эротического раздражителя. Учитывая патриархальный характер российского общества и ту определяющую роль, которую играет в формировании общественного мнения мужская часть населения, наиболее целесообразным представляется сформировать подсознательную ассоциативную связь «телевизор — женский половой орган». Эту ассоциацию должен вызывать сам телевизор вне зависимости от фирмы-производителя или характера транслируемой передачи, что позволит добиться оптимальных результатов шизоманипулирования.

Самый недорогой и технически простой способ достижения этой цели — развертывание широкомасштабно-избыточной телерекламы женских гигиенических прокладок. Их следует постоянно поливать жидкостью голубого цвета (задействуется ассоциативное поле «голубой экран, волны эфира и т.п.»), а сами клипы должны быть построены таким образом, чтобы прокладка как бы наползала на телеэкран, вводя требуемую ассоциацию прямым и непосредственным образом...

Татарский услышал за спиной легкий звон и оглянулся. На экране телевизора под странную, словно бы северную музыку появился золотой женский торс невыразимой и непривычной красоты. Он медленно вращался. «Иштар, — догадался Татарский, — кто же еще...» Лица статуи не было видно за краем экрана, но камера медленно поднималась, и лицо должно было вот-вот появиться. Но за миг до того, как оно стало видимым, камера так приблизила статую, что на экране осталось только золотое мерцание. Татарский щелкнул откуда-то взявшимся в руке пультом, но изменилась не картинка на экране телевизора, а сам телевизор — он стал вспучиваться по краям, превращаясь в подобие огромной вагины, в черный центр которой со звенящим свистом полетел всасываемый ветер.

— Сплю, — пробормотал Татарский в подушку, — сплю...

Он осторожно повернулся на другой бок, но звон не исчез. Приподнявшись на локте, он хмуро оглядел посапывающую рядом тысячедолларовую проститутку, совершенно неотличимую в полутьме от Клаудии Шиффер, протянул руку к лежащему на тумбочке мобильнику и прохрипел:

— Але.

— Что, опять с перепою? — жизнерадостно заорал Морковин. — Забыл, что на барбекю едем? Давай спускайся быстро, я уже внизу. Азадовский ждать не любит.

— Сейчас, — сказал Татарский. — Только в душ зайду.

Осеннее шоссе было пустынным и печальным. Особенно грустно делалось оттого, что деревья по его бокам были еще зелеными и выглядели вполне по-летнему, но было ясно, что лето кончилось, так и не выполнив ни одного из своих обещаний. В воздухе висело какое-то смутное предчувствие зимы, снегопада и катастрофы, — Татарский долго не мог понять источника этого ощущения, пока не обратил внимания на инсталляции у обочины. Через каждые полкилометра машина проносилась мимо рекламы «Тампакса» — огромного фанерного щита, на котором была изображена пара белых роликовых коньков, лежащих на девственно-чистом снегу. С предчувствием зимы все стало ясно, но было по-прежнему непонятно, откуда берется всепроникающая тревожность. Татарский решил, что они с Морковиным попали в одну из депрессивных психических волн, носящихся над Москвой и окрестностями с самого начала кризиса. Природа этих волн была необъяснима, но в их существовании у Татарского не было никаких сомнений, поэтому он немного обиделся, когда его слова вызвали у Морковина смех.

— Насчет снега ты правильно просек, — сказал тот. — А вот насчет волн каких-то... Ты приглядись к этим щитам. Ничего не замечаешь?

Возле следующего щита Морковин притормозил, и Татарский вдруг заметил большое граффити, нанесенное кроваво-красным распылителем поверх коньков и снега: «Банду Ельцина под суд!»

— Точно, — сказал он восхищенно. — Ведь и на остальных то же самое было! На прошлом — серп и молот, на позапрошлом — свастика, а до этого — что-то про чурок... Обалдеть. Ведь ум просто отфильтровывает — не замечаешь. А цвет-то, цвет! Кто придумал?

— Будешь смеяться, — ответил Морковин, набирая скорость. — Малюта. Правда, тексты мы почти все переписали. Уж больно страшно было. Но идея осталась. Как ты любишь выражаться, формируется ассоциативное поле: «критические дни — может пролиться кровь — Тампакс — ваш щит против эксцессов». Прикинь, сейчас по Москве только два брэнда продаются с прежним оборотом — «Тампакс» и «Парламент Лайтс».

— Нормально, — сказал Татарский и мечтательно цокнул языком. — Слоган просится: «Тампакс ultra safe: красные не пройдут!» Или персонифицировать — не красные, а Зюганов. И по Кастанеде: менструация — трещина между мирами, и если вы не хотите, чтобы из этой трещины... Или эстетизировать — «Красное на Голубом». Какие горизонты...

— Да, — сказал Морковин задумчиво, — надо будет в оральном отделе мыслишку подкинуть.

— Еще можно тему белого движения поднять. Представляешь — офицер в песочном френче на крымском косогоре, что-то такое набоковское... В пять раз бы больше продали.

— Да какая разница, — сказал Морковин. — Продажи — это побочный эффект. Мы же на самом деле не «Тампакс» внедряем, а тревожность.

— А зачем?

— Так у нас же кризис.

— А, ну да, — сказал Татарский. — Конечно. Слушай, насчет кризиса — я все никак понять не могу, как этот Семен Велин все правительство стер? Там же три уровня защиты было.

— Да ведь Сеня не просто дизайнер был, — ответил Морковин, — а программист. Он знаешь с каким размахом работал? У него на счетах потом тридцать семь лимонов грин нашли. Он даже Зюганову пиджак поменял с Кардена на Сен-Лорана. Как он в оральную директорию с нашего терминала залез, никто до сих пор понять не может. А что по галстукам и сорочкам творилось, вообще не описать. Азадовский, когда отчет прочел, два дня болел.

— Круто.

— А ты думал. Так вот, очко у Семена, видно, играло — знал, с чем дело имеет. И решил он себя обезопасить. Написал программу, которая в конце каждого месяца всю директорию должна была стирать, если он ее вручную не тормознет, и подсадил в файл с Кириенко. А дальше эта программа сама все правительство заразила. От вирусов у нас, ясно, защита есть, но Семен очень хитрую программу придумал, такую, что она по хвостам секторов себя записывала, а в конце месяца сама себя собирала, и по контрольным суммам ее никак нельзя было найти. Только ты не спрашивай, что это значит, я сам не понимаю — просто разговор слышал. Короче, когда его в твоем «мерседесе» за город увозили, он пытался про это Азадовскому рассказать, а тот даже говорить не стал. А потом — дефолт всему. Леня волосы на себе рвал.

— А скоро новое правительство будет? — спросил Татарский. — А то устал уже от безделья.

— Скоро, скоро. Ельцин уже готов — послезавтра выпишем из ЦКБ. Его заново в Лондоне оцифровали. По восковой фигуре у мадам Тюссо, есть у нее такая в запаснике. Третий раз уже восстанавливаем — так он всех замучил, не поверишь. А по остальным нурбсы дошиваем. Только правительство какое-то совершенно левое выходит, в смысле с коммунистами. Оральный отдел интригует. Вообще, я на самом деле не боюсь — нам только легче станет. И народу тоже легче — одна identity на всех плюс карточки на масло. Вот только Саша Бло тормозит пока с русской идеей.

— Эй, погоди-ка, — настораживаясь, сказал Татарский, — ты меня не пугай. Кто следующий будет? После Ельцина?

— Как кто? За кого проголосуют. Выборы у нас честные, как в Америке.

— А на фиг нам это надо?

— Нам это ни на фиг не надо. Но иначе бы они нам рендера не продали. У них там какая-то поправка есть к закону о торговле — все, короче, должно быть как у них. Маразм, конечно, полный...

— Да какое им до нас дело? Зачем им?

— Потому что выборы стоят дорого, — мрачно сказал Морковин. — Хотят экономику нашу до конца разрушить. Есть, во всяком случае, такая версия... Вообще, не туда мы идем. Нам не долдонов этих надо оцифровывать, а новых политиков делать, нормальных, молодых. С нуля разрабатывать, через фокус-груп — идеологию вместе с мордой.

— Чего ты Азадовскому не посоветуешь?

— Попробуй ему посоветуй... Так, приехали.

От дороги отходила другая, грунтовая, с обеих сторон украшенная знаками «Stop». Морковин свернул на нее, сбавил скорость и поехал по лесу. Скоро дорога привела к высоким металлическим воротам в кирпичной стене. Морковин два раза просигналил, ворота открылись, и машина въехала в огромный, как футбольное поле, двор.

Дача Азадовского производила странное впечатление. Больше всего она напоминала собор Василия Блаженного, увеличенный в два раза и обросший множеством хозяйственных пристроек. Витые чердачки и мансарды были украшены балкончиками с ограждениями из крошечных пузатых колонн, а все окна выше второго этажа были наглухо закрыты ставнями. По двору ходило несколько ротвейлеров, над трубой одной из пристроек поднималась струя сизого дыма (видимо, топили баню), а сам Азадовский в окружении небольшой свиты, включавшей Сашу Бло и Малюту, стоял на ступенях ведущей в дом лестницы. Он был в тирольской шляпе с пером, которая очень ему шла и даже придавала его полному лицу что-то благородно-разбойничье.

— Как раз вас дожидаемся, — сказал он, когда Татарский с Морковиным подошли. — Мы сейчас в народ едем. Пить пиво на станцию.

Татарский почувствовал острое желание сказать шефу что-нибудь приятное.

— Это как Гарун аль-Рашид со своими визирями, да?

Азадовский посмотрел на него с недоумением.

— Он все время переодевался и ходил по Багдаду, — пояснил Татарский, уже жалея, что начал разговор. — Смотрел, как народ живет. И рейтинг свой выяснял.

— По Багдаду? — спросил Азадовский подозрительно. — Что еще за Гарун?

— Да халиф такой был. Давно, лет пятьсот назад.

— Тогда понятно. Сейчас-то по Багдаду не особо походишь. Всё как у нас — только на трех джипах и с охраной. Ну что, все в сборе? По тачкам.

Татарский сел в последнюю машину — красный «рэйнджровер» Саши Бло. Саша был уже чуть пьян и явно в приподнятом настроении.

— Я тебя все поздравить хочу, — сказал он. — Этот твой материал про Березовского с Радуевым —

лучший компромат за всю осень. Реально. Особенно то место, где они собираются пронзить мистическое тело России своими бурильно-телевизионными вышками в главных сакральных точках. И какая надпись на этих монопольных денежках — «In God we Monopoly»![1] А на Радуева кипу надеть — это ж надо допереть было...

— Да ладно тебе, — сказал Татарский и мрачно подумал: «Просили же этого мудака Малюту, чтоб не трогал Радуева. Теперь вот бабки назад. И хорошо, если без счетчика обойдется». — Ты лучше скажи, когда твой отдел нам идею родит нормальную? — спросил он. — На какой стадии проект?

— Вообще все строго секретно. Но если в общих чертах, то идея на подходе. И такая, что все припухнут. Осталось додумать роль Аттилы и доработать стилистику — чтобы был как бы постоянный контрапункт органа и гармошки.

— Аттила? Это который Рим сжег? При чем тут он?

— Аттила — значит «человек с Итиля». Сказать по-нашему — Волжанин. Итиль — это древнее название Волги. Чувствуешь, куда клоню?

— Не очень.

— Мы же и есть третий Рим. Который, что характерно, на Волге. Так что и в поход ходить никуда не надо. Отсюда наша полная историческая самодостаточность и национальное достоинство.

Татарский оценил мысль.

— Да, — сказал он, — сурово.

Поглядев в окно, он увидел над кромкой леса

---

[1] «На Бога у нас монополия» (*англ.*).

верхушку гигантской бетонной постройки — косо поднимающийся вверх спиральный скат, увенчанный небольшой серой башенкой. Он зажмурил глаза и открыл их снова — бетонная глыба не исчезла, только чуть-чуть сместилась назад. Татарский пихнул Сашу Бло под локоть, так, что машина вильнула на дороге.

— Ты чего, одурел? — спросил Саша.

— Гляди быстрее, — сказал Татарский, — вон, видишь, башня из бетона?

— Ну и что?

— Не знаешь, что это такое?

Саша поглядел в окно.

— А, это. Азадовский только что рассказывал. Тут начинали станцию ПВО строить. Чего-то там раннего оповещения. Успели только фундамент доделать и стены, а потом, сам знаешь, оповещать стало некого. У Азадовского есть план все это приватизировать и достроить, только не локатор, а дом себе новый. Говорит, дизайн ему нравится. Не знаю — я, например, бетонные стены не переношу. А чего ты так завелся?

— Ничего, — сказал Татарский. — Вид очень странный. А как станция называется, куда мы едем?

— Расторгуево.

— Расторгуево, — повторил Татарский. — Тогда все понятно.

— Да вон она, кстати. Нам вон в тот дом. Тут самый грязный пивняк под Москвой. Леня любит здесь пивка попить по выходным. Чтобы ощутить как следует, чего он в жизни достиг.

Пивная, помещавшаяся в подвальном этаже облезлого кирпичного дома недалеко от железнодорожной платформы, действительно была на редкость грязна и зловонна. Народ, жившийся по столикам с чекушками водки, был вполне под стать заведению — несколько не вписывались в среду только два бандита в спортивных костюмах, стоявшие за столиком возле входа. Татарского поразило, что Азадовский поздоровался с несколькими посетителями — видимо, он действительно был здесь завсегдатаем. Саша Бло зацепил одной рукой две кружки бледного пива, схватил другой Татарского под руку и потащил его за дальний столик.

— Слушай, — заговорил он, — а у меня к тебе дело. У меня два брата сюда переехали из Еревана и решили бизнес начать. Короче, открыли эксклюзивное похоронное бюро с высшим классом обслуживания. Просто прикинули, сколько здесь бабок зависло между банками. Их все сейчас выбивать начинают друг из друга, так что на рынке возникла реальная ниша.

— Это точно, — сказал Татарский, поглядывая на бандитов у входа, которые пили чешское пиво из принесенных с собой бутылок. Было непонятно, что они делают в таком месте, — хотя, возможно, ими двигала та же мотивация, что и Азадовским.

— В общем, чисто по дружбе, — продолжал тараторить Саша Бло, — напиши мне для них нормальный слоган, чтобы по целевой группе реально работал. Раскрутятся — заплатят.

— А чего, тряхну стариной, — ответил Татарский. — Какая легенда у нашего брэнда?

— Я ж сказал — смерть экстра-класса.

— А фирма как называется?

— По фамилии. Похоронное бюро братьев Дебирсян. Подумаешь?

— Сделаю, — сказал Татарский. — Какие проблемы.

— Кстати, — продолжал Саша, — ты смеяться будешь, но у них один наш знакомый уже клиентом был. Жена, перед тем как свалить отсюда, проплатила похороны по первому разряду.

— Это кто же?

— Помнишь Ханина из агентства «Тайный советчик»? Завалили.

— Вот ужас. Я и не слышал. Кто?

— Кто говорит — чечены, а кто говорит — менты. Что-то там из-за бриллиантов. Темное, короче, дело... Ты куда?

— В туалет, — ответил Татарский.

Уборная была даже грязнее, чем остальная часть пивной. Глядя на стену в геологических потеках, поднимавшуюся над писсуаром, Татарский заметил треугольный кусок отслоившейся штукатурки, удивительно похожий по форме на бриллиантовое ожерелье с фотографии, висевшей в туалете у Ханина. При первом взгляде на это образование жалость к бывшему начальнику, заполнившая душу Татарского, алхимически трансформировалась в заказанный Сашей Бло слоган.

Выйдя из туалета, он остановился — его поразил внезапно открывшийся вид. Видимо, раньше в коридоре была двойная дверь, которую выломали вместе с рамой, грубо заделав следы, и теперь из стен и потолка торчал выступ кирпичной кладки, замазанный черной краской. Этот ведущий в пивзал пролом удивительно напоминал своим чуть закругленным контуром окантовку телевизионного экрана, напоминал до такой степени, что Татарскому на миг показалось, что он смотрит самый главный телевизор страны. Азадовский с компанией оставались за границей поля зрения, зато были видны два бандита у крайнего столика и новый посетитель, который появился рядом с ними. Это был высокий худой старик в коричневом плаще, берете и мощных очках со слишком короткими дужками, за стеклами которых его глаза казались непропорционально большими и по-детски честными. Татарский готов был поклясться, что где-то его видел. Старик уже успел собрать вокруг себя нескольких бомжеватых слушателей.

— Мужики, — говорил он тонким и полным изумления голосом, — вы не поверите никогда! Беру я сейчас пол-литра в овощном у Курского, да? Стою в кассу. И знаете, кто в магазин входит? Чубайс! Мать твою... На нем пальтишко такое серое, шарфик мохеровый и кепка, а охраны — никакой. Только правый карман оттопыривается, как будто ствол там. Подошел к консервному отделу, взял трехлитровую банку болгарских маринованных помидоров — зеленые такие, знаете, да? И сунул в сетку. Я на него гляжу, рот открыл — а он заметил, подмигнул и на улицу. Я к окну. А там машина черная с мигалкой, тоже типа подмигивает... Он в нее прыг! И уехал. Вот ведь бывает, мать твою...

Татарский прокашлялся, и старик перевел на него взгляд.

— Народная воля, — сказал Татарский и, не удержавшись, подмигнул.

Он произнес эти слова совсем негромко, но старик услышал — дернув одного из бандитов за рукав, он кивнул в сторону прохода. Бандиты синхронно поставили на стол недопитое пиво и, чуть улыбаясь, пошли на Татарского. Один из них сунул руку в карман, и Татарский понял, что сейчас его, вполне возможно, убьют.

Адреналиновая волна, прошедшая по телу, придала его движениям удивительную легкость — повернувшись, он выскочил из пивной и побежал через площадь. Когда он был уже на самой ее середине, за его спиной раздались хлопки и что-то несколько раз прожужжало совсем рядом. Татарский удвоил скорость. Он позволил себе оглянуться только возле высокого бревенчатого дома, за углом которого можно было спрятаться, — бандиты уже не стреляли, потому что к ним бежали охранники Азадовского с автоматами в руках. Прислонившись к стене, Татарский негнущимися пальцами вытащил сигареты и закурил. «Вот так оно и бывает, — подумал он, — именно так. Просто и неожиданно». Следующий раз он решился выглянуть из-за угла, когда сигарета почти догорела. Азадовский с компанией рассаживались по машинам; оба бандита с разбитыми в кровь лицами уже сидели на заднем сиденье джипа с охраной, а старик в коричневом плаще горячо оправдывался перед равнодушным телохранителем. Татарский наконец вспомнил, где он видел этого старика, — это был преподаватель философии из Литинститута. Вспомнил он его не столько по чертам лица — тот ус-

пел сильно постареть, — сколько по этой изумлен-
ной интонации, с которой он когда-то читал свои
лекции. «А у объекта нрав крутой, — говорил он, за-
прокидывая лицо к потолку аудитории, — он от
субъекта раскрытия требует! И тогда, ежели повезет,
может произойти слияние...»

Слияние, как понял Татарский, наконец произошло. «И так тоже бывает», — подумал он, достал
книжечку и записал придуманный в пивной слоган:

DIAMONDS ARE NOT FOREVER![1]
ПОХОРОННОЕ БЮРО БРАТЬЕВ ДЕБИРСЯН

«Наверно, уволят, — подумал он, когда каваль-
када машин скрылась за поворотом. — Куда теперь?
Черт его знает куда. К Гирееву. Он как раз где-то
здесь живет».

Дом Гиреева нашелся неожиданно легко — Татарский узнал его по саду, над которым поднимался
лес неправдоподобно высоких зонтиков, похожих,
скорее, на маленькие деревья, чем на большие сор-
няки. Татарский несколько раз постучал в калитку,
и Гиреев появился на веранде. На нем были обвис-
шие на коленях штаны неопределенного цвета и
майка с большой буквой «А» в центре радужного
круга.

— Заходи, — сказал он. — Калитка открыта.

Гиреев пил, причем не первый день, и пропивал
достаточно большую сумму денег, которая подходи-
ла к концу. Такой дедуктивный вывод можно было
сделать на основании того, что у самой стены поме-

---

[1] Бриллианты НЕ навсегда! (*англ.*)

щались пустые бутылки от виски и коньяка дорогих сортов, а те, что стояли поближе к центру комнаты, были уже от каких-то пристанционных водок осетинского разлива с романтическими и страстными именами. За время, которое прошло с последнего визита Татарского, кухня почти не изменилась, только стала еще грязнее, а на стенах появились изображения страшноватых тибетских божков. Было еще одно новшество — в углу светился маленький телевизор.

Сев за стол, Татарский заметил, что телевизор стоит вверх ногами. На его экране прокручивалась анимационная заставка — вокруг глаза с длинными ресницами, на которых дрожала черная тушь, летала муха. Выскочило название передачи — «Завтречко», и в этот же момент муха села на зрачок, прилипла, и ресницы начали заворачиваться на нее, как жгутики росянки. Появился телеведущий, одетый в форму майора конвойных войск, — Татарский догадался, что это оскорбленная реакция копирайтера с седьмого этажа на недавнее заявление копирайтера с восьмого этажа, что телевидение в России является силовой структурой. Из-за того, что ведущий был перевернут, он очень походил на летучую мышь, свисавшую с невидимой жердочки. Татарский не особо удивился, узнав в нем Азадовского. Тот был выкрашен под жгучего брюнета с узким шнурком усов под носом. Придурковато улыбаясь, он заговорил:

— Скоро, скоро со стапелей в городе Мурманске сойдет ракетно-ядерный крейсер «Идиот», заложенный по случаю стопятидесятилетия со дня рождения Федора Михайловича Достоевского. В настоящий момент неизвестно, удастся ли правительству вернуть деньги, полученные в залог судна, поэтому все громче раздаются голоса, предлагающие заложить другой крейсер такого типа, «Богоносец Потемкин», который так огромен, что моряки называют его плавучей деревней. В настоящий момент «Богоносец Потемкин» движется по Северному Ледовитому океану к порту приписки. Книжные новинки! — Азадовский вытащил откуда-то книгу, на обложке которой мелькнула сакраментальная комбинация гранатомета, бензопилы и голой женщины. — Добро должно быть с кулаками. Мы знали это давно, но все же чего-то не хватало! И вот книга, которую вы ждали столько лет, — добро с кулаками и большим хуем! Похождения Святослава Лютого. Экономические новости: сегодня в Государственной Думе объявлен новый состав минимальной годовой потребительской корзины. В нее вошли двадцать кило макаронных изделий, центнер картошки, шесть килограмм свинины, пальто, пара обуви, шапка-ушанка и телевизор «Сони Блэк Тринитрон». Из Персии пишут...

Гиреев выключил звук.

— Ты чего, телевизор пришел смотреть? — спросил он.

— Да нет. Просто странно — чего это он перевернут?

— Долгая тема.

— Что, как с огурцами? Нельзя без посвящения?

— Почему, — пожал плечами Гиреев. — Это открытые сведения. Но они относятся к практике истинной дхармы, поэтому, если ты просишь, чтобы тебе про это рассказали, ты тем самым берешь на себя кармическое обязательство эту практику делать. А ты ведь не будешь, я думаю.

— Может, и буду. Ты расскажи.

Гиреев вздохнул и посмотрел на покачивающиеся за окном зонтики.

— Есть три буддийских способа смотреть телевизор. В сущности, это один и тот же способ, но на разных стадиях тренировки он выглядит по-разному. Сначала ты смотришь телевизор с выключенным звуком. Примерно полчаса в день, свои любимые передачи. Когда возникает мысль, что по телевизору говорят что-то важное и интересное, ты осознаешь ее в момент появления и тем самым нейтрализуешь. Сперва ты будешь срываться и включать звук, но постепенно привыкнешь. Главное, чтобы не возникало чувства вины, когда не можешь удержаться. Сначала так со всеми бывает, даже с ламами. Потом ты начинаешь смотреть телевизор с включенным звуком, но отключенным изображением. И наконец, начинаешь смотреть выключенный телевизор. Это, собственно, главная техника, а первые две — подготовительные. Смотришь все программы новостей, но телевизор не включаешь. Очень важно, чтобы при этом была прямая спина, а руки лучше всего складывать на животе — правая ладонь снизу, левая сверху. Это для мужчин, а для женщин наоборот. И ни на секунду не отвлекаться. Если так смотреть телевизор десять лет подряд хотя бы по часу в день, можно понять природу телевидения. Да и всего остального тоже.

— А чего ты его тогда переворачиваешь?

— Это четвертый буддийский способ. Он используется в случае необходимости все же посмотреть телевизор. Например, если ты курс доллара хочешь узнать, но не знаешь, когда именно его объявят и каким образом — вслух скажут или таблички у обменных пунктов будут показывать.

— А зачем переворачивать-то?

— Опять долго объяснять.

— Попробуй.

Гиреев потер лоб ладонью и снова вздохнул. Похоже, он подыскивал слова.

— Ты когда-нибудь думал, откуда у дикторов во взгляде такая тяжелая сверлящая ненависть? — спросил он наконец.

— Брось, — сказал Татарский. — Они вообще в камеру не смотрят, это только так кажется. Прямо под объективом стоит специальный монитор, по которому идет зачитываемый текст и интонационно-мимические спецсимволы. Всего их, по-моему, бывает шесть, дай-ка вспомнить... Ирония, грусть, сомнение, импровизация, гнев и шутка. Так что никакой ненависти никто не излучает — ни своей, ни даже служебной. Уж это я точно знаю.

— А я и не говорю, что они что-то излучают. Просто, когда они читают свой текст, им прямо в глаза смотрит несколько миллионов человек, как правило очень злых и недовольных жизнью. Ты только вдумайся, какой возникает кумулятивный эффект, когда столько обманутых сознаний встречается в одну секунду в одной и той же точке. Ты знаешь, что такое резонанс?

— Примерно.

— Ну вот. Если батальон солдат пойдет по мосту в ногу, то мост может разрушиться. Такие случаи бывали, поэтому, когда колонна идет по мосту, им дают команду идти не в ногу. А когда столько людей смотрит в эту коробку и видит одно и то же, представляешь, какой резонанс возникает в ноосфере?

— Где? — спросил Татарский, но в этот момент у него в кармане зазвонил мобильный телефон, и он поднял ладонь, останавливая разговор. В трубке громко играла музыка и слышались невнятные голоса.

— Ваван! — прорвался сквозь музыку голос Морковина. — Ты где? Ты живой?

— Живой, — ответил Татарский. — Я в Расторгуеве.

— Слушай, — жизнерадостно продолжал Морковин, — мудаков этих отпиздили, сейчас, наверно, в тюрьму отправим, дадим лет по десять. Азадовский после допроса так смеялся, так смеялся! Он сказал, что ты ему весь стресс снял. В следующий раз орден получишь вместе с Ростроповичем. За тобой тачку прислать?

«Не, не уволят, — подумал Татарский, чувствуя, как приятное тепло распространяется по телу от сердца. — Точно не уволят. И не грохнут».

— Спасибо, — сказал он. — Я домой поеду. Нервы никуда.

— Да? Могу понять, — согласился Морковин. — Езжай, лечись. А я пойду — тут труба вовсю зовет. Только завтра не опаздывай — у нас очень важное мероприятие. Едем в Останкино. Там, кстати, посмотришь коллекцию Азадовского. Испанское собрание. Все, до созвона.

Спрятав телефон в карман, Татарский обвел комнату отсутствующим взглядом.

— Меня, значит, за хомячка держат, — сказал он задумчиво.

— Что?

— Неважно. О чем ты говорил?

— Если коротко, — продолжал Гиреев, — вся так называемая магия телевидения заключается в психорезонансе, в том, что его одновременно смотрит много народу. Любой профессионал знает, что если ты уж смотришь телевизор...

— Профессионалы, я тебе скажу, его вообще никогда не смотрят, — перебил Татарский, разглядывая только что замеченную заплату на штанине собеседника.

— ...если ты уж смотришь телевизор, то надо глядеть куда-нибудь в угол экрана, но ни в коем случае не в глаза диктору, иначе или гастрит начнется, или шизофрения. Но надежнее всего перевернуть, вот как я делаю. Это и значит не идти в ногу. А вообще, если тебе интересно, есть пятый буддийский способ смотреть телевизор, высший и самый тайный...

Часто бывает — говоришь с человеком и вроде нравятся чем-то его слова и кажется, что есть в них какая-то доля правды, а потом вдруг замечаешь, что майка на нем старая, тапки стоптанные, штаны заштопаны на колене, а мебель в его комнате потертая и дешевая. Вглядываешься пристальней, и видишь кругом незаметные прежде следы унизительной бедности, и понимаешь, что все сделанное и передуманное собеседником в жизни не привело его к той единственной победе, которую так хотелось одержать тем далеким майским утром, когда, сжав зубы, давал себе слово не проиграть, хотя и не очень еще ясно было, с кем играешь и на что. И хоть с тех пор это вовсе не стало яснее, сразу теряешь интерес к его словам, и хочется сказать ему на прощание что-нибудь приятное и уйти поскорей и заняться, наконец, делами.

Так действует в наших душах вытесняющий вау-фактор. Но Татарский, попав под его неощутимый удар, не подал виду, что разговор с Гиреевым перестал быть ему интересен, потому что в голову ему пришла одна мысль. Подождав, пока Гиреев замолчит, он потянулся, зевнул и как бы невзначай спросил:

— Слушай, кстати, — а у тебя мухоморы еще остались?

— Есть, — сказал Гиреев, — только я с тобой не буду. Извини, конечно, но после того случая...

— А мне дашь?

— Почему нет. Только здесь не ешь, очень тебя прошу.

Встав со стула, Гиреев открыл покосившийся настенный шкаф и вынул оттуда газетный сверток.

— Здесь как раз дозняк. Ты где собираешься, в Москве?

— Нет, — ответил Татарский, — в городе меня колбасит. Я в лес пойду. Раз уж выбрался на природу.

— Правильно. Подожди, я тебе водки отолью. Смягчает. Чистяком-то сильно по мозгам дать может. Да ты не бойся, не бойся, у меня «Абсолют» есть.

Подняв с пола пустую бутылочку от «Хеннесси», Гиреев отвинтил пробку и стал осторожно переливать туда водку из литровой бутылки «Абсолюта», которая действительно нашлась у него в том же шкафу, где лежали грибы.

— Слушай, ты как-то с телевидением связан, — сказал он, — тут про вас анекдот ходил хороший. Слышал про минет с песнями в темноте?

— Это там, где мужик включает свет и видит, что он один в комнате, а на тумбочке у стены стеклянный глаз? Знаю. На работе самый модный. Как ты, кстати, полагаешь, этот глаз и тот, что на долларе, — один и тот же? Или нет?

— Не задумывался, — сказал Гиреев. — А что это ты записываешь? Как телевизор смотреть?

— Нет, — сказал Татарский, — мысль одна по работе.

Идея плаката, — записал он в свою книжечку. — Грязная комната в паутине. На столе самогонный аппарат, у стола алкоголик в потрепанной одежде (вариант — наркоман, фильтрующий мульку), который переливает полученный продукт из большой бутылки «Абсолюта» в маленькую бутылочку из-под «Хеннесси». Слоган:

ABSOLUT HENNESSY

Предложить сначала дистрибьюторам «Абсолюта» и «Хеннесси», а если не возьмут — «Финляндии», «Смирнофф» и «Джонни Уокер».

— Держи, — сказал Гиреев, протягивая Татарскому сверток и бутылку. — Только давай договоримся. Ты, когда их съешь, больше сюда не возвращайся. А то я все ту осень забыть не могу.

— Обещаю, — сказал Татарский. — Кстати, где тут недостроенная радиолокационная станция? Я по дороге из машины видел.

— Это рядом. Пройдешь по полю, там дорога начнется через лес. Увидишь проволочный забор — и вдоль него. Километра через три. Ты что, погулять там хочешь?

Татарский кивнул.

— Не знаю, не знаю, — сказал Гиреев. — Так еще можно, а под мухоморами... Старики говорят, что там место нехорошее. Хотя, с другой стороны, где под Москвой хорошее найдешь!

В дверях Татарский обернулся и обнял Гиреева за плечи.

— Знаешь, Андрюха, — сказал он, — не хочу, чтобы это звучало патетично, но спасибо тебе огромное!

— За что? — спросил Гиреев.

— За то, что иногда позволяешь жить параллельной жизнью. Без этого настоящая была бы настолько мерзка!

— Ну спасибо, — ответил Гиреев, отводя взгляд, — спасибо.

Он был заметно тронут.

— Удачи в делах, — сказал Татарский и вышел прочь.

Мухоморы взяли, когда он уже с полчаса шел вдоль забора из проволочной сетки. Сначала появились знакомые симптомы — дрожь и приятная щекотка в пальцах. Потом из придорожных кустов выплыл столб с надписью «Костров не жечь!», который он когда-то принял за Гусейна. Как и следовало ожидать, при дневном свете сходства не ощущалось. Тем не менее Татарский не без ностальгии вспомнил историю про короля птиц Семурга.

— Семург, сирруф, — сказал в голове знакомый голос, — какая разница? Просто разные транскрипции. А ты опять наглотался, да?

«Началось, — подумал Татарский, — зверюшка подъехала».

Но сирруф больше никак не проявил себя всю дорогу до башни. Ворота, через которые Татарский когда-то перелезал, оказались открыты. На территории стройки никого не было видно; вагончики-бытовки были заперты, а с гриба-навеса для часового исчез когда-то висевший там телефон.

Татарский поднялся на вершину сооружения без всяких приключений. В башенке для лифтов все было по-прежнему — пустые бутылки и стол в центре комнаты.

— Ну, — спросил он вслух, — и где тут богиня?

Никто не ответил, только слышно было, как где-то внизу шумит под ветром осенний лес. Татарский прислонился к стене, закрыл глаза и стал вслушиваться. Почему-то он решил, что это шумят ивы, и вспомнил строчку из слышанной по радио песни: «Это сестры печали, живущие в ивах». И сразу же в тихом шелесте деревьев стали различимы обрывки женских голосов, которые казались эхом каких-то давным-давно сказанных ему слов, заблудившихся в тупиках памяти.

«А знают ли они, — шептали тихие голоса, — что в их широко известном мире нет ничего, кроме сгущения тьмы, — ни вдоха, ни выдоха, ни правого, ни левого, ни пятого, ни десятого? Знают ли они, что их широкая известность неизвестна никому?»

«Всё совсем наоборот, чем думают люди, — нет ни правды, ни лжи, а есть одна бесконечно ясная, чистая и простая мысль, в которой клубится душа, похожая на каплю чернил, упавшую в стакан с водой. И когда человек перестает клубиться в этой простой чистоте, ровно ничего не происходит, и выясняется, что жизнь — это просто шелест занавесок в окне давно разрушенной башни, и каждая ниточка в этих занавесках думает, что великая богиня с ней. И богиня действительно с ней».

«Когда-то и ты и мы, любимый, были свободны, — зачем же ты создал этот страшный, уродливый мир?»

— А разве это сделал я? — прошептал Татарский.

Никто не ответил. Татарский открыл глаза и поглядел в дверной проем. Над линией леса висело облако, похожее на небесную гору, оно было таких размеров, что бесконечная высота неба, забытая еще в детстве, вдруг стала видна опять. На одном из склонов облака был узкий конический выступ, похожий на башню, видную сквозь туман. В Татарском что-то дрогнуло — он вспомнил, что когда-то и в нем самом была эфемерная небесная субстанция, из которой состоят эти белые гора и башня. И тогда — давным-давно, даже, наверно, еще до рождения, — ничего не стоило стать таким облаком самому и подняться до самого верха башни. Но жизнь успела вытеснить эту странную субстанцию из души, и ее осталось ровно столько, чтобы можно было вспомнить о ней на секунду и сразу же потерять воспоминание.

Татарский заметил, что пол под столом прикрыт щитом из сколоченных досок. Поглядев в щель между ними, он увидел черную дыру многоэтажной пропасти. «Ну да, — вспомнил он, — это шахта лифта. А здесь машинное отделение, как в комнате, где этот рендер. Только автоматчиков нет». Сев за стол, он осторожно поставил ноги на доски. Сначала ему стало страшновато, что доски под ногами подломятся и он вместе с ними полетит вниз, в глубокую шахту с многолетними напластованиями мусора на дне. Но доски были толстыми и надежными.

Помещение явно кто-то посещал, скорее всего — окрестные бомжи. На полу валялись свежерастоптанные окурки папирос, а на столе лежал обрывок газеты с телепрограммой на неделю. Татарский прочел название последней передачи перед неровной линией обрыва:

0.00 — Золотая комната.

«Что за передача? — подумал он. — Наверно, что-то новое». Положив подбородок на сложенные перед собой руки, он уставился на фотографию бегущей по песку женщины, которая висела там же, где и раньше. При дневном свете стали заметны пузыри и пятна, проступившие на бумаге от сырости. Одно из пятен приходилось прямо на лицо богини, и в дневном свете оно показалось покоробившимся, рябым и старым. Татарский допил остаток водки и прикрыл глаза.

Короткий сон, который ему привиделся, был очень странным. Он шел по песчаному пляжу навстречу сверкавшей на солнце золотой статуе — она была еще далеко, но уже было видно, что это женский торс без головы и рук. Рядом с Татарским медленно трусил сирруф, на котором сидел Гиреев. Сирруф был печален и походил на замученного работой ослика, а крылья, сложенные на его спине, напоминали старое войлочное седло.

— Вот ты пишешь слоганы, — говорил Гиреев, — а ты знаешь самый главный слоган? Можно сказать, базовый?

— Нет, — отвечал Татарский, щурясь от золотого сияния.

— Я тебе скажу. Ты слышал выражение «Страшный суд»?

— Слышал.

— На самом деле ничего страшного в нем нет. Кроме того, что он уже давно начался, и все, что с нами происходит, — просто фазы следственного эксперимента. Подумай — разве Богу сложно на несколько секунд создать из ничего весь этот мир со всей его вечностью и бесконечностью, чтобы испытать одну-единственную стоящую перед ним душу?

— Андрей, — отвечал Татарский, косясь на его стоптанные тапки в веревочных стременах, — хватит, а? Мне ведь и на работе говна хватает. Хоть бы ты не грузил.

ЗОЛОТАЯ КОМНАТА

Когда с Татарского сняли повязку, он уже совершенно замерз. Особенно холодно было босым ступням на каменном полу. Открыв глаза, он увидел, что стоит в дверях просторного помещения, похожего на фойе кинотеатра, где, судя по всему, происходит нечто вроде фуршета. Он сразу заметил одну странность — в облицованных желтым камнем стенах не было ни одного окна, зато одна из стен была зеркальной, из-за чего освещенный яркими галогенными лампами зал казался значительно больше, чем был на самом деле. Собравшиеся в зале люди тихо переговаривались и разглядывали листы с машинописным текстом, развешанные по стенам. Несмотря на то что Татарский стоял в дверях совершенно голый, собравшиеся не обратили на него особого внимания — разве что равнодушно поглядели двое или трое. Татарский много раз видел по телевизору практически всех, кто находился в зале, но лично не знал никого, кроме Фарсука Сейфуль-Фарсейкина, стоявшего у стены с бокалом в руке. Еще он заметил секретаршу Азадовского Аллу, занятую разговором с двумя пожилыми плейбоями, — из-за распущенных белесых волос она походила на немного грешную медузу. Татарскому показалось, что где-то в толпе мелькнул клетчатый пиджак Морковина, но он сразу же потерял его из виду.

— Иду-иду, — долетел голос Азадовского, и он появился из прохода в какое-то внутреннее помещение. — Прибыл? Чего у дверей стоишь? Заходи, не съедим.

Татарский пошел ему навстречу. От Азадовского попахивало винцом; в галогенном свете его лицо выглядело усталым.

— Где мы? — спросил Татарский.

— Примерно сто метров под землей, район Останкинского пруда. Ты извини за повязочку и все дела — просто перед ритуалом так положено. Традиции, мать их. Боишься?

Татарский кивнул, и Азадовский довольно засмеялся.

— Плюнь, — сказал он. — Это все туфта. Ты пока прогуляйся, посмотри новую коллекцию. Два дня как развесили. А у меня тут пара важных терок.

Он поднял руку и щелчком пальцев подозвал секретаршу.

— Вот Алла тебе и расскажет. Это Ваван Татарский. Знакомы? Покажи ему тут все, ладно?

Татарский остался в обществе секретарши.

— Откуда начнем осмотр? — спросила она с улыбкой.

— Отсюда и начнем, — сказал Татарский. — А где коллекция?

— Так вот она, — сказала секретарша, кивая на стену. — Это испанское собрание. Кого вы больше любите из великих испанцев?

— Это... — сказал Татарский, напряженно вспоминая подходящую фамилию, — Веласкеса.

— Я тоже без ума от старика, — сказала секретарша и посмотрела на него холодным зеленым глазом. — Я бы сказала, что это Сервантес кисти.

Она аккуратно взяла Татарского за локоть и, касаясь его голой ноги высоким бедром, повела к ближайшему листу бумаги на стене. Татарский увидел на нем пару абзацев текста и синюю печать. Секретарша близоруко нагнулась к листу, чтобы прочесть мелкий шрифт.

— Да, как раз это полотно. Довольно малоизвестный розовый вариант портрета инфанты. Здесь вы

видите нотариальную справку, выданную фирмой
«Оппенхайм энд Радлер», о том, что картина действительно была приобретена за семнадцать миллионов
долларов в частном собрании.

Татарский решил не подавать виду, что его что-
то удивляет. Да он, собственно, и не знал толком,
удивляет его что-то или нет.

— А это? — спросил он, указывая на соседний
лист бумаги с текстом и печатью.

— О, — сказала Алла, — это наша жемчужина.
Это Гойя, мотив Махи с веером в саду. Приобретена
в одном маленьком кастильском музее. Опять-таки
«Оппенхайм энд Радлер» не даст соврать — восемь с
половиной миллионов. Изумительно.

— Да, — сказал Татарский. — Правда. Но меня,
честно говоря, гораздо больше привлекает скульптура, чем живопись.

— Еще бы, — сказала секретарша. — Это потому
что в трех измерениях привыкли работать, да?

Татарский вопросительно посмотрел на нее.

— Ну, трехмерная графика. С бобками этими...

— А, — сказал Татарский, — вы вот про что. Да,
и работать привык, и жить.

— Вот и скульптура, — сказала секретарша и
подтащила Татарского к новому бумажному листу, где текста было чуть побольше, чем на остальных. — Это Пикассо. Керамическая фигурка бегущей женщины. Не очень похоже на Пикассо, вы
скажете? Правильно. Но это потому, что посткуби-
стический период. Тринадцать миллионов долларов
почти, можете себе представить?

— А сама статуя где?

— Даже не знаю, — пожала плечами секретарша. — Наверно, на складе каком-нибудь. А если посмотреть хотите, как выглядит, то вон каталог лежит
на столике.

— А какая разница, где статуя?

Татарский обернулся. Сзади незаметно подошел
Азадовский.

— Может, и никакой, — сказал Татарский. —
Я, по правде сказать, первый раз сталкиваюсь с кол-
лекцией такого направления.

— Это самая актуальная тенденция в дизайне, —
сказала секретарша. — Монетаристический мини-
мализм. Родился, кстати, у нас в России.

— Иди погуляй, — сказал ей Азадовский и повернулся к Татарскому: — Нравится?

— Интересно. Только не очень понятно.

— А я объясню, — сказал Азадовский. — Это
гребаное испанское собрание стоит где-то двести
миллионов долларов. И еще тысяч сто на искусство-
ведов ушло. Какую картину можно, какая будет не
на месте, в какой последовательности вешать и так
далее. Все, что упомянуто в накладных, куплено. Но
если привезти сюда эти картины и статуи, а там еще
гобелены какие-то есть и доспехи, тут пройти будет
негде. От одной пыли задохнешься. И потом... Честно сказать — ну, раз посмотрел на эти картины, ну
два, а потом — чего ты нового увидишь?

— Ничего.

— Именно. Так зачем их у себя-то держать?
А Пикассо этот, по-моему, вообще мудак полный.

— Здесь я не вполне соглашусь, — сглотнув, сказал Татарский. — Или, точнее, соглашусь, но только начиная с посткубистического периода.

— Я смотрю, ты башковитый, — сказал Азадовский. — А я вот не рублю. Да и на фига это надо? Через неделю уже французская коллекция будет. Вот и подумай — в одной разберешься, а через неделю увезут, другую повесят — опять, что ли, разбираться? Зачем?

Татарский не нашелся, что ответить.

— Вот я и говорю, незачем, — констатировал Азадовский. — Ладно, пошли. Пора начинать. Мы потом сюда еще вернемся. Шампанского выпить.

Развернувшись, он пошел к зеркальной стене. Татарский последовал за ним. Дойдя до стены, Азадовский толкнул ее рукой, и вертикальный ряд зеркальных блоков, бросив на него электрический блик, бесшумно повернулся вокруг оси. В возникшем проеме стал виден сложенный из грубых камней коридор.

— Входи, — сказал Азадовский. — Только пригнись, здесь потолок низкий.

Татарский вошел в коридор, и ему стало еще холодней от сырости. «Когда же одеться дадут?» — подумал он. Коридор был длинным, но Татарский не видел, куда он ведет, — было темно. Иногда под ноги попадал острый камушек, и Татарский морщился от боли. Наконец впереди забрезжил свет.

Они вышли в небольшую комнату, обшитую вагонкой, которая напомнила Татарскому раздевалку перед тренажерным залом. Собственно, это и была раздевалка, о чем свидетельствовали шкафчики у стены и два пиджака, висевшие на вешалке. Кажется, один из них принадлежал Саше Бло, но Татарский не был уверен до конца — у того было слишком много разных пиджаков. Из раздевалки был второй выход — темная деревянная дверь с золотой табличкой, на которой была выгравирована ломаная линия, похожая на зубья пилы. Татарский еще со школы помнил, что так выглядит египетский иероглиф «быстро». Он запомнил его только потому, что с ним была связана одна смешная история: древние египтяне, как объяснял учитель, делали все очень медленно, и поэтому короткая зубчатая линия, означавшая «быстро», становилась в надписях самых великих и могущественных фараонов очень длинной и даже писалась в несколько строк, что означало «очень-очень быстро».

Вокруг умывальника висело три похожих на распоряжения неведомой администрации листа с машинописным текстом и печатями (Татарский, впрочем, догадался, что это никакие не распоряжения, а, скорей всего, часть испанского собрания), а одна из стен была занята стеллажом с маленькими пронумерованными ячейками, в которых лежали бронзовые зеркала и золотые маски, такие же точно, как у Азадовского в приемной.

— Чего? — сказал Азадовский, расстегивая пиджак. — Спросить что-то хочешь?

— А что это за бумаги на стенах? — спросил Татарский. — Тоже испанское собрание?

Вместо ответа Азадовский вынул свой сотовый телефон и нажал единственную кнопку на клавиатуре.

— Алла, — сказал он, — тут к тебе вопросы.

Он дал телефон Татарскому.

— Слушаю, — сказал в трубке голос Аллы.

— Спроси ее, что у нас в предбаннике, — сказал Азадовский, стаскивая майку. — А то я забываю все время.

— Здравствуйте, — смущаясь, заговорил Татарский, — это опять Татарский. Скажите, а вот эта экспозиция в предбаннике, — что это такое?

— Это совершенно уникальные экспонаты, — сказала секретарша. — Об этом нельзя говорить по мобильной связи.

Татарский зажал трубку рукой.

— Она говорит, это не для телефона.

— Скажи, что я разрешаю.

— Он разрешает, — повторил Татарский.

— Ну хорошо, — вздохнула секретарша. — Номер один. Элементы ворот Иштар из Вавилона — львы и сирруфы. Официальное место хранения — Британский музей. Заверены группой независимых экспертов. Номер два. Львы, барельеф из фигурного кирпича и эмали. Улица Шествий, Вавилон. Официальное место хранения — Британский музей. Заверены группой независимых экспертов. Номер три. Эбих-Иль, сановник из Мари. Официальное место хранения — Лувр...

— Эбих-Иль? — переспросил Татарский и вспомнил, что видел фотографию этой статуи из Лувра. Ей было несколько тысяч лет, а изображала она маленького хитрого человечка, выточенного из блестящего белого камня, — с бородой, в странной пушистой юбке, похожей на шорты-галифе.

— Вот этого я особенно люблю, — сказал Азадовский, спуская штаны. — Наверно, просыпался каждое утро и говорил: а эбих иль всех... И поэтому всю жизнь был одинок. Совсем как я.

Он открыл шкафчик и вынул из него две необычные юбки не то из перьев, не то из взбитой шерсти. Бросив одну из них Татарскому, он натянул вторую поверх красных трусов «Calvin Klein», из-за чего немедленно сделался похож на перекормленного страуса.

— Давай телефон, — сказал он. — Ты чего ждешь-то? Переодевайся. Потом возьмешь эти железки — и входи. Можешь брать любую пару, только чтобы намордник по размеру подходил.

Азадовский взял из ячейки маску и зеркало, звякнул ими друг о друга, поднял маску и поглядел на Татарского сквозь глазные прорези. Маленькое золотое лицо неземной красоты, словно вынырнувшее из толпы ряженых на карнавале в Венеции, настолько не соответствовало его рыжеволосому бочкообразному туловищу, что Татарскому стало страшно. Довольный произведенным эффектом, Азадовский засмеялся, открыл дверь и исчез в полосе золотистого света.

Татарский стал переодеваться. Юбка, выданная Азадовским, была сделана из сшитых между собой кусков длиннорунной овчины, приклеенных к нейлоновым адидасовским шортам. Кое-как нацепив ее на себя (если бы Татарский не видел статую Эбих-Иля, он ни за что не поверил бы, что древние жители Междуречья действительно носили что-то подобное), он надел маску, сразу сильно надавившую на лицо, и взял в руку зеркало. Золото и бронза были, несомненно, настоящими — это было ясно даже по весу. Выдохнув воздух, как перед прыжком в холодную воду, он толкнул дверь с зубчатым знаком.

Комната, в которую он вошел, ослепила его золотым сиянием стен и пола, освещенных студийными софитами. Выложенные листами металла стены уходили вверх, образуя плавно утончающийся конус, как будто это был пустой церковный купол, позолоченный изнутри. Прямо напротив двери помещался алтарь — кубический золотой постамент, на котором лежал массивный хрустальный глаз с эмалевой роговицей и зеркальным зрачком. На полу перед алтарем стояла золотая чаша, а по бокам от него возвышались два каменных сирруфа, покрытых остатками росписи и позолоты. Над глазом висела плита из черного базальта, очень древняя по виду. В самом ее центре был выбит египетский иероглиф «быстро», а вокруг помещались замысловатые фигуры — Татарский различил странного пса с пятью ногами и женщину в высокой тиаре, которая возлежала на чем-то вроде кушетки с чашей в руках. По краям плиты были изображены четверо животных жуткого вида, а между псом и женщиной из земли поднималось какое-то растение, похожее на росянку, только его корень почему-то разделялся на три длинных ответвления, каждое из которых было помечено непонятным значком. Еще на доске были вырезаны крупные глаз и ухо, а все остальное место занимали плотные столбцы клинописи.

Азадовский в золотой маске, юбке и красных купальных тапочках сидел на складном табурете недалеко от алтаря. Зеркало лежало у него на колене. Больше никого в комнате Татарский не увидел.

— Во! — сказал Азадовский, поднимая вверх большой палец. — Вид что надо. Чего, стремаешься? Ты только в измену не уходи, не думай, что мы тут ебанутые. Мне лично все это по барабану, но, если хочешь быть в нашем бизнесе, без этого нельзя. Короче, я тебе сейчас все примерно объясню на пальцах, а если подробнее, то у нашего главного спросишь, он подойдет сейчас. Ты, главное, проще ко всему относись, спокойнее. В пионерлагеря ездил?

— Ездил, — ответил Татарский, отметив про себя этого «главного».

— Был у вас там такой День Нептуна? Когда всех в воду окунали?

— Был.

— Вот считай, что это такой же День Нептуна и есть. Традиция. Короче, базар такой, что была когда-то одна древняя богиня. Я не в том смысле, что она реально была, а просто такая легенда. А боги по этому базару тоже смертные и носят в себе свою смерть, чисто как люди. Поэтому в свой срок эта богиня тоже должна была умереть. А ей этого, понятное дело, не хотелось. И тогда она разделилась на свою смерть и на то, что не хотело умирать. Видишь, на картинке? — Азадовский ткнул пальцем в сторону барельефа. — Вот эта собачка — ее смерть. А эта баба в кивере — она сама. Короче, дальше ты слушай не перебивая, потому что я сам не особо въезжаю. Когда они разделились, между ними сразу началась война, в которой никто долго не мог победить. Последняя битва в этой войне произошла прямо над Останкинским прудом, то есть там, где мы сейчас находимся, только не под землей, а высоко в воздухе. Поэтому считается, что здесь священное место. Сначала в этой битве долго никто не мог победить, а потом этот пес стал одолевать богиню. И тогда другие боги испугались за себя, вмешались и заставили их заключить мир. Здесь как раз все зафиксировано. Это что-то вроде текста мирного договора, который засвидетельствован во всех четырех сторонах света этими быками и...

— Грифонами, — подсказал Татарский.

— Да. А глаз и ухо означают, что все видели и все слышали. Короче, по этому договору досталось обоим. Богиню по нему лишили тела и опустили чисто до понятия. Она стала золотом, но не просто металлом, а в переносном смысле. Понимаешь?

— Не очень.

— Немудрено, — вздохнул Азадовский. — Короче, она стала тем, к чему стремятся все люди, но не просто, скажем, грудой золота, которая где-то лежит, а всем золотом вообще. Ну, как бы идеей.

— Теперь понял.

— А ее смерть стала хромым псом с пятью лапами, который должен вечно спать в одной далекой стране на севере. Ты, наверно, уже догадался, где именно. Вон он справа, видишь? Нога вместо хуя. Не дай Бог такую во дворе повстречать.

— А как эту собаку зовут? — спросил Татарский.

— Хороший вопрос. Я, если честно, и не знаю. А чего ты спрашиваешь?

— А я читал что-то похожее. В статье из университетского сборника.

— А что именно?

— Долго рассказывать, — ответил Татарский. — Я всего и не помню.

— Про что статья-то? Про нашу контору?

Татарский догадался, что начальство шутит.

— Нет, — сказал он. — Про русский мат. Там было написано, что матерные слова стали ругательствами только при христианстве, а раньше у них был совсем другой смысл и они обозначали невероятно древних языческих богов. И среди этих богов был такой хромой пес Пиздец с пятью лапами. В древних грамотах его обозначали большой буквой «П» с двумя запятыми. По преданию, он спит где-то в снегах, и, пока он спит, жизнь идет более-менее нормально. А когда он просыпается, он наступает. И поэтому у нас земля не родит, Ельцин президент и так далее. Про Ельцина они, понятно, не в курсе, а так все очень похоже. И еще было написано, что самое близкое понятие, которое существует в современной русской культуре, — это детская идиома «Гамовер». От английского «Game Over».

— Да по-английски-то я понял, — сказал Азадовский, — не дурак. Я не понял, кому этот пиздец наступает?

— Не то чтобы кому-то или чему-то, а всему. Поэтому, наверно, остальные боги и вмешались. Я специально спросил, как эту собаку звали, — думал, может быть, это транскультурный архетип. А как богиню зовут?

— Ее никак не зовут, — перебил голос сзади, и Татарский обернулся.

В дверях стоял Фарсук Сейфуль-Фарсейкин. Он

был одет в длинный серый плащ с капюшоном, из-под которого поблескивала золотая маска, и Татарский узнал его только по голосу.

— Ее никак не зовут, — повторил Сейфуль-Фарсейкин, входя в комнату. — Когда-то давно ее звали Иштар, но с тех пор ее имя много раз менялось. Знаешь такой брэнд — No Name? И по хромой собачке та же картина. А все остальное ты правильно сказал.

— Во, давай ты, Фарсук, поговори с ним, — сказал Азадовский, — а то он и без нас все знает.

— Что это ты, интересно, знаешь? — спросил Фарсейкин.

— Так, — ответил Татарский, — мелочи. Вот, например, этот зубчатый знак в центре плиты. Я знаю его смысл.

— И какой же этот смысл?

— «Быстро» по-древнеегипетски.

Фарсейскин засмеялся.

— Да, — сказал он, — нестандартно. Обычно новые члены думают, что это шоколад «M&M». На самом деле это символ, указывающий на одно очень древнее и довольно туманное изречение. Все древние языки, в которых оно существовало, давно мертвы, и на русский его даже сложно перевести — нет соответствующих глосс. Зато в английском ему точно соответствует фраза Маршалла Мак-Лухана «The medium is the message»[1]. Поэтому мы расшифровываем этот знак как две соединенных буквы «M». То есть не только мы, конечно, — такие алтари «Силикон Графикс» поставляет вместе с рендер-серверами.

---

[1] «Посредник — это послание» (*англ.*).

— Так эта плита не настоящая?

— Почему. Самая настоящая, — ответил Фарсейкин. — Базальт, три тысячи лет. Можешь потрогать. Я, правда, не уверен, что этот рисунок всегда значил то, что он значит сейчас.

— А что это за росянка между богиней и псом?

— Это не росянка. Это дерево жизни. Еще это символ великой богини, потому что одна из ее ипостасей — дерево с тремя корнями, которое расцветает в наших душах. У этого дерева тоже есть имя, но его узнают только на самых высоких стадиях посвящения в нашем обществе.

— А что это за общество? — спросил Татарский. — Чем занимаются его члены?

— Можно подумать, ты не знаешь. Ты уже сколько времени у нас работаешь? Вот всем этим его члены и занимаются.

— Как оно называется?

— Когда-то давно оно называлось Гильдией Халдеев, — ответил Фарсейкин. — Но так его называли те, кто в нем не состоял, а только про него слышал. Мы сами называем его Обществом Садовников, потому что наша задача — пестовать священное дерево, которое дает жизнь великой богине.

— Давно это общество существует?

— Очень давно. Говорят, что оно действовало еще в Атлантиде, но мы для простоты считаем, что оно пришло из Вавилона в Египет, а оттуда — к нам.

Татарский поправил сползшую с лица маску.

— Понятно, — сказал он. — Оно что, занималось строительством Вавилонской башни?

— Нет. Вовсе нет. Мы не строительная контора.

Мы просто слуги великой богини. Если пользоваться твоей терминологией, мы следим, чтобы Пиздец не проснулся и не наступил, это ты правильно понял. Я думаю, ты понимаешь, что в России на нас лежит особая ответственность. Пес спит именно здесь.

— А где именно?

— Повсюду, — ответил Фарсейкин. — Когда говорят, что он спит в снегах, — это метафора. А то, что несколько раз в этом веке он почти просыпался, — уже нет.

— Так чего же нам все время частоту опускают?

Фарсейкин развел руками.

— Человеческое легкомыслие, — сказал он, подходя к алтарю и снимая с него золотую чашу. — Сиюминутные расчеты, близоруко понятая конъюнктура. Но до конца нам ее никогда не опустят, не бойся. За этим тщательно следят. А сейчас, если ты не возражаешь, перейдем к ритуалу.

Приблизившись к Татарскому, он положил руку ему на плечо.

— Встань на колени и сними маску.

Татарский послушно опустился на пол и снял маску с лица. Фарсейкин окунул палец в чашу и провел на лбу Татарского мокрый зигзаг.

— Ты есть посредник, и ты есть послание, — сказал он, — и Татарский понял, что линия на его лбу — сдвоенная «М».

— Что это за жидкость? — спросил он.

— Собачья кровь. Символику, надеюсь, не надо объяснять?

— Нет, — сказал Татарский, поднимаясь с пола. — Не дурак, читал кое-что. Что дальше?

— Теперь ты должен заглянуть в священный глаз.

Почему-то Татарский вздрогнул, и Азадовский это заметил.

— Да не бойся ты, — вмешался он. — Через этот глаз великая богиня узнает своего мужа. А поскольку муж у нее уже есть, это простая формальность. Смотришься в глаз, выясняется, что ты не бог Мардук, и мы спокойно работаем дальше.

— Какой бог Мардук?

— Ну, или не Мардук, — сказал Азадовский, вынимая из-под юбки пачку «Мальборо» и зажигалку, — неважно. Это я так. Фарсук, ты объясни ему, ты владеешь. А я отъеду в страну настоящих мужчин.

— Это тоже мифологема, — сказал Фарсейкин. — У великой богини был муж, тоже бог, самый главный из всех богов, которого она опоила любовным напитком, и он уснул в святилище на вершине своего зиккурата. А поскольку он был бог, то и сон у него такой, что... Ну, в общем, дело путаное, но весь наш мир со всеми нами и даже с этой богиней ему как бы снится. И великая богиня постоянно ищет того, кому она снится, потому что только через него она обретает свою жизнь. А поскольку найти его нельзя, у нее есть символический земной муж, которого она сама выбирает.

Татарский покосился на Азадовского. Тот кивнул головой и выпустил сквозь ротовое отверстие маски аккуратное колечко дыма.

— Угадал, — сказал Фарсейкин. — Сейчас он. Для Лени, конечно, довольно напряженный момент, когда кто-то другой заглядывает в священный глаз, но пока все обходилось. Давай.

Татарский подошел к глазу на тумбочке и опустился перед ним на колени. Синяя эмалевая роговица была отделена от зрачка тонким золотым ободком, а сам зрачок был темным и зеркальным. Татарский увидел в нем свое искривленное лицо, изогнутую фигуру Фарсейкина в темном капюшоне и распухшее колено Азадовского.

— Софит поверните, — сказал кому-то Фарсейкин. — Так он не разглядит. А надо, чтобы на всю жизнь запомнил.

На зрачок упала яркая полоса света, и Татарский перестал видеть свое отражение — вместо него появилось размытое золотое мерцание, словно он только что несколько минут смотрел на заходящее солнце, а потом закрыл глаза и увидел его заблудившийся в нервных окончаниях отпечаток. «И что я должен был разглядеть?» — подумал он.

Сзади произошла быстрая суета, что-то металлическое тяжело звякнуло о пол, и раздался хрип. Татарский мгновенно вскочил на ноги, отпрыгнул от алтаря и обернулся. Сцена, которую он увидел, была настолько нереальна, что он даже не испугался, решив, что это часть ритуала. Саша Бло с Малютой, в пушистых белых юбках и болтающихся на груди золотых масках, душили Азадовского желтыми нейлоновыми прыгалками, стараясь держаться от него как можно дальше, а Азадовский, выпучив бараньи глаза, обеими руками изо всех сил тянул к себе тонкую нейлоновую струну. Силы, увы, были неравными — на его прорезанных ладонях выступила кровь, окрасившая желтую нить, и он упал сначала на колени, а потом на живот, накрыв грудью свалившуюся маску. Татарский успел заметить момент, когда выражение удивления и оторопи в направленных на него глазах Азадовского пропало, не сменившись никаким другим. Только тогда он понял, что если это и было частью ритуала, то совершенно неожиданной для Азадовского.

— Что такое? Что происходит?

— Спокойно, — сказал Фарсейкин. — Уже ничего не происходит. Все уже произошло.

— Зачем? — спросил Татарский.

Фарсейкин пожал плечами:

— Великая богиня устала от мезальянса.

— Откуда вы знаете?

— На священном гадании в Атланте оракул предсказал, что у Иштар в нашей стране появится новый муж. С Азадовским у нас давно были проблемы, но вот кто этот новый, мы долго понять не могли. Про него было сказано только то, что это человек с именем города. Мы думали, думали, искали, а тут вдруг приносят из первого отдела твое личное дело. По всем понятиям выходит, что это ты и есть.

— Я???

Вместо ответа Фарсейкин сделал знак Саше Бло и Малюте. Те подошли к телу Азадовского, взяли его за ноги и поволокли из алтарной комнаты в раздевалку.

— Я? — повторил Татарский. — Но почему я?

— Не знаю. Это ты у себя спроси. Меня вот богиня почему-то не выбрала. А как бы звучало — человек, оставивший имя...

— Оставивший имя?

— Я, вообще, из поволжских немцев. Просто когда университет кончал, с телевидения разнарядка пришла на чурку — корреспондентом в Вашингтон. А я комсомольским секретарем был, то есть на Америку первый в очереди. Вот мне на Лубянке имя и поменяли. Впрочем, это неважно. Выбран ты.

— А вы бы согласились?

— Почему нет. Ведь как звучит — муж великой богини! Должность чисто ритуальная, обязанностей никаких, а возможности широкие. Можно сказать, любые. Но все, конечно, от воображения зависит. У покойного уборщица каждое утро ковер кокаином из ведра посыпала. Ну, дач себе настроил, картин каких-то накупил... А больше ничего и не придумал. Я же говорю — мезальянс.

— А отказаться я могу?

— Не думаю, — сказал Фарсейкин.

Татарский поглядел в дверной проем, за которым происходило что-то странное — Малюта с Сашей Бло укладывали Азадовского в контейнер в форме большого зеленого шара. Его неестественно согнутое тело было уже внутри; из открытой дверцы торчала волосатая нога в красном тапочке, которая никак не хотела влезать внутрь.

— Что это за шар?

— Тут коридоры длинные и узкие, — ответил Фарсейкин. — Нести замучаешься. А катить очень удобно. И когда на улицу выкатываешь, ни у кого никаких вопросов. Это Сеня Велин перед смертью придумал. Какой был дизайнер... И ведь тоже из-за этого идиота пропал. Как бы я хотел, чтобы Сеня все это видел!

— А почему он зеленый?

— Не знаю. Какая разница. Ты, Ваван, не ищи во всем символического значения, а то ведь найдешь. На свою голову.

В раздевалке раздался тихий хруст, и Татарский поморщился.

— Меня тоже когда-нибудь задушат? — спросил он.

Фарсейкин пожал плечами:

— Мужья великой богини, как ты понял, иногда меняются. Но это часть профессии. Если не наглеть, то вполне можно дотянуть до старости. И даже на пенсию выйти. Ты, главное, если сомневаешься в чем, сразу ко мне. И советы мои слушай. Первый будет такой: ты, когда к Азадовскому в кабинет переедешь, убери этот ковер прококаиненный. А то по городу слухи ходят, какие-то совершенно левые люди на прием ломятся. Зачем нам это?

— Ковер-то я уберу. А вот как мы всем остальным объясним, что я в его кабинет переезжаю?

— Им ничего объяснять не надо. Все сами понимают. Других у нас не держат.

Из раздевалки выглянул Малюта, который уже успел переодеться. Он на секунду поднял глаза на Татарского, сразу же отвел их и протянул Фарсейкину мобильный телефон Азадовского.

— Выкатывать? — деловито спросил он.

— Нет, — сказал Фарсейкин, — закатывать. Чего глупые вопросы задаешь?

Дождавшись, пока металлический гул в длинной норе коридора стихнет, Татарский тихо спросил:

— Фарсук Карлович, скажите мне по секрету...

— Да?

— Кто всем этим на самом деле правит?

— Мой тебе совет — не суйся, — сказал Фарсейкин. — Дольше будешь живым богом. Да я, если честно, и сам не знаю. А столько лет уже в бизнесе.

Он подошел к стене за алтарем, открыл ключом потайную маленькую дверцу и, нагнувшись, вошел внутрь. За дверцей зажегся свет, и Татарский увидел большую машину, похожую на раскрытую черную книгу с двумя вертикальными цилиндрами из матового стекла по краям. На черной плоскости, повернутой к Татарскому, белело слово «Compuware» и незнакомый символ, а перед машиной стояло кресло вроде зубоврачебного с ремнями и фиксаторами.

— Что это? — спросил Татарский.

— 3D-сканер.

— Зачем?

— Снимем с тебя облачко.

— А без этого нельзя?

— Никак. По ритуалу ты становишься мужем великой богини только после того, как тебя оцифруют. Превратят, так сказать, в визуальный ряд.

— И что, потом во все клипы и передачи будут вставлять? Как Азадовского?

— Это твоя главная сакральная функция. У богини действительно нет тела, но есть нечто, что заменяет ей тело. По своей телесной природе она является совокупностью всех использованных в рекламе образов. И раз она являет себя посредством визуального ряда, ты, чтобы стать богоподобным, тоже должен быть преображен. Тогда вы будете иметь возможность мистически слиться. Собственно, ее мужем станет именно твоя 3D-модель, а сам будешь как бы... регент, что ли. Иди сюда.

Татарский нервно поежился, и Фарсейкин засмеялся:

— Да не бойся ты. Это не больно, когда сканируют. Как в ксероксе, только крышкой не закрывают... Пока что не закрывают... Да ладно, шучу, шучу. Давай быстрее, а то нас наверху ждут. Торжественный вечер — твоя, так сказать, презентация. Расслабишься в узком кругу.

Татарский последний раз посмотрел на базальтовую плиту с собакой и богиней и решительно нырнул в дверцу, за которой ждал Фарсейкин. Стены и потолок комнатки были выкрашены в белый цвет, и она была почти пуста — кроме сканера, в ней помещались стол с панелью управления и несколько картонных ящиков от какой-то электроники у стены.

— Фарсук Карлович, вы слышали про птицу Семург? — спросил Татарский, садясь в кресло и укладывая руки на подлокотники.

— Нет. А что это за птица?

— Была такая восточная поэма, — сказал Татарский, — я ее сам не читал, слышал только. Про то, как тридцать птиц полетели искать своего короля Семурга, прошли через много разных испытаний, а в самом конце узнали, что слово «Семург» означает «тридцать птиц».

— Ну и что? — спросил Фарсейкин, втыкая черный штепсель в розетку.

— Да так, — сказал Татарский. — Я вот подумал, а может, наше поколение, которое выбрало «Пепси», — вы ведь тоже в молодости выбрали «Пепси», да?

— А что делать-то было, — пробормотал Фарсейкин, щелкая переключателями на панели.

— Ну да... Мне одна довольно жуткая мысль пришла в голову — может быть, все мы вместе и есть эта собачка с пятью лапами? И теперь мы, так сказать, наступаем?

Фарсейкин, поглощенный своими манипуляциями, явно пропустил эти слова мимо ушей.

— Так, — сказал он, — сейчас замри и не моргай. Готов?

Татарский сделал глубокий вдох.

— Готов, — сказал он.

Машина зажужжала, и белые матовые лампы по ее краям зажглись ослепительным светом. Конструкция, похожая на раскрытую книгу, стала медленно поворачиваться вокруг оси, в глаза Татарскому ударил белый луч, и на несколько секунд он ослеп.

— Склоняюсь перед живым богом, — торжественно сказал Фарсейкин.

Когда Татарский открыл глаза, Фарсейкин, опустив лицо, стоял перед креслом на коленях и протягивал ему маленький черный предмет. Это был телефон Азадовского. Татарский осторожно взял его в руки и внимательно рассмотрел: телефон выглядел как обычный маленький «Филлипс», только на нем была всего одна кнопка в виде золотого глаза. Татарский хотел спросить, в курсе ли Алла, но не успел — поклонившись, Фарсейкин поднялся на ноги, попятился к выходу и деликатно закрыл за собой дверцу.

Татарский остался один. Встав с кресла, он подошел к дверце и прислушался. Ничего слышно не было — видимо, Фарсейкин был уже в раздевалке. Татарский отошел в дальний угол комнаты и осторожно нажал кнопку на телефоне.

— Алло, — тихо сказал он в трубку. — Алло!

— Склоняюсь перед живым богом, — отозвался голос Аллы. — Какие на сегодня распоряжения, шеф?

— Пока никаких, — ответил Татарский, с удивлением чувствуя, что новая роль дается ему без всяких усилий. — Хотя нет, знаешь что, Аллочка, кое-что все-таки будет. Во-первых, пускай ковер в кабинете свернут — надоел. Во-вторых, чтобы в буфете с этого дня была только «Кока-кола» и никакой «Пепси». В-третьих, Малюта у нас больше не работает... Да потому, что он нам тут нужен как собаке пятая нога. Сценарии только чужие портит, а потом на бабки попадаем... И ты, Аллочка, запомни — когда я чего говорю, ты не спрашиваешь «почему», а берешь на карандашик. Поняла? Вот и хорошо.

Закончив разговор, Татарский попытался нацепить телефон на пояс, но овчина эбихилевки была слишком толстой. Несколько секунд он раздумывал, куда его сунуть, а потом вспомнил, что сказал не все, и нажал на золотой глаз снова.

— И вот еще что, — сказал он, — совсем забыл. Позаботьтесь о Ростроповиче.

ТУБОРГ МЭН

3D-дублер Вавилена Татарского появлялся на экране несчетное число раз, но сам Татарский, вспоминая пролетевшие как во сне былые дни, любил пересматривать только несколько пленок. Первая — пресс-конференция офицеров ФСБ, получивших приказ на ликвидацию известного бизнесмена и политика Бориса Березовского: Татарский, в глухой черной маске, сидит за уставленным микрофонами столом крайний слева. Вторая — похороны телекомментатора Фарсука Сейфуль-Фарсейкина, при странных обстоятельствах задушенного прыгалками в подъезде собственного дома: Татарский, в черных очках и с черной повязкой на рукаве, целует безутешную вдову и бросает на полузасыпанный гроб зеленый бильярдный шар. Происхождение следующего сюжета малопонятно: это выполненная скрытой камерой оперативная съемка разгрузки американского военно-транспортного самолета «Геркулес С-130», севшего на ночной Красной площади. Из самолета выносят множество картонных коробок с надписью «electronic equipment» и необычным логотипом — небрежно прочерченным контуром молочной железы такого размера, какой достигается только установкой силиконового протеза. Татарский, в форме омоновца, мерзнет в оцеплении. Следующее его появление всем известно — это Степан Разин на Лобном месте в монументальном клипе для шампуня «Head and Shoulders» (слоган «Снявши голову, по волосам не плачут»). Значительно менее известный клип, тоже снятый на Красной площади, — это показанная несколько раз по Петербургскому телевидению реклама «Кока-колы», изображающая слет радикальных фундаменталистов всех главных мировых конфессий. Татарский изображает одетого во все черное евангелиста из Альбукерки, Нью-Мексико, — яростно растоптав пустую банку «Пепси-колы», он поднимает руку, указывает на Кремлевскую стену и произносит стих из псалма номер 14:

> There they are in great dread,
> For God is with the Righteous Generation![1]

Многим запомнилось его появление в клипах для водки «Лже-Борис Второй» и быстросупа «Кармино Бурано». Но сам Татарский отчего-то не держал их в своей коллекции. Нет в ней и знаменитой рекламы московской сети магазинов «Gap», где Татарский снялся вместе со своим заместителем Морковиным: Морковин в расшитой золотом джинсовой куртке прохаживается в витрине магазина, а одетый в военную телогрейку Татарский швыряет в бронированное стекло кирпич, выкрикивая: «Под Кандагаром было круче!» (слоган «Enjoy the Gap»). Но его самая любимая видеозапись, после просмотра которой, как шепотом рассказывала секретарша Алла, на глазах у него выступали слезы, вообще ни разу не была показана по телевизору.

Это незаконченный клип для пива «Туборг» под слоган «Sta, viator!» (вариант для региональных телекомпаний — «Шта, авиатор?»), в котором анимирована известная картинка с одиноким странником. Татарский в распахнутой на груди белой рубахе идет по пыльной тропинке под стоящим в зените солнцем. Внезапно в голову ему приходит какая-то мысль. Он останавливается, прислоняется к деревянной изго-

---

[1] И там они томятся в великом отчаянии,
Ибо Господь с поколением праведников! (*англ.*)

роди и вытирает платком пот со лба. Проходит несколько секунд, и герой, видимо, успокаивается — повернувшись к камере спиной, он прячет платок в карман и медленно идет дальше к ярко-синему горизонту, над которым висят несколько легких высоких облаков.

Ходили слухи, что был снят вариант этого клипа, где по дороге один за другим идут тридцать Татарских, но так это или нет, не представляется возможным установить.

Литературно-художественное издание

Пелевин Виктор Олегович

GENERATION П

Ответственный редактор *О. Аминова*
Младший редактор *А. Семенова*
Художественные редакторы *А. Сауков* (Pocketbook), *С. Власов* (Проза ВП)
Технический редактор *Н. Носова*
Компьютерная верстка *Е. Кумшаева*
Корректор *И. Гончарова*

Страна происхождения: Российская Федерация
Шығарылған елі: Ресей Федерациясы

ООО «Издательство «Эксмо»
123308, Россия, город Москва, улица Зорге, дом 1, строение 1, этаж 20, каб. 2013.
Тел.: 8 (495) 411-68-86.
Home page: www.eksmo.ru   E-mail: info@eksmo.ru
Өндіруші: «ЭКСМО» АҚБ Баспасы,
123308, Ресей, қала Мәскеу, Зорге көшесі, 1 үй, 1 ғимарат, 20 қабат, офис 2013 ж.
Тел.: 8 (495) 411-68-86.
Home page: www.eksmo.ru   E-mail: info@eksmo.ru.
Тауар белгісі: «Эксмо»
Интернет-магазин : www.book24.ru
Интернет-магазин : www.book24.kz
Интернет-дүкен : www.book24.kz
Импортёр в Республику Казахстан ТОО «РДЦ-Алматы».
Қазақстан Республикасындағы импорттаушы «РДЦ-Алматы» ЖШС.
Дистрибьютор и представитель по приему претензий на продукцию,
в Республике Казахстан: ТОО «РДЦ-Алматы»
Қазақстан Республикасында дистрибьютор және өнім бойынша арыз-талаптарды
қабылдаушының өкілі «РДЦ-Алматы» ЖШС,
Алматы қ., Домбровский көш., 3«а», литер Б, офис 1.
Тел.: 8 (727) 251-59-90/91/92; E-mail: RDC-Almaty@eksmo.kz
Өнімнің жарамдылық мерзімі шектелмеген.
Сертификация туралы ақпарат сайтта: www.eksmo.ru/certification

Сведения о подтверждении соответствия издания согласно законодательству РФ
о техническом регулировании можно получить на сайте Издательства «Эксмо»
www.eksmo.ru/certification
Өндірген мемлекет: Ресей. Сертификация қарастырылмаған

Дата изготовления / Подписано в печать 19.01.2022. Формат 76×100 $^1/_{32}$.
Гарнитура «NewStandard». Печать офсетная. Усл. печ. л. 15,48.
Доп. тираж 2000 экз. Заказ № 7122.

Отпечатано с электронных носителей издательства.
ОАО "Тверской полиграфический комбинат"
170024, Россия, г. Тверь, пр-т Ленина, 5.
Телефон: (4822) 44-52-03, 44-50-34,
Телефон/факс: (4822)44-42-15
Home page - www.tverpk.ru
Электронная почта (E-mail) - sales@tverpk.ru

18+

Москва. ООО «Торговый Дом «Эксмо»
Адрес: 123308, г. Москва, ул. Зорге, д.1, строение 1.
Телефон: +7 (495) 411-50-74. **E-mail:** reception@eksmo-sale.ru

По вопросам приобретения книг «Эксмо» зарубежными оптовыми
покупателями обращаться в отдел зарубежных продаж ТД «Эксмо»
E-mail: **international@eksmo-sale.ru**

*International Sales: International wholesale customers should contact
Foreign Sales Department of Trading House «Eksmo» for their orders.*
international@eksmo-sale.ru

По вопросам заказа книг корпоративным клиентам, в том числе в специальном
оформлении, обращаться по тел.: +7 (495) 411-68-59, доб. 2261.
E-mail: **ivanova.ey@eksmo.ru**

Оптовая торговля бумажно-беловыми
и канцелярскими товарами для школы и офиса «Канц-Эксмо»:
Компания «Канц-Эксмо»: 142702, Московская обл., Ленинский р-н, г. Видное-2,
Белокаменное ш., д. 1, а/я 5. Тел./факс: +7 (495) 745-28-87 (многоканальный).
e-mail: **kanc@eksmo-sale.ru**, сайт: www.kanc-eksmo.ru

Филиал «Торгового Дома «Эксмо» в Нижнем Новгороде
Адрес: 603094, г. Нижний Новгород, улица Карпинского, д. 29, бизнес-парк «Грин Плаза»
Телефон: +7 (831) 216-15-91 (92, 93, 94). **E-mail:** reception@eksmonn.ru

Филиал ООО «Издательство «Эксмо» в г. Санкт-Петербурге
Адрес: 192029, г. Санкт-Петербург, пр. Обуховской обороны, д. 84, лит. «Е»
Телефон: +7 (812) 365-46-03 / 04. **E-mail:** server@szko.ru

Филиал ООО «Издательство «Эксмо» в г. Екатеринбурге
Адрес: 620024, г. Екатеринбург, ул. Новинская, д. 2щ
Телефон: +7 (343) 272-72-01 (02/03/04/05/06/08)

Филиал ООО «Издательство «Эксмо» в г. Самаре
Адрес: 443052, г. Самара, пр-т Кирова, д. 75/1, лит. «Е»
Телефон: +7 (846) 207-55-50. **E-mail:** RDC-samara@mail.ru

Филиал ООО «Издательство «Эксмо» в г. Ростове-на-Дону
Адрес: 344023, г. Ростов-на-Дону, ул. Страны Советов, 44А
Телефон: +7(863) 303-62-10. **E-mail:** info@rnd.eksmo.ru

Филиал ООО «Издательство «Эксмо» в г. Новосибирске
Адрес: 630015, г. Новосибирск, Комбинатский пер., д. 3
Телефон: +7(383) 289-91-42. E-mail: eksmo-nsk@yandex.ru

Обособленное подразделение в г. Хабаровске
Фактический адрес: 680000, г. Хабаровск, ул. Фрунзе, 22, оф. 703
Почтовый адрес: 680020, г. Хабаровск, А/Я 1006
Телефон: (4212) 910-120, 910-211. **E-mail:** eksmo-khv@mail.ru

Филиал ООО «Издательство «Эксмо» в г. Тюмени
Центр оптово-розничных продаж Cash&Carry в г. Тюмени
Адрес: 625022, г. Тюмень, ул. Пермякова, 1а, 2 этаж. ТЦ «Перестрой-ка»
Ежедневно с 9.00 до 20.00. Телефон: 8 (3452) 21-53-96

Республика Беларусь: ООО «ЭКСМО АСТ Си энд Си»
Центр оптово-розничных продаж Cash&Carry в г. Минске
Адрес: 220014, Республика Беларусь, г. Минск, проспект Жукова, 44, пом. 1-17, ТЦ «Outleto»
Телефон: +375 17 251-40-23; +375 44 581-81-92
Режим работы: с 10.00 до 22.00. **E-mail:** exmoast@yandex.by

Казахстан: «РДЦ Алматы»
Адрес: 050039, г. Алматы, ул. Домбровского, 3А
Телефон: +7 (727) 251-58-12, 251-59-90 (91,92,99). E-mail: RDC-Almaty@eksmo.kz

Украина: ООО «Форс Украина»
Адрес: 04073, г. Киев, ул. Вербовая, 17а
Телефон: +38 (044) 290-99-44, (067) 536-33-22. **E-mail:** sales@forsukraine.com

**Полный ассортимент продукции ООО «Издательство «Эксмо» можно приобрести в книжных
магазинах «Читай-город» и заказать в интернет-магазине:** www.chitai-gorod.ru.
Телефон единой справочной службы: 8 (800) 444-8-444. Звонок по России бесплатный.

Интернет-магазин ООО «Издательство «Эксмо»
www.book24.ru
Розничная продажа книг с доставкой по всему миру.
Тел.: +7 (495) 745-89-14. E-mail: imarket@eksmo-sale.ru